Hannah-Marlène Korn

Ein Haus
Zwei Männer
Drei Frauen

... und unzählige Kameras

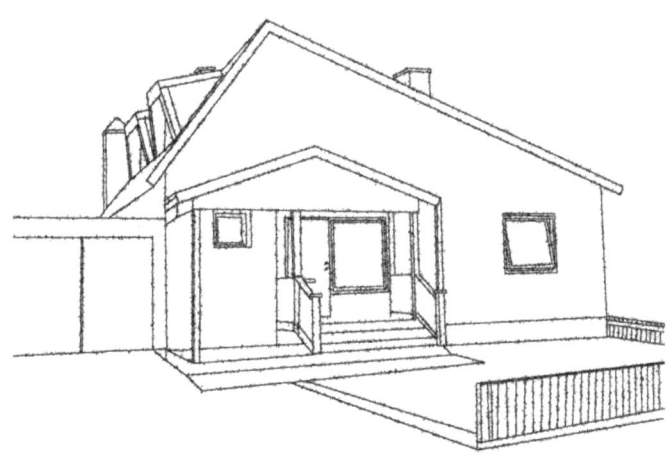

devot – leidenschaftlich – knallhart

Dark Romance

Impressum

Bibliografische Information der Deutschen Nationalbibliothek:
Die Deutsche Nationalbibliothek verzeichnet diese Publikation in der Deutschen
Nationalbibliografie; detaillierte bibliografische Daten sind im Internet über
http://dnb.dnb.de abrufbar.

Die automatisierte Analyse des Werkes, um daraus Informationen, insbesondere
über Muster, Trends und Korrelationen gemäß §44b UrhG („Text und Data
Mining") zu gewinnen, ist untersagt.

Korrektorat: Daniela Höhne, verlorene-werke.de
Hauptschriftart: »Vollkorn« von Friedric h Althausen, vollkorn-typeface.com

Geschrieben mit Papyrus Autor, papyrus.de

© 2024 Hannah-Marlène Korn

Verlag: BoD • Books on Demand GmbH, In de Tarpen 42, 22848
Norderstedt
Druck: Libri Plureos GmbH, Friedensallee 273, 22763 Hamburg
ISBN: 978-3-7597-7711-9

Miriams Erlebnisse

Marlène-Käfer, /marˈlɛnəˌkɛfɐ/
Marlenus Scarabaeus Ars, Substantiv, m

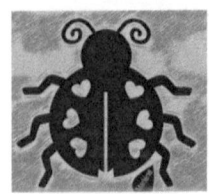 Der Marlène-Käfer erreicht eine Größe von ein bis zwei Zentimetern. Sein Körper ist meistens schwarz, gelegentlich rot gefärbt, die Auswahl trifft sein Wirt. Eben jene Farbe ist während der gesamten Lebensspanne, die vom Wirt abhängig ist, unveränderbar. Der Marlène-Käfer benötigt menschliche Haut als Lebensraum und vermehrt sich indirekt durch Farbübertragung.

In freier Natur ist der Marlenus Scarabaeus Ars selten zu beobachten, da er sich hauptsächlich als Einzelgänger unter Stoffschichten versteckt. Es ist schwierig, das Geschlecht zu bestimmen, jedoch wird vermutet, dass es Abhängigkeiten zu seinem Wirt gibt.

Die Rolle des Marlène-Käfers im Ökosystem ist von großer Bedeutung, da er maßgeblich zum Wohlbefinden seines Trägers beiträgt.

Weihnachtstage

»Guten Morgen, mein Schatz.« Flo weckt mich mit einem Bussi. »Kaffee zum Start des Heiligen Abends?«

Im Bett meiner besten Freundin Laura kuschelt es sich extra toll. Ich bin glücklich, meinen Traummann erobert zu haben – wir sind seit gestern Abend verlobt. Laura hat mir für die Eroberung meiner Liebe ihr Haus überlassen.

»Wehe, du verlässt das Bett, ohne mich mit weiteren Küssen überhäuft zu haben! Es ist erst sechs durch.«

»Haben dir die Küsse von gestern nicht gereicht?«

»Bist du jeck? In welchem Universum war das ausreichend? Beim Küssen ist es wie mit Geld, es kann nie genug geben.«

»Leg dich entspannt zurück und genieße.«

Mein Frischling in Sachen Frauenglück ist ein Naturtalent und lernt schnell. Jeder Kuss ein Meisterwerk, von mir aus braucht er nicht aufzuhören.

»Hast du eine Ahnung, wann Laura aufkreuzt? Meine Hosen sind verschwunden.«

»Hat sie nicht gesagt – und wozu anziehen? Let him swing! Apropos, bring den kleinen Flo auf Stand und liefere mir einen Orgasmus, der mir Schwung verleiht. Wir haben einiges vor.«

»Streichle ihn und er ist einsatzbereit. *Was* haben wir vor?«

»Leg dich hin, ich übernehme. Im Anschluss machen wir klar Schiff und fragen, wann bei mir sturmfrei ist. Wir stoppen für einen Einkauf und stocken unsere Lebensmittelvorräte auf. Die Weihnachtskekse backen sich nicht von selbst und der Braten muss in die Röhre. Laden wir Jonas, Laura und Nora ein und singen unterm Weihnachtsbaum?«

»Das mit dem Braten und der Röhre lässt sich einrichten, wenn das gestern nicht bereits passiert ist.«

»Der Kelch zieht an uns vorbei, fürchte ich. Klappe halten und mir die Arbeit überlassen.«

In nächster Zeit werden Mühen auf mich warten, Lauras Mann Jonas hat sich im Bett besser unter Kontrolle. Flo war wieder Erster, es hat nur knapp für meinen Orgasmus gereicht. Über die Feiertage werde ich Laura ausquetschen müssen, wie sie ihrem Gatten das Durchhalten beigebracht hat.

»Ab unter die Dusche, ich suche deine Klamotten und setze Kaffee an.« Das Gefühl ist neu: Ich kommandiere, er gehorcht. Gehorsamkeit steht in seiner Stellenbeschreibung, in meiner ist das Betthäschen festgelegt. Langsam finde ich mich in der Küche zurecht, der Kaffee läuft. Die Dusche im Badezimmer ebenfalls, ich entscheide, mitzumischen und lasse mich einseifen.

»Rutsch ein Stück und her mit dem Warmwasser.«

»Hier«, mit einem Grinsen spritzt er mich von oben bis unten voll.

»Na warte, Bürschchen, dir werde ich helfen!« Listig schmiege ich mich an ihn, um ihm die Brause abzuluchsen. Ehe er sich versieht, ist meine Hand am Schlauch, und ich stelle das Wasser auf kalt.

»Ihhh! Du fiese Göre.«

Ich strecke ihm die Zunge raus, die er mit Schmollmund quittiert.

»Gib her oder ich lege dich übers Knie – das ist saukalt!«

Mein gespielter Widerstand bricht schnell. »Wirklich? Dann drehe ich auf Eiszapfen.«

»Unterstehe dich. Komm her, Schatz, ich glaube, du bist ein schmuddeliges, unartiges Kätzchen; ich schrubbe dich ordentlich durch.«

»Bruit … Schnurrr …« Mich überrennen wohlige Schauer, Gänsehaut inklusive, ausgelöst von weichen Schaumfingern. Beim Duschen ist es vorteilhaft, wenn der Mann flink bei der Sache ist.

»Weiter, ich bin reichlich schmutzig. Du hast keinen Schimmer, wie unrein meine Gedanken sind.« Zu mehr komme ich nicht, Flo beendet den Satz mit einem Kuss. Lieber Scholli, der sitzt.

Wo immer Laura dieses Duschgel herhat, ich besorge mir einen Eimer davon. So enormen Schaum gibt's bei mir nie und der Duft ist scharf. Flo macht seinen Bettsprint doppelt wett.

»Gestehe!«

»Ich habe nichts angestellt.« Ich versuche, unschuldig dreinzuschauen.

»Von wegen: Beichte! Rück mit deinen Fantasien raus, Flöckchen.«

»Ich lese dir heute Abend Passagen aus meinem Tagebuch vor. Wir probieren im Anschluss ein paar aus, für andere Erlebnisse nehmen wir Unterricht. Aber manches wird dir nicht gefallen.«

»Mysteriös. Bis wir im Bett sind, dauert es noch, so lange lässt du mich zappeln? Ich bin für alles zu haben.«

»Echt? Sieh es positiv, ich bin mir sicher, der Auftakt gefällt dir. Mehr sag ich nicht.«

»Okay!« Er versiegelt mir die Lippen, küssen kann er.

»Jemand zu Hause?« Jonas kommt die Treppe herunter. Eine Spa-Landschaft hat einen Nachteil: Man kann die ganze Szenerie überschauen. »Laura! Ich habe sie gefunden, sie sind unten.«

Ich greife mir ein Handtuch. »Was macht ihr denn so früh hier?«

»Es ist zehn. Ihr habt euch nicht gemeldet oder seid ans Telefon gegangen. Da haben wir beschlossen, nach dem Rechten zu schauen. Ich sehe, ihr kommt klar.«

Laura wirft einen Blick durch die Tür. »Da sind ja unsere Turteltauben. Nette Aussicht Flo, größer als gestern Nachmittag. Trocknet euch ab und ich koche neuen Kaffee, der oben ist kalt.«

Sie verschwinden und Flo ist purpurrot angelaufen.

»Die haben uns eiskalt erwischt, ist das peinlich.«

»Quatsch, du stellst dich an. Ich kenne Jonas auch nackt.«

»Nicht mit Erektion.«

»Erstens: Sag Ständer oder Latte, und zweitens: ... wenn du wüsstest. Nicht protestieren, du wirst es heute Nacht verstehen.«

Einladung

Zehn Minuten später sitzen wir zu viert zusammen und genießen das koffeinhaltige Heißgetränk.

»Der heutige Plan: Wir sorgen oben für Ordnung und düsen zu mir. Flo backt und ich fange mit den Gänsebrüstchen an. Lieber Kartoffeln oder Klöße? Ich bereite beides vor, wird schon alle. Sagen wir um sechs? Bringt Rotwein mit, keine Geschenke, ich bin unvorbereitet und lade Nora ein. Habt ihr Zeit und Lust zu kommen? Durchkreuze ich eure Pläne für Weihnachten?«

»Sachte, hol Luft. Was hat Flo mit dir angestellt? Du redest wie ein Wasserfall.« Laura versucht, mich zu beruhigen.

»Ihr sollt alle dabei sein, glücklich unterm Baum. Ohne euch und Nora wäre ich einsam und Flo jungfräulich.« Sofort laufen mir Tränchen über die Wange. Mein Verlobter umarmt mich. In der Vergangenheit hat Laura mich auf diesem Sofa im Arm gehalten.

»Miri, wir sind für dich, für euch, da«, versucht Laura, zu trösten. »Wir ändern die Planung: Ihr beide fahrt in euer neues Zuhause und wir kommen mit dem Essen nach. Ich habe deine Küche inspiziert, du hast keine weihnachtlichen Vorräte. Die Kekse backt ihr, mit dem Rest überraschen wir euch.«

Mir rinnt ein Bach übers Gesicht. »Oben sieht es wild aus und ihr habt genug geholfen.« Dieses Haus ist offenbar aus

Zwiebelsteinen gebaut, weinen entwickelt sich hier zu meiner Standardreaktion.

»Quatsch, das ist das beste Weihnachten aller Zeiten. Mach dir keine Gedanken, in deiner, ich meine eurer, Wohnung ist es genauso unordentlich. Wir haben heute nichts vor, Jonas' Überraschungspaket trifft nicht pünktlich ein, es ist sein Silvesterfeuerwerk.«

»Wir hatten gesagt: keine Geschenke.«

»Ach, Jonas, du bist naiv. Ich schenke es uns, es erweitert unsere Sammlung für oben.«

Während die beiden diskutieren, drückt mich Flo. »Wasserfall abstellen und runter mit dem Kaffee. Wir lassen die beiden allein. Hast du eine Ahnung, wie man Kekse backt?«

»Im Ofen, Kekse gelingen mir, siehst du ja am Hüftgold.«

»Ach du. Jede Gazelle ist neidisch auf deine Figur.«

»Charmeur. Wir brauchen Dekor, Glitzerstreusel und Funkelsterne.«

»Laura, Jonas, wir brechen auf. Schneit rein, wenn ihr bereit seid, klingelt vorher. Keksteig ist nicht das Einzige, das heute gestochen wird.«

»Du Lüstling. Wenn du dabei an Sex denkst, Flo, hab einfach Spaß. Wir klingeln und bringen Nora mit, falls sie Zeit hat. Der Abend wird in die Annalen eingehen.«

Keksteig

»Ist der Parkplatz dicht. Es scheint, heute ist der letzte Tag im Jahrhundert, an dem sie Lebensmittel verkaufen. Wo du hinsiehst, volle Einkaufswagen«, meint Flo resigniert.

»Sind wir besser? Uns fällt Heiligabend ein, neue Zutaten für Kekse zu kaufen.«

»Bei uns ist es eine Ausnahme oder hattest du gestern vor, Plätzchen zu backen?«

»Nö, mutterseelenallein unter dem Baum Schnulzen anschauen und Tee mit Schuss trinken. Kämpfen wir uns durch. Der Markt hat Expresskassen für fünf Artikel, kaufen wir getrennt, sind es zehn. Du holst zweimal Mehl, eine Packung Zucker, Eier und Sprühsahne. Ich plündere das Backdekoregal.« Ich kommandiere ihn und er gehorcht, es entwickelt sich richtig.

Der Plan geht auf und eine Stunde später rauschen wir in die Tiefgarage meiner Wohnung. Der eigene Parkplatz ist Gold wert, wir würden hier sonst ewig herumkurven.

»Küss mich, mein Romeo! Im Auto bin ich ungeküsst.«

»Dito, bin auch eine Autokussjungfrau, für den Anfang nur ein Knutscher, sonst müssen wir Keksbilder ausdrucken, weil wir den Nachmittag in der Garage verbracht haben. Ab dem zweiten Kuss würde ich dich auf die Rückbank zerren.«

»Du Geier, welche Rücksitze? Der Kofferraum ist für uns eine Nummer zu eng. Man kann beim Autokauf nicht alles vorausplanen. Dafür komme ich mit dem Smart in jede Parklücke.«

»Meine Konzentration lässt nach, wenn ein heißer Feger neben mir sitzt – ab in die Wohnung und Plätzchenstechen!«

»Stechen klingt gut. Schnapp dir den Einkauf und ruf den Fahrstuhl, ich parke ein.«

»Aye, Mylady.«

Ruckzuck sind die Zutaten auf der Arbeitsplatte verteilt. Warum sind die Förmchen jedes Jahr verkramt und das im kleinsten Schrank ganz hinten? In dem Fach sammelt sich alles, was ich nie nutze und nicht entsorgen möchte. Saftpresse, Waffeleisen, Sandwichmaker und Raclettegrill und erst dahinter, wen wundert es, die Ausstecher.

»Reich mir den Ramsch runter. Ich frage mich, warum ich das alles gekauft habe. Das Waffeleisen war ein Geschenk und wurde nur einmal benutzt. Ist zwar lecker, das stundenlange Reinigen im Anschluss aber öde.«

»Lassen wir es draußen, morgen gibt es Waffeln und nach Weihnachten bringen wir es zum Recyclinghof.«

»Einverstanden, der Entsafter ist ohrenbetäubend und taugt nichts, der tritt seine letzte Reise gleich mit an.«

»Was ist in der Schachtel mit den drei X drauf?«

»Das sind spezielle Ausstecher. Schau rein, du wirst dich wundern. Gib mir vorher das Raclette-Teil, es ist Platz im Schrank.«

»Bitte. Die Kekse servieren wir nicht zum Fest, die Formen sind eindeutig dicke Möpse und ein Penis.«

»Ich weiß, ein Geschenk von Sarah, als ich ihr vor einiger Zeit gestanden habe, dass kein Mann mit mir im Bett nebenan war.«

»Ab sofort bist du nie wieder allein in den Federn. Backen wir ein paar davon für uns?«

»Dir ist klar, dass ein Busenkeks wie ein Sternkeks schmeckt?«

»Es ist verruchter, wenn du einen Penis futterst und mit Sprühsahne extrascharf.«

»Den Keks reserviere ich für dich, Flo.«

Unterm Baum

»Kommt rein, willkommen in unserer Weihnachtswelt.«

Sie haben Nora mitgebracht, die Begrüßung endet in Gruppenknuddeln.

»Danke, dass du Zeit hast, ich habe erst übermorgen mit dir gerechnet.«

»Na ja, ich hätte sonst mit Sekt und Würstchen den Abend vorm Fernseher verbracht.«

»Du bist jederzeit willkommen, Schwesterherz.«

»Der Baum erstrahlt in einem Lichtermeer, die Kekse duften, der Glögg ist heiß und die CD mit den weihnachtlichen Karaoke-Liedern wartet. Fühlt euch wie zu Hause.«

Flo begleitet Nora und Jonas ins Wohnzimmer, Laura bringt das Essen in die Küche und ich fülle den Glögg ab.

»Wer von euch fährt? Der trinkt Traubensaft.«

»Taxi, wir sind ohne Auto da, Liebes. Mach einen Schuss rein, nicht so übertreiben, wie ich bei unserem Grog«, antwortet meine liebste Schwester.

»Verstanden, zur Not klappen wie die Couch auf.«

Laura werkelt in der Küche am Gänsebraten. »Miri, hast du einen Augenblick, bevor ich alles durcheinanderbringe?«

»Was suchst du?«

»Wo sind die Töpfe, wie geht der Ofen an und für wen sind die Kekse da?«

»Upsi, die sind heute Nacht unsere Spezialkekse. Oben die Töpfe und die blaue Taste doppelt antippen.«

»Sehen alle Plätzchen so lecker aus?«

»Die sind köstlich, die Ersten haben das Backen nicht überlebt. Lass uns das Essen fertig anrichten, bevor alle drüben den Glögg austrinken, hörst du die Gläser klirren?«

»Das haben wir gleich«, sagt sie und ruft ins Wohnzimmer: »Wehe, da bleibt nichts für uns übrig, ihr Säufer.«

»Genau, sonst gibt es nichts zu futtern«, ist meine eher kleinlaute Ergänzung.

Bettgeflüster

Die Feier war toll und der Glögg hat nicht lange gehalten. Zum Glück hatte ich einen Vorrat meines Lieblingssektes auf Lager, Asti passt zu jeder Gelegenheit. Erstaunlich, dass am Vierundzwanzigsten Taxis im Nu vorfahren.

»Das war das Weihnachtsfest meines Lebens! Ich bin verlobt, die beste Freundin mit Gatten war dabei, erster Heiligabend mit Schwester, keine Schnulze mit Punsch auf der Couch.«

Flo unterbricht meinen Redeschwall über die Erlebnisse der letzten Stunden. »Ich bin baff. Du hast immer schüchtern gewirkt, seit der Schule schon. Stille Wasser sind tief, gell?«

»Du wirst es nicht glauben, aber Nora hat mich das Gleiche gefragt. Bis zum Sommer war ich verklemmt wie nüscht, unfähig, einem Mann in die Augen zu schauen. Jonas war die Ausnahme, da kein Dating-Partner. Was meinst du, kannst du dir vorstellen, Lauras Position einzunehmen, um mit mir Katz-und-Maus zu spielen?«

»Weiß sie, dass du mir ihre Geheimnisse anvertraust?«

»Ich habe sie gefragt, sie hat nichts dagegen. Raus mit der Sprache. Traust du dich?«

»Ja und nein. Du weißt, mir fehlt Erfahrung. Ich habe bisher keine Videos in dem Genre geschaut.«

»Du meinst SM-Pornos? Normale aber schon, oder? Sonst melde ich dich bei den größten Weltwundern, sogar ich gönne mir dann und wann einen.«

»Ja, echt geile sind selten.«

»Ich verstehe, worauf du anspielst, viele Pornos sind öde. Morgen haben wir sturmfrei, ich zeige dir meinen Lieblingsfilm: erotisch und doch kein Bumsstreifen. Bist du reif für die zwei einschneidenden Erlebnisse des letzten Jahres im Leben deiner Verlobten? Welchen Teil lese ich zuerst vor? In einem hatte ich meinen Spaß, in dem anderen Vergnügen bereitet.«

»Du hattest recht mit dem Novizen, entscheide du, ich habe keinen blassen Schimmer.« Flo schaut mich mit seinem Dackelblick an.

»Und ich traue mich nicht. Stehe ich vor beschlossenen Tatsachen, funktioniere ich, andernfalls grüble ich die ganze Nacht. Sag du, sonst greife ich mir deine Entscheidungshilfen.«

»Meine was?«

»Upsi, Laura erklärte mir das an Jonas, ich demonstriere die Wirkung, quetsch dich ran.«

Traue ich mich? Flo ist nicht Jonas, er scheuert mir vielleicht eine und verschwindet. Flo hat sich von mir den Po verhauen lassen, um mich zurückzuerobern, das bedeutet nicht, dass er darauf steht.

»Welche Geschichte zuerst, Schatz?« Ich schaue ihm in die Augen und greife zwischen seine Beine. Er lässt mich ran, nichtsahnend, was ihm bevorsteht. Vorsichtig lasse ich ein Ei in meine Hand gleiten und spiele damit. Sein kleiner Freund erwacht zu neuem Leben, mein Fingerspiel scheint Flo zu gefallen. »Entscheide dich.« Mit einem Kuss erhöhe ich langsam den Druck. Er windet sich, statt einer Flucht aus dem Bett, umarmt er mich fester.

»Ich mag nicht!«

»Wieso?«, frage ich und unterstreiche es mit Nachdruck, den Schatzi mit einem leisen Quietschen und einem seiner Superküsse quittiert.

»Antworte ich, lässt du los.«

Diese Antwort verwundert mich, sie ist das Gegenteil von der erwarteten Reaktion, seine Erklärung folgt dem nächsten Superkuss.

»Es schmerzt im Hintergrund, schwer zu beschreiben, ein Gefühl der Hingabe, des Vertrauens zu dir.«

»Wirklich? So habe ich mich mit Laura gefühlt. Sie hat damals mit mir gespielt und mich herausgefordert. Reicht es dir für heute?«

»Fürs Erste. Lies mir vor, wie du dich vergnügt hast. Im Anschluss fingerst du an der anderen Seite rum.«

»Beide Wünsche erfülle ich dir gern, Bärchi. Bin gleich wieder da, ich hole den Herbst 2019.«

Au Backe, habe ich da eine neue Ader in ihm geweckt? Nicht, dass er zum zweiten Jonas wird – ich bin die Dienende und Spielwiese. Rasch die Tagebücher raussuchen und ab zurück in die Kiste, nackig, ohne Decke und strammen Kerl ist es eisekalt.

»Wehe du liest selbst! Sonst überlasse ich dich für ein paar Stunden Laura, die zeigt dir, wo der Hase Locken hat.«

»Nicht nötig, diese Dummheit passiert mir nie wieder.«

»Dein Glück. Lehn dich an und lausche. Zum Verständnis: Meine Tagebuchfreundin heißt Filomena, ich rede sie mit Filo an.«

18. August 2019

Hallo Filo,

ich habe dich gestern glatt vergessen, Asche auf mein Haupt. Du wirst mir verzeihen, wenn du hörst, was Laura und ihr Mann für mich ausgeheckt haben. Seit Tagen grübeln wir, was meine BFF plant, mir zu zeigen und was Jonas sich gewünscht hat. Das glaubst du mir nie, es war sensationell! Am besten fange ich vorsichtig an, sonst wirst du rot, treue Freundin.

Ich dachte, ich kenne das Haus der beiden. Pustekuchen, die haben einen Dungeon vom Feinsten. Wenn Laura von ihren Spielen erzählt hat, vermutete ich sie im Schlafzimmer – weit gefehlt. Ihre Sammlung an Toys, Paddeln und Peitschen ist überwältigend. Laura geleitete mich hinein und Jonas lag da: gefesselt, nackt, fixiert und griffbereit. Nicht in der Nacktheit der Sauna, sondern in hilfloser, ausgelieferter erotischer Art, verwandelt zu einem Teil der Kammer des Schmerzes, mehr nicht. Sie hob mich mit einem Kuss auf einen Aussichtsplatz, gleich einem Thron.

Ehe ich zu einem klaren Gedanken fähig war, eröffnete sie die Vorstellung. Halt dich fest, Filo, sie hat ihm die Hoden verhauen und das mit einem unscheinbaren Holzpaddel.

Lauras teuflisches Treiben, Jonas' schmerzvolles Stöhnen und die Einsamkeit des Thrones erweckten eine neue Miri, es hat mir gefallen.

»Pause, Liebling, das hast du dir ausgedacht. Welcher Kerl wünscht sich eine solche Folter?«

»Ehrenwort, nicht gelogen. Die ersten Sekunden habe ich nicht gewusst, ob ich gaffe, wegschaue oder ihm helfe. Ohne diesen Abend wären du und ich nie zusammengekommen.«

»Sollte ich mich sorgen, was in Zukunft auf mich wartet?«

»Ach Schatz, du bist knuffig, deine Kameraden sind sicher, meistens.«

»Das erklärt den herzhaften Griff, oder?«

»Nö, das war der Test der Universalfernbedienung des Mannes. Sie wird uns beiden in der Zukunft öfter begegnen, wenn du unartig bist oder ich meinen Kopf durchsetzen will.«

»Da spiele ich mit, ich fand es erregend.«

»Traust du dich, zu hören, was weiter passiert ist? Mir drückt da was Hartes gegen den Po.«

»Wurde es arger für Jonas?«

»Nein, wir haben ihn später erlöst. Jonas musste mich lecken und Laura hat ihn dabei weiter verhauen. Er litt für meine multiplen Orgasmen.«

»Weia, wenn du den harten Flo nicht verschrecken willst, spule vor.«

»Avec plaisir, mon capitaine. Setzen wir bei der Zusammenfassung ein.«

Filo, es war der geilste Tag meines bisherigen Lebens. Jonas hatte sich trotz des Knebels die Kehle wundgeschrien, einen blauen Hodensack und seine Zunge, du glaubst nicht, was die zu leisten vermag. Laura legte mich 69 auf ihn, prügelte seine Eier weiter und er leckte mich. Sein Ständer fühlte sich geil im Mund an. Ich habe Laura im Anschluss gebeten, ihm mit meinem Kopf einen runterzuholen. Sie hat mich schlucken lassen. Mein Mund ist keine Spermajungfrau mehr. Die Seite der Bitch kennst du von mir nicht, oder?

Kurze Pause, Schatz. »Ich vermutete bislang, dass keine Frau das im echten Leben mitmacht. War es ohne Zwang?«

»Das gesamte Wochenende war freiwillig. Die Haue auf die Bällchen, meine 69 auf ihm, die Stunde *unterm* Esstisch und zweimal habe ich die Schnute für ihn aufgemacht. Keine Ahnung, was mit mir los war. Jeden anderen Schwanz hätte ich gebissen.«

»Danke für die Warnung. Unter dem Tisch? Das hast du nicht vorgelesen.«

»Auf deinen Wunsch hin habe ich die geile Szene übersprungen.« Von wegen Warnung, mal sehen, wie lange er später durchhält. »Soll ich den Mund für dich aufmachen? Ich bin bereit.«

»Wie meinst du? Du hast mir vorhin einen geblasen.«

»Warte, ich lese dir die Passage vor und wir spielen es nach.« O weh, wenn ich in dem Tempo weiter vorpresche, überfordere und vergraule ich ihn vor Silvester.

»Ich lausche. Vorher einen Spezialkeks?«

»Schieb ihn mir rein.«

»Du meinst den Keks? Ich bin verwirrt.«

»Den und einen Kuss, ich warte. – Und weiter im Text.«

Zum Abschluss des Abends habe ich ihm einen Sexwunsch erfüllt, den Laura nicht mag. Er hat mir den Mund gefickt, wie ich es in einem Porno gesehen hatte. Ich lag da und er stocherte mir im Mund rum. Es war demütigend, trotzdem habe ich jeden einzelnen Stoß und seinen abschließenden Abgang genossen.

Ich werde sogar vor dir rot, liebe Filo, wehe du plauderst was aus, ich würde im Boden versinken.

Bussi, Miri.

»Echt? Du erlaubst mir das? Was ist, wenn ich zu heftig werde und dir wehtue?«

»Ich vertraue dir und wir haben Zeit zum Üben. Dein Schwanz pulsiert vor Freude und bittet um Einlass, trau dich.«

»Glaubst du mir, dass ich diese Art Porno regelmäßig schaue und Angst habe, dich zu überfordern?«

»Bitte, lass mich dich glücklich machen, und nebenbei testest du meine devote Ader. Ich helfe nach, wenn es sein muss«, ergänze ich und taste seinen Schaft entlang.

»Das kann heiter werden, damit bekommst du immer deinen Willen. Na gut, du Bückstück, komm mit, rücklings auf die Couch, Kopf auf die Lehne, Augen zu und Mund auf.«

»Heißa, versaute Wortwahl, so schwebt mir das vor, ich werde brav schlucken.« Er zieht mich an der Hand ins Wohnzimmer, mein Kopfkino rattert auf Hochtouren. »Alles, was du befiehlst, Schatz.«

Er hat einen anatomischen Blick, ich passe perfekt und liege mit dem Mund in der Höhe, damit er sich nicht anstrengen muss. Die Lehne stützt den Nacken, er hält mich, ich kann nicht ausweichen. Als wenn ich das würde. Die Gefühle sind intensiver als bei Jonas, da habe ich funktioniert. Flo diene ich, sein Vergnügen springt hoffentlich über. Flo steht vor mir, seine Eichel liegt auf meiner Nase. Ich liebe diesen Duft, verrucht, mit einer Note Schmutzigkeit. Ich freue mich auf seine Eroberung. Flos Penis ist kürzer als der von Jonas, dafür dicker. Ich sehe keine Probleme, der passt in ganzer Pracht rein.

»Hände unten lassen, ich wünsche freie Bahn.«

Ich nicke zustimmend, wie ausgewechselt ist er, mein Zukünftiger. Er sagt an, ich gehorche. Die Situation ist ähnlich wie damals, nur heute mit Hingabe aus Liebe. Ich traue mich, es mir einzugestehen: Diese ausnutzende Demütigung turnt an, der krasse Gegensatz zur öffentlichen Miri. Sanft legt sich die Eichel auf meine Zungenspitze und schiebt sich die ersten Zentimeter auf die Zunge. Sie ist salzig und es schmeckt nach meiner Muschi; Nora und Laura waren köstlicher. Er penetriert die Lippen, mehr als die Eichel stochert nicht in mir. Mit einer Trau-dich-Geste versuche ich ihn anzustacheln. Wir werden uns später auf ein Handzeichenvokabular einigen. Er versteht nicht und lässt von mir ab.

»Was hast du? Ich wusste, ich bin zu grob.«

»Quatsch, fang an, mich auszunutzen. Bisher ist es nett.«

»Nett ist die kleine Schwester von -«

»Scheiße! Meine Rede«, unterbreche ich ihn. »Sei besitzergreifend, nimm dir, was und wie du es brauchst. Ich bin Puppe, Sexspielzeug, nenn mich, wie du magst. Solange ich dich mit einem Zwick in den Po nicht stoppe, hast du freie Bahn. Hab Spaß, ich erlebe und diene.«

»Erleide meinen Orgasmus, ich fick dir den Mund und gleichzeitig deine Seele. Du wirst nichts anderes fühlen, als Schwanz, der sich einen Weg ins Innere sucht und neuer Mitbewohner deiner Mandeln wird.«

Er versteht und bedient sich. Hab Spaß, ich bin für dich da, Meister. Mit geschlossenen Augen liege und genieße ich den Missbrauch. Nein, es ist das falsche Wort, *liebevoller Gebrauch* passt besser. Meine Einschätzung war richtig, ich spüre seine Hoden an die Stirn tippen und sein Steifer vergnügt sich, ich würge nicht. Der ist wie für mich konstruiert, sitzt wie angegossen. Wie versprochen, nimmt er sich meinen Mund vor. Er vögelt mir mehr als den Hals. Zum ersten Mal im Leben bin aus Liebe bereit, mich erniedrigen und benutzen zu lassen. Wie bei Jonas merke ich, dass er sich dem Höhepunkt nähert. Ich hebe die Arme, umfasse seinen Po, ziehe ihn weiter ran, damit er nicht aufhört. Mir rinnen Glückstränen über die Wange.

Flo stoppt schlagartig. »Was ist, Schatz? Was tue ich dir an? Ich bin ein Egoist.«

»Spinnst du, ich genieße. Weiter und wehe du hörst noch mal vorzeitig auf, sei Motor, Direkteinspritzer. Ich weine vor Glück, dich zu haben.«

Ich halte ihm den offenen Mund hin und nicke. Einen ungläubigen Blick später übernimmt ihn seine Geilheit und ich spüre, wie mein Eindringling sich den Weg sucht. Flo findet zu seinem Rhythmus zurück, ich fühle und schmecke ihn, gebe mich hin. Warte, das ist die Lösung, dass Jonas länger durchhält! Klar, warum ist mir es nicht früher aufgefallen? Jonas hielt inne, nicht komplett, sondern verlangsamte sein Treiben. Zwickmühle, ich möchte meinen Mann nicht erneut unterbrechen, ihm aber das Geheimnis verraten. Habe ich ›Mann‹ gedacht? Er tobt sich aus und ich stelle mir uns beide am Altar vor.

Mein Flo holt mich zurück, denn er spritzt mir den Mund voll. Nicht ganz unwissend, der Schlingel, er bleibt weiter vorne, ich verschlucke mich nicht, Jonas war nicht mitfühlend, bei ihm war es schwieriger, alles in den richtigen Hals zu bekommen.

»Sauge mir die letzten Tropfen raus, wäre ja Verschwendung, ginge der Rest daneben.«

›Nicht übertreiben, du Schlingel‹, denke ich mir. Einen Michelin-Stern verleihe ich dir dafür nicht, du bist salzig verliebt. Erneut habe ich das Ende eines Blowjobs verdrängt. In Gedanken setze ich Ananassaft auf die Einkaufsliste.

»Huschen wir zurück ins Bett oder legst du die DVD mit dem Kamin ein?«

»Eindeutig ins Bett. Das ist kuscheliger und es wartet Arbeit auf dich, deine Verlobte ist unbefriedigt.«

»Das ändere ich.«

Eingekuschelt unter einem Berg von Decken, lasse ich mich verwöhnen, küssen und streicheln, fingerfertig ist er. Ich glaube, ich greife mein Versprechen von vorhin auf.

»Es wartet die andere Seite auf ihren Anteil.«

»Verstehe ich nicht.«

»Warte!« Wie vor einer halben Stunde spiele ich liebevoll mit seinen Eiern.

»Ui … vergnügen wir uns gegenseitig. Du knetest, ich fingere.«

»Synchronzucken, geil! Ich im Orgasmuswahn und du, wenn du zu früh aufhörst. Leg los!«

Ehe ich mich versehe, spüre ich seine Finger, überall Finger. Er hat in den letzten Stunden gelernt, wie und wo sie hingehören, damit seine Zukünftige befriedigt einschläft.

Geständnisse

»Aufstehen, Schnarchnase.« Ich stehe im Schlafzimmer und beobachte, wie er sich die Augen reibt.

»Menno, es ist zu früh, ich bin müde.«

»Ich gebe dir früh, Kaffee ist fertig und die Reste von gestern warten. Zeit zum Mittagsessen.«

Er schaut verschlafen aus, mein Struwwel.

»Wachwerden, in fünf Minuten am Tisch, zum Essen fassen. Bringe ein Kissen mit.«

Damit er nicht sofort wieder umkippt, kaum dass ich zur Tür raus bin, lasse ich Licht und frische Luft ins Zimmer. Die Duftmischung aus Pumakäfig, Moschus und heißen Nummern ist nur für Nasen, bei denen das Gehirn auf geil geschaltet ist.

Mit einem breiten Grinsen warte ich unschuldig auf ihn. Drüben raffelt es in den Kissen, er wird seine Boxer suchen, die ich in der Hand habe.

»Wo sind meine Shorts? Schatz, du warst heute Nacht kuschelig, ich habe geschlafen wie ein Baby.«

»Eher wie ein solches gesabbert, aber dafür wie ein Holzfäller einen Wald auf Kaminholzgröße zersägt. Komm rüber, Mann unten ohne ist heiß. Los, einen Schluck Latte und du fühlst dich besser. Ich habe Gans und Klöße mit Soße aufgewärmt, das Essen der Champs.«

»Du bist zu gut zu mir. Womit verdiene ich dich? Schlafen bis in die Puppen, wecken mit Kaffee und Mittagessen und gestern Abend … uiii, davon zehre ich jahrelang. War ich zu heftig oder egoistisch?«

»Es war sensationell und dank deiner fingerfertigen Revanche bin ich flugs ins Land der Träume geflogen.«

»Ich habe dir lange zugesehen und aufgepasst, dass du zugedeckt bleibst. Du bist ein Drehwurm und später sind wir Arm im Arm eingeschlafen.«

»Du Voyeur und Traumwächter, bei dir fühle ich mich sicher. Setz dich, ich tische auf. Saft, Wein oder Bier?«

»Haben wir Sprudel? Wasser und Latte zum Essen.«

»Klar, einen Moment«, rufe ich aus der Küche. »Hast du das Kissen mitgebracht?«

»Nein, was für ein Kissen?«

»Muss ich diese Weihnachten alles selber machen, du Schussel? Na gut. Einmal Resteessen mit Liebe in jeder Gänsefaser, ein Wasser und frischer Kaffee. Schlag zu, bin gleich zurück.«

»Ich warte.«

»Fang an, du wirst dich wundern.«

Mit dem Kissen, welches unter den Tisch wandert, kehre ich zurück.

»Damit ist es bequemer. Kein Kommentar, was meinst du, warum ich die Hose versteckt habe. Ich probiere an dir, ob ich das genieße oder mich der Alkohol enthemmt hat. Kein

Kommentar heißt, dass da oben Ruhe ist. Iss, die Gans bleibt nicht ewig so heiß wie dein Küken hier unten.«

Ich lasse uns beiden null Chancen zum Denken und tauche zwischen seine Beine ab. »Ich habe essen gesagt.« Er ist verdattert, ich arbeite mich zielstrebig zu seinem Penis vor.

»Ich versprach Verköstigung der Champs, genieße doppelt.«

Ich bin amtlich eine Bitch. Was geht in meinem Kopf vor, das dermaßen enthemmt? Erneut sitze ich beim Essen statt an unterm Tisch und sauge eine Eichel. Diese ist meine, nicht geliehen wie bisher. Ich glaube, Flo hält mich für verrückt, er nimmt mir die schüchterne graue Maus in Zukunft nie wieder ab. Nach dem Essen kläre ich ihn auf, ich habe die Stelle des Tagebuches im Kopf, die ich ihm vorlese. Es gibt Unterschiede, Jonas' Kleiner war schlaff geblieben, beide Male, hier regt sich was. Flos Stöpsel fordert zunehmend Platz ein und sabbert salzig. Jonas hat mich wie Sexspielzeug behandelt, ich war der ›Mund‹. Flo schaut ständig unter die Tischdecke, ich glaube, er kontrolliert, ob ich noch alle im Oberstübchen habe oder fragt sich, ob er träumt. Nicht mal ich selbst bin mir sicher, was ich hier unten treibe.

Sich etwas durch den Kopf gehen zu lassen, erhält gerade eine neue Bedeutung. Mein Schlingel lässt sich Zeit beim Essen und gibt mir so die Möglichkeit, nachzudenken. Eine Gänsebrust zu verzehren, dauert nie so lange, da werde ich vor ihm satt. War meine Idee, ich ziehe es durch, mit allen Konsequenzen.

»Wenn du so weitermachst, komme ich …«

»Alles gut, füttre mich ab.«

25.12.2019

Hallo Filo,

die Ereignisse überschlagen sich: Ich bin verlobt. Ja, in echt, schau nicht so. Du hattest recht, Lauras Überraschung war

Florian, ich wollte es nicht wahrhaben. Beim abendlichen Versöhnungssex habe ich ihm einen Antrag gemacht. Keine Ahnung wie mir das rausgerutscht ist, er hat Ja gesagt. Wo wir beide davon geträumt haben, dass der Held die Lady fragt. Du liest richtig: beim Sex.

Deine verklemmte Miri hat sich durch die letzten Tage gevögelt. Werd nicht rot, was wir getrieben haben, beschreibt ›miteinander schlafen‹ nicht ansatzweise. Er ist ein Jahr älter und war bis Montagabend ungeküsst, der Blowjob vom ersten Date zählt nicht, US-Präsidenten sahen das ähnlich. Bis er Anfang Januar zurückfährt, lasse ich ihn keine Minute aus der Kiste, wir haben Nachholbedarf.

Ich bin glücklich, er ist mein Flo, exklusiv für mich. Erinnerst Du Dich an deine tränengetränkten Seiten, als der Schlingel sich nicht benommen hat? Wie naiv war ich, mein Leben ist sein Leben, er lernt Miris Vergangenheit in nächster Zeit kennen.

Du wirst mir helfen, den Grund zu finden, warum ich nicht in dem Sommerurlaub – du weißt schon – auf ihn abgefahren bin, ich bin mir sicher, du erinnerst dich. Bis dahin, schlaf gut.

Küsschen, Miri.

Corona kommt

»Das ist Grütze. Alles! Urlaub gestrichen – ist zu verschmerzen, im Garten erholst du dich genauso. Aber der Rest? Wie verdienen wir in Zukunft ohne Veranstaltungen unser Geld?« Laura eröffnet die Runde. »Nächste Woche legt der Lockdown los.«

Sie hat Nora, Flo und mich zu einer Krisensitzung eingeladen und es stimmt: Die Lage ist schwierig. Sie und ihr Gatte leben davon, für andere Hochzeiten oder Jubiläen zu planen. Beides gibt es weiterhin, nur die Feste fallen aus.

»Flo und mir ergeht es genauso. Unser Betrieb ist ›systemrelevant‹, sagt mein Chef und führt im gleichen Atemzug für einen Teil der Belegschaft Kurzarbeit ein. War nicht die beste Idee, Flo einen Job bei uns zu verschaffen. Zum Glück ist meine Wohnung nächstes Jahr abbezahlt. Wir schnallen den Gürtel enger.«

»Wir veranstalten am Wochenende unsere letzten beiden Partys. Eine Hochzeit bleibt uns, samt passendem Junggesellenabschied, der Rest hat nach und nach abgesagt. Ich möchte heulen. Kurzarbeit bringt einem Selbständigen nichts und wer weiß, ob der Staat Hilfen rüberwachsen lässt.«

Nora ist gelassen. »Mich trifft das nicht. Von meinem Ex habe ich eine Abfindung eingestrichen, um ihn kampflos zu verlassen. Die reicht einige Zeit.«

Passend fasst Jonas unsere Bedenken zusammen: »Wir brauchen einen Plan. Die Lage ist nicht hoffnungslos, nur verworren. Nora lehnt sich entspannt zurück und wartet ab, Miri und Flo kommen knapp über die Runden, Laura und ich straucheln.«

»Sag das nicht, ich glaube zwar, dass dieses Coronading uns länger begleiten wird, aber ihr beide habt Flo und mich. Ich zumindest werde helfen – ohne euch, wäre ich eine vertrocknete Katzen-Lady.«

Flo bestätigt: »Meine Rede, wir dürfen im Lockdown nichts unternehmen und finden was, um euch zu unterstützen.«

»Das ist lieb gemeint, aber im Sommer, spätestens zum Herbst, geht das Geld aus.« Laura stehen Tränen in den Augen.

»Ich glaube nicht daran, dass alle zu Hause bleiben und Däumchen drehen. Ein paar Wochen ist das sicher durchzuhalten, im Sommer kehrt Normalität ein. Heiraten unter blauem Himmel ist romantischer, oder? Meine Hochzeit mit Flo wirst du ausrichten, sage nichts – gegen Bezahlung«, erkläre ich der Runde.

»Dein Wort in Gottes Gehörgang. Wie sieht Plan B aus, wenn es sich verschlimmert?«, fragt Laura.

»Lass den alten Herrn da raus, der hat Wichtigeres zu tun, wir schaffen es aus eigenem Antrieb. Die weltbeste Schwester hat eine abgefahrene Idee.«

»Ein Banküberfall ist keine Lösung, Nora.«

»Nö, mein Vorschlag ist legal und verwegen.«

»Mysteriös …«

»Wehe, jemand meckert hinterher. Ich brauche ein paar Infos. Wie groß ist das Haus, wie viele Räume habt ihr, die ihr nicht oder als Abstellkammer nutzt?«

»Der Anbau ist seit November fertig, da wollten wir unser Planungsbüro auslagern und das Dachgeschoss steht leer. Wir hatten zuletzt die Idee, sie als Studentenbude anzubieten, haben es aber vor uns hergeschoben.«

»Dachte ich mir, das Haus wirkt geräumig. Ich glaube, dass wir uns demnächst nicht mehr treffen dürfen, wenn wir nicht im gleichen Haushalt wohnen.«

»Ja, deshalb nennen sie es Lockdown, jeder bei sich zu Hause auf der Couch. Ich verstehe nicht, du Jonas?«

»Sie deutet an, dass ihr alle bei uns wohnt, um Geld zu sparen, weniger Miete und so.«

»Übernächstes Weihnachten gehört die Wohnung mir, da sparen wir Verlobten nicht viel.«

Gründungstag

»Das ist nicht mein Vorschlag. Stimmt, wir ziehen zusammen, als Fünfer-WG, suchen uns einen pfiffigen Namen aus und präsentieren uns per Liveshow und Videos im Internet.«

»Wie bitte? Wer will uns denn sehen und was bringt das ein?«

»Ach, Miri, ich meine freizügig. Wie wir in unseren ausgelassenen Wochen oder wie Jonas im Raum nebenan, du erinnerst dich?«

»Okay, jetzt mal halblang. Bevor ihr beide alles auskaspert, fragt erst, ob die Hausbesitzer mitmachen.«

»Jetzt markier mal nicht den Entrüsteten. Du wolltest seit ewigen Zeiten einen Porno von uns drehen.«

»Hey, nicht alles ausplaudern – für uns beide, nicht zum Onlinestellen.«

»Der Schritt dahin ist ein finaler, einmal im Netz, immer im Netz. Wir streamen ein-, zweimal die Woche eine Liveshow und stellen Teaser ein. Wir sorgen natürlich dafür, dass niemand erkennt, wer wir sind und wo wir herkommen.«

Genervt gehe ich dazwischen. »Ich poppe nicht im Internet, knick das. Sag was, Florian!«

»Schatz, das ist kompliziert. Wenn du nicht willst, ich auch nicht. Vorher hören wir Nora bis zum Schluss zu, absagen kannst du später immer noch.«

»Klar, Weihnachten warst du männliche Jungfrau und in Gedanken fällst du über uns alle her, könnte dir so passen.«

»Langsam, cool down, Miri, ich will keinen Vorehekrach. Wir produzieren keine handelsüblichen Pornos, davon ist das Netz voll. Ich dachte an eine andere Richtung.«

»Wenn du nicht meine Schwester wärst, wäre ich schon weg und würde nie wieder mit dir reden. Sprich weiter, sauer bin ich trotzdem.«

»Wir gründen ›Das Haus‹, euer perfekt ausgestattetes Spielzimmer, unten Pool, Dusche und Sauna und ein blickdichter Garten sind unsere Bühne. Wir finden da in Zukunft Optionen. Die Bewohner, wir, bilden eine Hierarchie aus. Laura, die dominante, sadistische Vorsteherin, Jonas, der masochistische Lustknabe, Miri, du spielst eine Rolle zwischen Spielzeug und Quälgeist, Flo, bei dir bin ich mir nicht sicher, wie du dich entwickeln wirst. Es wird erotisch, nicht schlüpfrig. Anders als die ganzen Videofirmen sind wir authentisch und spielen nicht. Unsere Lust ist echt, Schmerzen erleiden oder teilen wir real aus, die Zuschauer erleben wirkliche Dominanz und Hingabe.«

Die kurze peinliche Stille unterbricht Laura. »Das klingt besser als der Wunsch von Jonas, einen Fickfilm zu drehen, oder Miri? Ich habe etliche offene Fragen. Nehmen wir kurz an, wir spielen mit … wie filmen, verbreiten und monetarisieren wir das alles?«

»Der Reihe nach. Die einschlägigen Portale im Internet kennt jeder und dort werfen wir die Angel aus. Kurze Episoden, damit die zahlungswillige Kundschaft auf das Fanportal wechselt. Wir bieten Livestreams an, Filme, Events und Wunschabende.«

»Und woher weißt du, wie das geht? Sag nicht, du bist da schon lange dabei. Und wie wir aufnehmen, hast du bisher nicht beantwortet.«

»Wir fangen langsam an. Ich habe mir zu Weihnachten eine Kamera geschenkt, wollte meinem Hobby, Videoblogs, professioneller nachgehen. Die alte Knipse habe ich auch noch. Wir filmen oder shooten bis 6K. Ich bin überzeugt, es hat Erfolg und wir stocken unser Equipment auf. Für ein paar Schnappschüsse zwischendurch haben wir Handys.«

»Ich besitze eine Actioncam zum Radfahren. Die hat zwar nicht die hohe Auflösung, dafür eine outdoortaugliche Bildstabilisierung.«

»An die Idee gewöhne ich mich. Ich stelle meinen Computer zur Verfügung, der steht meistens rum, seit ich mir das Pad gekauft habe. Den PC hat mir im Sommer ein Verkäufer angedreht, ich suchte einen zum Surfen und Schreiben und Flo sagt, der wäre ein geiler Gaming PC. Der reicht zum Filmeschneiden.«

»Ich arrangiere meine Vlogs auf dem Tablet, mehr ist selten nötig, am Computer ist es leichter, bisher wollte ich nie Geld dafür ausgeben. Diese Pads sind im Preis jenseits von Gut und Böse.«

»Wie drehen wir, wenn der Lockdown uns nicht lässt?«, fragt Jonas. »Dein Plan sieht vor, dass ihr drei bei uns einzieht? Den Platz hätten wir, das wird nicht mal eng. Wir shooten uns erotisch … wobei? Du hast jedem eine Rolle zugewiesen, aber wie du dich einbringst, verschweigst du uns.«

»Ich sagte, es ist eine Idee, nicht der perfekte Plan. Wir finden eine Position für mich, obwohl ich durchschnittlich normal bin, ohne was zum Präsentieren.«

»Das lässt sich regeln. Ich habe das am Anfang zu schwarz-weiß gesehen. Fangen wir harmlos an und produzieren eine Vorstellungsrunde, jeder präsentiert sich, wir fahren durch die Szenen und Orte und warten auf die Reaktionen der Zuschauer. Ich stelle mir Jonas auf dem Andreaskreuz vor oder wie Laura sich kitzeln lässt, das werden Blockbuster.«

»Wir zeigen der Welt, wie du dich überwunden hast, Jonas durch den Dildo zu kosten«, ergänzt Laura meine Ausführungen.

»Das war freiwillig! Bäh, du plauderst alle Peinlichkeiten aus.«

»Wenn wir so weit sind, über Noras Vorschlag zu diskutieren, reden wir Tacheles.«

»Genau, wir bespielen mehrere Kanäle. Ich schreibe das letzte Jahr meines Tagebuches um und publiziere es als Buch, *Operation Weihnachtsglück*. Das war die aufregendste Zeit, die ich je festgehalten habe. Die Welt erfährt, wie ich es geschafft habe, mich von einer Pechmarie in diese verlobte Frau zu verwandeln.« Mit einer Geste zeige ich meinen Körper hoch und runter.

»Und die Welt liest, wie du deine Schwester flachgelegt hast, Miri«, ergänzt Nora.

»Das blamiert uns, wir drei haben im Herbst reichlich, wenn nicht sogar mehr, Unsinn angestellt.« Jonas sieht bei dem Gedanken skeptisch aus. »Wir waren keine Engel.«

»Stellt euch nicht so an, ich spiele bei allen Ferkeleien mit und traue mich.« Es spricht die Devote aus mir. »Ich liefere mich der Welt aus und bin Feuer und Flamme für diese Idee.«

»Da schließe ich mich an. Mangels echtem Sex habe ich ein paar Fantasien niedergeschrieben. Die veröffentlichen wir unter Miris Namen, sie wird Bestsellerautorin.«

»Ach, du schreibst und erzählst mir nichts davon? Du kennst jede scharfe Stelle meiner Tagebücher, genießt und schweigst?«

»Ich habe mich nicht getraut.«

»Alles gut, Bärchi, wir lesen sie heute Nacht, wehe, die sind nicht abgefahren.«

Wir fünf reagieren mit betretenem Schweigen, wie Schüler, die man beim Rauchen erwischt hat. Jonas schaut sich die Runde an und versucht es mit einer Ansprache.

»Reden und umsetzen sind zwei Seiten einer Medaille, bei Kaffee und Plätzchen ist das easy. Packen wir es an, morgen um zehn Uhr, aufgebrezelt, kostümiert und bereit für eine Proberunde. Laura, du ziehst dir das scharfe Lederoutfit an, Miri den Hauch von der Pokerrunde, ich werde auftreten wie bei der Pizzalieferung und halte alternativ den Cop bereit. Zu Nora und Florian fällt mir nichts ein, ihr denkt euch selber was aus.«

»Echt? Morgen schon? Das ist ja kurzfristig.«

»Ich hab ja gesagt, Miri, handeln ist schwerer, als Pläne schmieden.«

Laura bekräftigt ihren Gatten. »Keine Widerrede, wir probieren uns aus und erfahren, ob es eine Schnapsidee ist. Für die Angsthasen unter uns: Ich schaue da niemanden genauer an, Miri. Wir besitzen eine illustre Auswahl an Masken. Entweder wir starten durch oder blasen Trübsal – Wortspiel nicht beabsichtigt.«

»Masken sind gut, ich bin für Pseudonyme, ich nenne mich Marlène oder einen Doppelnamen, ich grüble noch. Laura heißt Sanné, das klingt scharf und niederländisch. Wer hat weitere brauchbare Namen?«

»Denise, Roxanne, Samantha, Vanessa …«, ergänzt Flo. »Such dir einen aus, Nora.«

»Hoch die Hintern, wir drehen ein Runde durchs Haus«, fordert Jonas uns auf.

»Ich liebe es, wenn ein Plan funktioniert«, flüstert Nora mit einem Grinsen.

Laura übernimmt die Führung. »Beginnen wir im Anbau.«

Rundgang

»Ihr kennt das Haus im Wesentlichen. Der Anbau ist fertig und leer. Da quartieren wir Miri und Flo ein. Zwei gemütliche

Zimmer mit eigenem Bad, da könnt ihr schon in Gedanken eure Möbel aufstellen.«

»Nicht übel, unser zukünftiges Refugium; wir haben daheim ein Zimmer mehr und das ist eine Rumpelkammer. Wir lassen das Meiste drüben.«

»Gehen wir weiter und schauen uns das Dachgeschoss an, Noras Reich.«

»Großzügig, leider nur mit Gäste-WC. Reicht zum Schlafen und ein paar Fotos.«

»Beim Kauf war das als Kinderzimmer geplant, später haben wir uns beide gegen Nachwuchs entschieden.«

»Echt geil«, ergänzt Nora, »die Balken geben tolle Bondagepfähle ab. Oben Haken eingeschraubt, mit Sisal umwickelt und wir spielen miteinander.«

»Siehst du, Laura, habe ich dir immer gesagt. Du bist die scharfe Domina und ich dir zu Diensten.«

»Du wirst einen Schmerztanz am Pfahl aufführen, leidender Ehemann.«

»Pah, ich lege dich gleich flach.«

»Traust du dich nicht, wenn alle dabei sind.«

Ich schaue den beiden beim Flirten zu und wünsche mir, dass Jonas loslegt, ich spanne gerne und gönne mir Flos Stange später.

»Genug geschäkert, führt mich in das beste Zimmer ein, bisher habe ich nur einen Blick erhaschen können. War zwar keine Spargelzeit, hervorgestochen ist dein Kleiner trotzdem, nicht wahr, Jonas?«

»Selbst schuld, hättest ja reinkommen können. Ich habe nichts zu verbergen.«

»Mein Plan wird sowas von aufgehen. Wir reden offen und ich denke, wir kennen uns alle nackt, keine Überraschungen. Wer hat was gegen einen ausgiebigen Stopp im Keller? Im Pool

ist es für uns fünf eng, da fallen die letzten Berührungsängste.«
Nora sieht zufrieden aus.

»Ich bin dabei, du auch mein Schatz?« Flo schaut mit seinem
Dackelblick, dem ich nichts abschlagen kann und nickt.

»Ja, ist verrucht«, bestätige ich.

»Erst zeigt ihr mir den Raum, dann hüpfen wir ins Wasser.«

»Jonas, führ sie ein und wir drei bereiten alles vor.«

»Allein mit Jonas?«

»Klar, er wird dich nicht beißen, nicht wahr, mein Schatz?«

»Ich bin lammfromm, du kennst mich.«

»Notgeil wäre das richtige Wort«, schäkert Laura.

»Kommt ihr beiden, Nora wird sich zu wehren wissen.«

Größenvergleich

Der Whirlpool ist für uns alle geil eng, also goldrichtig. Die
Düsen pusten fleißig Luft ins Wasser und sorgen für Diskretion,
der Wasserspiegel steht hoch, nur unsere Köpfe schauen raus.
Ich spüre von überall Körperkontakt. Heiß. Wessen Finger
erregen beim Streicheln meiner Hüfte die kribbelige
Gänsehaut? Jonas oder Nora, von der Richtung her. Egal, nicht
aufhören, mein Kopf liegt auf dem Beckenrand und ich genieße.
Die Hand wandert, stoppt am Busen und massiert ihn. Das
Gefühl erkenne ich, so hat Nora mich letztes Jahr unter der
Dusche erkundet. Sie löst sich mit einem neckischen Zwick in
einen Nippel und erntet dafür einen bösen Blick. Ihre
smaragdgrünen Augen, funkelnde Edelsteine zum Verlieben,
lassen meinen Unmut im Nu verfliegen. Sie zwinkert und legt
sich zurück. In Gedanken drohe ich: ›Dich vernasche ich später
in der Sauna!‹ Mein Blick schweift, Flo liegt wie ich gerade
entspannt neben mir. Verdächtig, ich erforsche mal den Grund.
Sein Oberkörper ist flauschig weich, meine Finger gehen auf
Wanderschaft. Je tiefer ich an ihm fühle, umso aufgeregter

werde ich. Gleich erreiche ich seinen Schwanz; zum ersten Mal sind Flo und ich beim Fingern nicht allein. Kurz vorm Ziel stoppt er mich, drückt meine Hand auf seinen Bauch.

Ich flüstere ihm zu: »Keine Aufregung Schatz, niemand sieht, wie ich an dir fingere.«

»Laura spielt an mir, nicht eifersüchtig werden. Bitte.« Er setzt einen knuffigen Dackelblick auf.

»Bärchi, lass ihr das Vergnügen, dann kraule ich dir den Sack.«

Er schaut erschrocken nach oben. Habe ich da einen Treffer gelandet?

»Die sind besetzt, Noras Zehen klimpern an den beiden Kleinen.«

»Du Schlingel.« Ich beiße ihm sanft ins Ohrläppchen. »Genieße es und streichle Laura ein wenig.«

»Und dich.« Seine Hand, die gerade beherzt meinen Arm gehalten hat, rutscht sacht wie eine Feder in meinen Schritt. Fordernd bittet ein Finger um Einlass, ich helfe und öffne mich, indem ich ein Bein über Jonas' Oberschenkel lege. Heiß, Jonas hat einen Steifen. Flo reibt mir die Perle und ich greife bei Jonas zu – doppelter Spaß. Lange braucht mein Schatz nicht, sein Fingerspiel, die Erlebnisse des Tages, Noras Vorarbeit und die vielen Berührungen treiben mich sekundenschnell zum Höhepunkt. »Flo, ja ... perfekt, da ... schneller ... warte! Langsamer ... jetzt!« Im Unterbewusstsein schreit meine Lust in den Raum, mein Flo weiß, wie er mit mir umgehen muss.

»Sachte, Miri, sonst erwürgst du ihn.« Jonas holt mich zurück in die Realität.

»Sorry, war abgelenkt.« Ich schaue in die Runde und acht Augen starren mich an. »Was?«

Nora versucht eine Erklärung. »Du hast den Keller zusammengestöhnt. Ähnlich wie bei deinen ersten Fotos in der Sauna, geile Show.«

»Ich bin ganz leise gekommen.«

»Nee, mein Schatz, mir klingeln die Ohren.«

»Und mir glüht die Eichel; je lauter du wurdest, umso doller hast du zugedrückt.«

Unter Wasser abtauchen geht nicht, zu eng. Warum fliegt nicht die Sicherung raus? Ich schleiche mich weg und züchte Alpakas in Neuseeland. Die verklemmte Miri kommt öffentlich und unterhält das Publikum, ein neues Kapitel in meinem Lebensbuch, Filo wird schauen.

Spät in der Nacht sind Flo und ich nach Hause gekommen und wie zwei schlappe Katzen ins Bett gefallen. Nach einem Morgentoast grüble ist über meine Pooltaufe nach. Obwohl ich zuerst dagegen war, gefällt mir die Idee vom ›Haus der Spiele‹ zunehmend. Vor einem Jahr war ich solo und mein Liebesleben bestand aus Stippvisiten des batteriebetriebenen Leon. Flo sitzt auf der Couch und liest. Seit wir zu Hause sind, ist er ungewöhnlich still. Ich denke, ihm missfällt etwas.

Ich drücke mich fest an ihn und hake nach. »Was hast du, mein Schatz? So stumm kenne ich dich nicht.«

»Ach nichts, ich grüble nur.«

»Erzählst du mir, was da oben vor sich geht?«

»Schwierig. Behältst du das für dich?«

»Klar, for my ears only.«

»Du bist lieb. Vorhin im Pool und unter der Dusche …«

»Ja?«, schaue ich ihn fragend an.

»Jonas ist größer … wie soll ich sagen?«

»Du meinst seinen Schwanz?«

»Meiner sieht schmächtig dagegen aus.«

»Komm, Bärchi. Es ist nichts dabei. Hast du mitbekommen, dass ich die kleinsten Brüste habe? Es stört mich nicht, sie sind fest, rund und sie gefallen dir, oder?«

»Sie sind perfekt, das ist es nicht. Er hat mehr Muskeln, sieht über mich rüber und sein Penis … Was ist meine Rolle? Der

Stummel?«

»Der scharfe Stecher, was sonst?«

»Das sagt du, weil du verliebt bist.«

»Bin ich und wie. Das ist nicht der Grund, du hast dich in knapp drei Monaten vom Frühstarter zum geilen Liebhaber gemausert und du weißt, wie du deine Lady beglückst. Die Männerangst, nicht groß genug zu sein, ist unbegründet.«

Ich lehne mich an ihn und fingere in seinen Boxern.

»Sieh an, er regt sich. Der ist nicht so verklemmt wie du.«

»Er hat ja nur ein Auge und sieht nicht räumlich.«

»Du hast keinen Grund, dich zu verstecken, du weißt, wie du mit deinem Freund umzugehen hast. Wenn Mutter Natur vorgesehen hätte, dass Schwanzlängen wichtig sind, wäre die Evolution nie über den Wal hinausgegangen. Der hat locker eineinhalb Meter.«

Männern ist er nie groß genug. Mir fehlen die Argumente, die ihn überzeugen, dass er perfekt gebaut ist. Ich versuche einen Themenwechsel und fingere weiter an ihm herum.

»Da fällt mir ein, du hast von deiner Geschichte erzählt. Liest du sie mir vor?«

»Die peinliche und abstruse Fantasie eines Mannes ohne Sex?«

»Versauter als mein Tagebuch wird es ja nicht sein, oder?«

»Anders, Schatzi. Damals drehten sich alle Gedanken um Sex und nach deiner frivolen Nachricht wurde es heftiger. Du glaubst mir nie, wie viele Taschentücher dran glauben mussten.«

»Die Zeiten sind vorbei. Wir beide haben eine Menge Spielchen im Bett probiert, nur nicht voreinander masturbiert. Lies mir vor, was dich bewegt und wir genießen danach die Show des anderen. Einverstanden?«

Er steht mit heißer Beule auf und versucht, sie zu verbergen –
knuffig.

»Warte, ich hole das Pad.«

»Aye, mein Schatz und Hände weg von der Hose, die Beule
sieht scharf aus.«

Nordsee mit Sarah

»Ich habe die Geschichte *Nordsee mit Sarah* genannt. Ein Autor Mitte fünfzig und eine Einundzwanzigjährige machen zusammen an der Nordsee Urlaub.«

»Sugardaddy, ich verstehe. Stehst du auf junge Dinger? Fang an, deine greise Verlobte wartet.«

»Ich stehe auf dich, damals ahnte ich nicht, welche Zeit wir zum gemeinsamen Glücklichsein verschwendet haben.«

Eroberung der Nordsee

»Wo schläfst du?«

Ich bin nicht sicher, warum das Universum mir Sarah, knusprige einundzwanzig, zugespielt hat. Der Wirbelwind rauscht durch unser Urlaubsdomizil, zwei Schlafzimmer und unterm Dach ein weiteres mit bequemen Doppelbett, Wohnbereich mit offener Küche und ein Badezimmer. Wie jeden Sommer bin ich an der Nordsee, um zu schreiben. Diese Saison war nur eine Woche frei. Aber das wird ausreichen.

»Schau, da ist ein Whirlpool auf der Terrasse.«

»Ich weiß, Kleine, ich bin jedes Jahr hier.«

Zurück im Haus, sprudelt es ohne Unterlass aus ihr heraus. »Probieren wir den heute Abend aus? Ich schnappe mir das Zimmer mit dem Etagenbett, schlafe oben, das wird lustig. Gibt es WLAN? Ich zeige das alles meiner Freundin. Packen wir aus, es ist nie zu spät, das Meer zu sehen.«

Sie düst zum Auto, um augenblicklich mit Koffer und Rucksack, den ich die ganze Fahrt nicht anrühren durfte, in ihrem Reich zu verschwinden. »Bis gleich«, ruft sie und schließt die Tür.

Neben Sarah fühle ich mich alt. Ich zähle zweieinhalbmal so viele Jahre wie sie. Bis heute Morgen kannte ich sie nicht persönlich. Wir chatten über ein halbes Jahr miteinander und ich kenne den Teil, den sie im Internet preisgibt. Umgekehrt ist es genauso, ich habe ihr viele, nicht alle, Geheimnisse von mir erzählt. Unser Chatstart war über Kitzelfantasien. Mein letzter Roman enthält eine solche Szene und ich habe keine Erfahrung, bin nicht kitzelig. Sarah hat mir geschildert, wie es ist, freiwillig oder gezwungen, gekitzelt zu werden.

Ich räume mein Gepäck ins Haus, werde das Doppelbett unten belegen, die Leiter ist in der Nacht nicht hilfreich, wenn die Natur sich meldet.

Ich habe nur das Nötigste dabei. Mein Plan sah vor, in der Sonne den nächsten Roman zu vollenden, Sonntag einen Grundeinkauf zu tätigen und den Rest der Woche morgens zum Bäcker zu laufen. Der Plan ist hinfällig, das Energiebündel nebenan wird dafür sorgen. Plangemäß würde ich auf der Couch liegen und nach ein oder zwei Bieren einschlafen. »Hast du eine Sekunde, ich will dir was zeigen«, fragt sie und verwindet in ihrem Reich.

Sie holt mich aus den Gedanken. »Bin auf dem Weg.«

Klopfe ich oder falle ich mit der Tür in ihr Zimmer? Sie nimmt mir die Entscheidung ab.

»Wo bleibst du, ich bin aufgeregt. Warte, bevor du reinkommst, eine Sache ist noch. Seit einer Woche freue ich mich auf dich und den Urlaub. Ich hoffe, ich bin dir nicht im Weg, du schreibst an deinem Buch, ich passe auf. Wird es dir zu bunt, schick mich ins Bett oder kitzle mich so doll, bis ich müde werde. Schau, was ich mitgebracht habe.« Sie zieht mich ins Zimmer. »Wie gefällt es dir?«

Auf den ersten Blick ist wenig zu sehen, rosa Bettwäsche und ein Negligé auf der Decke.

»Es wird hinreißend an dir aussehen, Kleines.«

»Wie? Ach so, das meine ich nicht. Zieh die Bettdecke weg.«

Sie hat Hand- und Fußfesseln an den Pfosten befestigt und mir steht der Mund offen. Was wollte ich sagen?

»Schau nicht so. Ich habe deine Bücher und die Geschichten im Internet gelesen. War nicht schwer, sie zu finden. Meine Freundin meint, du bist verrückt, mir hat es gefallen. Ihre Warnung vor dir war drastisch, ist mir egal. Wenn wir für dein nächstes Projekt recherchieren oder experimentieren wollen, ist alles bereit.« Sie öffnet die Schranktür und zeigt mir ein paar Knebel und Dildos.

»Den Rest zeige ich dir, wenn wir es brauchen.«

Ich finde in meine Sprache zurück. »Komm mit auf die Couch, wir müssen reden.«

Sie dreht sich weg, Sekunden später heult sie los, richtig dicke Krokodilstränen mit Schluchzern.

»Ich habe alles ruiniert, dich enttäuscht. Ich bleibe die Zeit im Bett, du wirst mich nicht bemerken.«

Au Backe, ich habe keine Erfahrung im Umgang mit jungen Frauen. Sie glaubt, im Wohnzimmer wartet eine Standpauke mit Stubenarrest auf sie.

»Stell den Wasserfall ab und folge mir. Lass mich dir das erklären.«

Wieder die falschen Worte, es kullern noch mehr Tränen. Frauen haben ein C-Rohr anstatt des Tränenkanals. Stumm folgt sie mir, klemmt sich auf den Couchrand und starrt auf den Boden.

»Du hast nichts falsch gemacht, Sarah.« Ich setze, nein, presse mich an sie, umarme sie, Knuddeln inklusive.

»Was ist es dann?«

»Keine Ahnung. Ich bin mir nicht sicher, was hier passiert. Fassen wir zusammen: Du hast meine literarischen Werke gelesen und rennst nicht weg. Du bist seit einem halben Jahr einundzwanzig und ich mehr als doppelt so alt.«

Verdammt schwer, diese zarte Blüte zu umarmen und gleichzeitig klare Gedanken zu fassen. »Du riechst toll, mir fällt kein Vergleich ein ... mhm, unverdorben mit einem Hauch Weichheit.«

Der Springfloh ist zurück. Sie tauscht den Bach der Tränen gegen ihren unbändigen Redefluss.

»Du hast keine Ahnung und ich rieche? Na warte ... Die Weichheit nehme ich dir ab, unverdorben kannst du knicken. Du bist nicht verärgert?«

Mit einem Sprung landet sie auf meinem Schoß und klammert sich an mich. »Dein Duft gefällt mir genauso, Verlegenheit gepaart mit Schüchternheit. Beides treibe ich dir aus.«

Sie sind zurück, ihre Anmut und der Brunnen unendlicher Jugend. Es stimmt, ich wage keine Regung.

»Darf ich nicht flennen, sei du kein Stein. Drück mich gefälligst, wenn es dir nützt, riech weiter an mir.«

»Darf ich dich einsaugen?« Was ist das für ein Spruch? Flirten ist nicht meine Stärke.

»Wie und wo du willst. Aber erst besuchen wir den Strand. Ich bin eine Nordseemeerjungfrau.«

»Mit Schwimmflossen oder verwandelst du dich erst im Wasser?«

»Scherzkeks, ich war nie an der Nordsee, zeig mir Sand, Wellen und Dünen.«

»Zieh dir was Warmes und feste Schuhe an, so wie die Sonne untergeht, ist es am Wasser frostig. Ich suche mir was raus, dauert nur wenige Minuten.«

»Okay, Dad, und du brauchst nicht zu warten, ich habe deine Erektion bemerkt. Hätte mich gewundert, wäre er weich geblieben.«

Hat sie ›Dad‹ gesagt? O weh, das wird eine Woche. Während ich mich strandfein herausputze, schwirren eine Menge Gedankenfetzen in meinem Kopf. Sie hat tagelang virtuell gebettelt, dass ich sie mitnehme, hat versprochen, artig zu sein und mich nicht abzulenken. Sie würde am Strand liegen und brutzeln. Versprechen, um einen Mann in der Midlifecrisis um den Finger zu wickeln. Mit Erfolg. Die Artige zeigt mir ihr Negligé, das Sexspielzeug und die Bondage-Utensilien, dabei sind wir erst zwanzig Minuten hier. Ich bin stolz wie Bolle, eine junge Frau bietet sich mir an, der Unruhestifter in meiner Buchse ist derselben Meinung.

»Was dauert da so lange? Ich warte seit gefühlten Stunden auf dich.« Sarah kann es nicht abwarten.

»Bin fertig. Ich habe nachgeschaut, die Flut hat ihren Höhepunkt in einer knappen Stunde, bis Sonnenuntergang ist es nicht mehr lange hin. Wenn wir mit dem Auto an die Dünen fahren, dann reicht die Zeit für mehr als einen Strandquickie.«

»Höhepunkt und Quickie am Strand? Gehst du immer so ran? Woher willst du wissen, ob ich bereit bin?«

»Sarah, nicht so einen! Ich meine damit, dass wir schlendern und nicht nur einen Blick aufs Wasser werfen.«

Gute fünf Minuten später fahren wir auf den Dünenparkplatz. Ich glaube, sie hat in der ganzen Zeit keine Sekunde geschwiegen. Ob sie irgendwann Luft holt? Sie hat mich in ihren Bann gezogen, jedes Wort von ihr habe ich genossen.

»Freie Auswahl, wenige Parkplätze sind belegt.« Ich stoppe, sie springt aus dem Auto und rennt Richtung Dünen.

»Einen Welpen zu hüten, ist leichter«, murmle ich, schaue hinterher und freue mich über diesen Anblick.

Sie wartet am Fuß der Düne und schimpft. »Dauert das bei alten Männern immer so lange? Ich will das Wasser sehen. Los, fass den Sand an, ist der fein, der wird überall hinkommen. Hast du einen Eimer im Auto? Ich nehme mir welchen mit.«

»Immer halblang, nicht alles am ersten Abend und du wirst es in deinem Leben schätzen lernen, wenn ein Mann länger braucht. Gib mir eine Hand, wir schlendern los.«

Sie stupst mich von der Seite an. »Zum Rennen zu viel Speck am Bauch, alter Mann? Brauchst du Konditionstraining? Wer zuletzt am Wasser ist, der ist 'ne faule Flunder.«

»Denkste, ich lasse dich nie wieder los.«

Sie hat nicht mit meinem festen Händedruck gerechnet und der Schwung wirft sie mir in die Arme. Spontan ziehe ich sie an mich, greife in ihr Haar und küsse sie.

»Jetzt bist du an der Reihe mit halblang«, beendet sie unseren Lippenkontakt. »Begrabschen erlaube ich dir, wenn du es dir verdient hast.«

Sie nutzt die Minuten bis zur Dünenkrone, um mir einen Vortrag über Benimmregeln zu halten. Das war es Wert, von der Erinnerung ihrer weichen, unverbrauchten Lippen werde ich den Rest der Tage zehren, dieser Kuss hat mich für alle Zeiten an meine Sarah gebunden.

»Was soll ›meine Sarah‹ bedeuten?«, frage ich mich laut.

»Was? Hörst du überhaupt zu? Ich habe gefragt, was du dir dabei gedacht hast, und du antwortest mit meinem Namen?«

»Entschuldigung, ich musste die Gelegenheit nutzen. Nicht böse sein, ich halte in Zukunft einen respektablen Abstand.«

»Ich bin nicht sauer, aber überrumpelt. Frag mich vor dem nächsten Angriff, ob ich bereit dazu bin. Heute Abend gebe ich dir einen Gutenachtkuss. Einverstanden?«

»Natürlich, Kleine.«

»Nenn mich nicht so! Ich bin erwachsen. Sarah oder meinen Chatnamen erlaube ich dir. Wenn du verkleinern willst, versuch es mit Mausi, Mäuschen oder was in der Richtung, aber nicht zu oft. – Schau dir das Meer an, grandios.«

Wir stehen bereits minutenlang auf der Düne, Sarah hat das Meer in ihrem Wortschwall komplett ausgeblendet.

»Los, alter Mann, nicht so langsam. Dieser Anblick entschädigt sogar deinen Kuss.«

Das schmerzt doppelt. ›Alter Mann‹ nennt sie mich und die raue See entschuldigt sich für meinen Überfall. Mit einer Geste oder einem Wort macht sie mich an, in der nächsten Sekunde blitze ich ab. »Lauf vor, ich schaue dir zu«, rufe ich. Die Brandung ist zu stürmisch, sie hört mich nicht.

Mit nackten Füßen und hochgekrempelter Hose sitze ich auf der Düne, lasse Sand über die Zehenspitzen rieseln und schaue meiner – ja, meiner was? – *Begleitung* bei ihrer Eroberung der Nordsee zu. Ich schreie mein Glück in die Welt hinaus, die Kleine, äh, Sarah hat einen Nachmittag gebraucht, mich zu wecken und mich erneut an die Schönheit des Lebens glauben zu lassen. Ich springe auf und renne mit weit geöffneten Armen auf sie zu.

Déjà-vu, wieder habe ich sie im Arm, hebe sie an und drehe mich mit ihr im Wind.

»Jetzt ist der Zeitpunkt für einen Kuss gekommen – einen richtigen«, fordert sie.

Das ist der Beweis, der meine Zweifel widerlegt: Ich bin am Leben!

Ich war nie so energiegeladen wie dieser Wirbelwind. Jeden Stein und jede Muschel hat sie begutachtet und anschließend im Meer versenkt. Nichts war würdig genug, von ihr mit heim genommen zu werden. Was fehlt den Steinen, das mich davor rettet, neben ihnen in der Tiefsee zu enden?

Durchgefroren und pitschenass erreichen wir nach Einbruch der Dunkelheit unser Haus. Gehst du eine Stunde am Strand entlang, wartet ein einstündiger Rückweg. Sie war ins Suchen vertieft und ich mit Glücklichsein beschäftigt, wir haben den Sonnenuntergang verpasst, erst ein Schauer hat uns in die Realität zurückgeholt.

»Ist das kalt. Ich werde heiß duschen. Haben wir Holz für den Kamin oder drehen wir die Heizung auf?«

Sie verschwindet im Bad, wirft die nasse Kleidung in den Gang. Ob sie bedacht hat, dass sich weder Seife noch Handtuch dort befinden? Ich habe alles bei mir im Koffer.

»Hier ist kein Shampoo, bringst du welches und ein Badelaken?«

Das Schicksal stellt mir die nächste Prüfung. Die Dusche ist aus Glas, wenn ich schaue, gibt sie mir einen auf den Bürzel, wenn nicht, schlage ich mich selbst. Wenn Ärger, dann nicht grundlos, ich riskiere einen Blick. Diese Heckpartie hat sicher bei der Modellierung der Venus Patin gestanden, da bin ich sicher.

Sie gibt mir eine Sekunde, einen Blick auf ihren Busen zu erhaschen und wirft mich raus. »Genug gespannt, umdrehen, alles aufs Waschbecken legen und raus!«

»Was hältst du davon, wenn wir Zeit im Pool verbringen? Der hat fünfunddreißig Grad und der Regen hat aufgehört«, frage ich sie durch die Tür.

»Perfekt, dann brauche ich das Handtuch erst später. Wehe, du geilst dich an mir auf, alter Mann.«

»Den ›alten Mann‹ treibe ich dir aus oder ich nenne dich ›Kleine‹. Lass mir heißes Wasser über, ich möchte mich abspülen.«

Sarah zieht an mir vorbei, nackt und ohne Eile. Klar, nicht aufgeilen, sagt sie und zeigt, was sie hat. Kalt abbrausen, um den Blutstau zu reduzieren. Ich bin Mitte fünfzig und nicht in der Lage, meinem Ständer Einhalt zu gebieten. Ich fühle mich wie zwanzig – damals hatte ich Dauererektionen, wenn was Weibliches in der Nähe war. Es hilft nichts, ich weiß, dass die schönste Frau, die ich kenne, keine zehn Meter entfernt nackt im Whirlpool wartet. Ich stelle mich dieser Herausforderung und steige mit Ständer dazu.

»Du Perverser, nein Scherz. Komm rein, es ist angenehm warm. Wenn du mir versprichst, damit keinen Unsinn zu veranstalten, dann kuschle ich mich an dich und wir dösen.«

»Versprochen, nur wird er so nie schlaff.«

»Nicht schlimm. Hat er einen Namen? Er zu sagen, ist doof. Meine Scheide habe ich Lulu genannt.«

»Wehe du lachst«, ich stehe auf und wedle mit meinem Steifen. »Ich stelle vor, Klein Leo.«

Sie lacht, war klar. »Komischer Name für einen Penis. Klein passt nicht und Leo? Brüllt oder beißt er? Setz dich wieder, genug nackte Tatsachen für heute. Erzählst du mir, was als Nächstes in deinem Buch passiert?«, fragt sie und lehnt sich an mich.

Zeige mir einen Mann, der sich konzentrieren kann, wenn sich eine solche Schönheit an ihn schmiegt.

»Das ist der erste Abschnitt. Abgefahrene Fantasie, oder?«, fragt Flo und reißt mich aus dem Kopfkino.

»Bisher gefällt es mir, dein alter Mann behandelt Sarah mit Respekt und versucht nicht, sie sofort ins Bett zu ziehen. Was erleben sie als Nächstes?«

»Du bist nicht böse, dass ich eine Fantasie mit einer jungen Frau hatte?«

»Nein oder denkst du, dass alle meine Gedanken in der Vergangenheit jugendfrei waren? Auf zum nächsten Teil, ich wäre gerne deine Sarah.«

»Du bist meine Sarah, ich kann mich genauso schwer konzentrieren wie Patrick, wenn du dich anschmiegst.«

»Wer ist Patrick?«

»Die Romanfigur. Bleib kuschlig und hör weiter zu.«

Kuschlig? Ist das seine verklemmte Umschreibung dafür, dass ich an ihm liege und seinen Schwanz streichle?

Vormittagscouch

Erst nach Mitternacht sind wir schlafen gegangen, jeder in seinem Bett. Der versprochene Gutenachtkuss war sensationell, Hingabe mit Zungenspiel. Die Tücherbox wird den Urlaub nicht reichen, meine Linke hatte zu tun, bevor Morpheus mich geholt hat. Durch eine Kammer getrennt, liegt eine heiße Frau und ich rubble, was die Vorhaut aushält. Das glaubt mir hinterher keiner, selbst ich zweifle die Geschichte an.

»Guten Morgen, Siebenschläfer«, weckt sie mich. »Ich war Frühstück holen. Kommst du freiwillig aus den Federn oder soll ich nachhelfen?«

»Menno, ich habe schön geträumt, gib mir ein paar Minuten.«

»Nichts da. Ich sehe, wie du eingeschlafen bist.« Sie deutet dabei auf den Berg Taschentücher. »Hast du dabei an mich gedacht und anschließend von mir geträumt?« Sie zwinkert mir zu.

»Raus mit dir, du Frechdachs! Ich ziehe mich an und bin in fünf Minuten bei dir.«

»Hast du wieder Druck? Wie alt bist du, zwanzig? Ist in deinem Alter nicht irgendwann Ruhe?« Sie zupft ein Tuch aus der Box, drückt es mir in die Hand und ergänzt: »Mach hinne, der Kaffee wird sonst kalt«, und saust aus der Tür.

Diese unbekümmerte, direkte Art gefiel mir bereits in den Chats, sie nimmt kein Blatt vor den Mund. Sie ist die erste Frau, die meinen Lebensweg kreuzt, die es nicht stört, wenn ich auf sie onaniere. Sie trifft dabei voll ins Schwarze, die Morgenlatte sagt ›Hallöchen‹ und ich werde gleich erotisch an Sarah denken. Der Anblick ihres makellosen Körpers hat sich mir ins Gedächtnis gebrannt, er hat mich für alle anderen Frauen verdorben. Dieser Abgang ist schnell, die Wirkung wird nicht lange halten, befürchte, nein hoffe, ich.

»Da bin ich. Wow, Brötchen, Eier, Kaffee und Marmelade, alles für einen perfekten Start in den Tag.«

»Fast, eine Umarmung eröffnet das Frühstück. Du bist sowas von knuffig und leicht in Verlegenheit zu bringen.«

Und es geht los. Eine Umarmung dieser Göttin und ihr Duft nach Jugend rauben mir den letzten Verstand. Eine Woche mit ihr und ich brauche Wundsalbe auf der Eichel, wenn nicht ein Wunder geschieht. Ob sie mit Absicht ihre Brust an mir reibt? Zwei perfekte Handvoll, durch jugendliches Kollagen dort gehalten, wo die Natur es vorgesehen hat und keck rausstechende Brustwarzen, die mich piksen und piesacken. In Gedanken liegt sie auf dem Esstisch, neben Schrippen und Eiern, und ich knabbere ihr ein Negligé vom Leib.

»Genug gesabbert, alter Mann. Stärke dich, du brauchst eine solide Grundlage, sonst wird das Buch nichts. Ich freue mich darauf, zu hören, wie du deine gestrige Idee aus dem Pool umsetzen wirst. Ich radle zum Købmand, der Shop in der Siedlung hat kaum Auswahl, typische Touri-Falle.«

»Wo hast du denn das Rad her und warum kennst du dich hier aus wie in deiner Westentasche?«

»Das Bike war im Schuppen und ich bin in die Funktionenweise von Google eingewiesen. Vergessen, ich gehöre zu der Generation, für die das Internet kein Neuland ist. Wir sehen uns in einer Stunde, dann ist klar Schiff und ich höre dich tippen. Sonst ...«

Weg ist sie. *Sonst?* Ich erwische mich bei dem Wunsch, ihr *sonst* zu probieren. Hinfort, anzügliche Gedanken. Der Kaffee ist so lecker wie die Brötchen und der Tisch flugs abgeräumt, die Eier liegen geschält neben dem Laptop, die nasche ich beim Schreiben. Der Einstieg in den Text hakt, Sarahs Duft liegt in der Luft und schlimmer, in meinen Sehnsüchten beugt sie sich über die Tischplatte. Das nächste Taschentuch, das dran glaubt ... den Tag überstehe ich nie. Die anliegende innere Spannung verringert sich um die Menge, die es braucht, um Inspiration zu finden, ein paar Zeilen aus mir zu quetschen. »Wie läuft es?«

»Was, schon zurück? Bist du geflogen?«

»Von wegen. Ich habe extra vor dem Einkauf getrödelt, mir ein Softeis gegönnt und am Strand vernascht. Läuft's bei dir, vertieft ins Schreiben?«

»Ein paar Ideen sind mir gekommen, damit meine beiden Protagonisten nicht nur stumm rumsitzen.«

»Mehr als Ideen, wie ich sehe.«

Sie hält mir mit spitzen Fingern das Tuch vor die Nase. Notiz an mich: Räum in Zukunft deine Hinterlassenschaften gleich weg.

»Das geht mit dir nicht so weiter, mein alter Wichser.«

»Na hör mal, diese Wortwahl von dir? Ist das die versprochene Artigkeit?«

»Ist das deine versprochene Zurückhaltung?« Sie wedelt weiter.

»Unentschieden. Was soll ich denn machen? Du bist weich, scharf, jung ...«

»Nicht überrascht sein, ich bin nicht harmloser. Frauen haben es leichter bei der Selbstbefriedigung, wir sauen seltener rum«, antwortet sie mit erneutem Wedeln.

»Kannst du das weglegen?«

»Okay, frisch gefiele mir der Inhalt besser. Upsi, habe ich das gesagt?«

»Hast du, das ist es. Du gehst mit der Situation locker um, im Gegensatz zu mir. Weißt du, welche Überwindung es mich gekostet hat, erregt zu dir in den Pool zu steigen? Was ich am liebsten mit dir auf diesem Tisch anstellen würde und mich dafür schäme, es direkt zu sagen?«

Es ist amtlich: Ihr alter Mann ist ein Lustmolch. Sie knallt mir eine, wir reisen ab, ohne ein Wort mehr zu wechseln, dabei ist nicht mal Mittag.

»Setz dich auf die Couch, wir müssen reden«, lädt sie mich ein.

»Ich fange an zu heulen.«

»Untersteh dich, das ist meine Zauberkraft, wenn ich den Kopf durchsetzen will.«

Sie setzt sich wie gestern an den Couchrand und klopft auf die Couch. »Mein linker, linker Platz ist leer, ich wünsche mir den Patrick her.«

Ich schaue ungläubig und folge langsam der Aufforderung.

»Stück weiter weg, bitte.«

»Oha, so ein Gespräch. Bekomme ich eine Predigt von dir?«

»Quatsch, alter Mann.«

Sie dreht sich und legt mir ihre Füße auf die Schenkel.

»Ausziehen und massieren. Wir reden offener, wenn ich genieße und du mich ohne schlechtes Gewissen begrapschst, hoffe ich.«

»Earth is probably paradise lost. Woher weißt du? Stimmt, du hast meine Werke gelesen.«

Ich starte die Erforschung ihrer Füße. Erst mal einen, den Genuss teile ich mir ein.

»Massieren, nicht halten und anstarren, dein literarisches Ich ist folgsamer.« Sie wackelt einladend mit den Zehen.

»Ja, Ma'am«, rutscht es mir raus.

»Warum nicht gleich so? Ich überlege mir einen Anfang.«

Sie hat mich, gefangen mit wenigen Worten und Gesten, Göttin und Herrin in einer Person. Ich drehe mich, um sie gebührend zu massieren. Etliche Füße haben meine eigennützige Behandlung genossen, keine waren perfekt wie diese.

»Talentiert, ich bin beeindruckt. Du löst die Verspannungen der letzten Zeit in Luft auf.«

Sie schließt die Augen und lehnt sich zurück. Ich knete ihr eine Fußsohle, die andere gleitet ein Bein entlang und stoppt in meinem Schritt. Die Zehen tippen gegen den Schwanz, der seit gestern sein Eigenleben führt. Sie verteilt zarte Stupser, ein Hauch von Nichts und es ist der beste Footjob, den ich je genossen habe. Kurz vor der Explosion übernimmt der Verstand die Kontrolle, ich entziehe mich und rutsche nach hinten.

»Hey, was soll das? Habe ich dir das erlaubt?«

»Nein, Sarah. Ich bin kurz davor und will dich nicht verärgern.«

»Es sei dir verziehen. Rutsch zurück, wir wechseln die Seite. Links ist der sanfte Fuß, jetzt ist der wilde rechte dran und wehe, du ziehst wieder weg. Sag, wenn es knapp wird.«

Sie hat alle meine Werke verstanden. Ich protestiere gar nicht erst, sondern gehorche, schiebe Leo in ihr Herrschaftsgebiet und starte die Massage. Statt Streicheleinheiten klemmt sie den Schwanz zwischen Sohle und Lenden, reibt und drückt, ein klassischer Footjob, effektiv.

»Stopp!« Kurz vor knapp schaffe ich es, sie zu bremsen. Sie zieht ihren Fuß weg, gönnt mir eine Pause.

»Wirklich? Du brichst ab, ohne Erlösung?«

»Es war dein Wunsch.«

»Ja, ich habe nicht geglaubt, dass du es schaffst. Legen wir eine Pause unseres Katz-und-Maus-Spiels ein?«

»Das sagst du so, ich bin geladen und entsichert.«

»Langsam, Brauner. Willst du hören, warum ich mit dir mitfahren wollte?«

»Und du, warum ich nachgegeben habe?«

»Wer fängt an?«

»Du«, gebe ich den Ton an.

»Ja, el Cheffe. Bitte unterbrich mich nicht, ja?«

»Ich versuche es, Mausi.«

»Versuchen ist der erste Schritt zum Versagen. Schaffe es. Hilft es, wenn ich dir erlaube, an meinen Zehen zu knabbern? Sind deine Geschichten echt, wie du behauptest, stehst du drauf, oder?«

»Und wie und an deinen erst recht.« Ich bestätige mit einem Kuss auf den Spann.

»Es fällt mir schwer, offen zu reden. Versuchen wir es, mit vollem Mund unterbrichst du mich nicht.«

Einer Aufforderung, der ich nicht widerstehen kann. Der rechte Onkel zuerst. Es warten zehn Himmelreiche, jedes werde ich mit Hochgenuss erobern.

»Also ... Nicht alles, was ich dir geschrieben habe, ist wahr. Das Wichtigste zuerst. Ich bin nicht nur Nordseemeerjungfrau, sondern auch beim Sex eine Jungfrau. Ein paarmal rumgeknutscht, Runterholen und Fingern. Richtig spaßig war es eher für die Kerle, einer hatte eine winzige Ahnung, wie er mich zu streicheln hat, befriedigt hat er mich nicht. Du hast in den Erzählungen exakt beschrieben, wie ich verwöhnt werden möchte und meinen ersten Sex geschildert. Leider habe ich mich nicht getraut, es dir zu texten. Als du von dieser Reise geschrieben hast, ist jede Scheu von mir gefallen. In einer Sekunde wusste ich, ich werde dich begleiten und nicht als Jungfrau zurückkreisen. In meiner Vorstellung bin ich bereit, alles zu gestatten, damit du mein erster Mann wirst. Gestern, an gleicher Stelle, als ich deine Erektion spürte ... ich hätte dich rangelassen, ein Wort von dir ... du verstehst. Später unter der Dusche, im Pool, auf der Couch oder in meinem Zimmer gefesselt und griffbereit im Bett, egal wie, ich vertraue darauf, dass du nicht der perverse Lustmolch bist. Es ist raus, ich bin die versaute Lolita und du der Vernünftige.«

Das muss sacken. »Gib mir einen Augenblick, meine Beichte zu formulieren, außerdem bin ich mit den Zehen nicht fertig.«

»Wenn du ehrlich zu mir bist, lass dir die Zeit, die du brauchst.«

Hurra!, schreit irgendeine Synapse in mir. Eine Jungfrau, für dich. Sie gibt sich dir hin, nimm sie, hab Spaß.

Langsam!, kommt es aus der anderen Ecke des Verstandes. Sie gibt sich dir hin, geh mit diesem Geschenk sorgsam um, gib ihr die Freude, die sie verdient.

»Wirst du zuhören, ohne mich zu unterbrechen? Mir fällt ein ehrliches Statement genauso schwer wie dir.«

»Du hast mein Plappermaul erlebt, ich versuche es.«

»Versuchen ist der erste Schritt zum Versagen, sagte mir kürzlich eine Schönheit.«

»Stimmt, mein Schnabel macht, was er will. Danke für das Kompliment, du findest mich schön? Ich würde ...« Sie stockt und wird rot. Ist das sexy.

»Was würdest du? Und ja, du bist unheimlich schön. Einen Vorschlag, diese Couch ist unsere Ehrlich- und Offenheitscouch. Hier äußern wir, was wir denken, brauchen oder wünschen, ohne dass der andere beleidigt ist oder verurteilt wird. Wir lassen Scham und Verklemmtheit auf dem Vorleger liegen. Einverstanden?«

»Schließt das mit ein, Nein zu sagen, wenn mir eine Idee zu abgefahren ist?«

»Was auf diesen Kissen gesagt wird, ist für uns, wird nie verraten und respektiert, auch eine Ablehnung. Ehrenwort.«

»Versuchen wir es, weihe mich in deine Wünsche ein.«

»Nimm meinen Schwanz in den Mund, damit du nicht unterbrichst.«

»Ich soll dir einen blasen? War klar, du Geier. So sieht eine offene Couch aus, ich bin deine Befriedigung.«

»Mein Steifer knebelt und verstummt dich, mehr nicht.«

»Ich habe drei Dildoknebel mit, warte ...« Sie versucht aufzuspringen, ich halte sie zurück.

»Nein, jetzt. Couch, Schwanz und Mund, keine Ausflüchte.«

»Und wenn ich nicht mag? In Gedanken ist mein erster Oralsex romantischer.«

»Sag Nein oder fang an. Zur Erinnerung, nicht blasen, er soll dich verstummen.«

»Du meinst das ernst, mit der Ehrlichkeitscouch? Du bist nicht mehr verklemmt.«

»Das täuscht, mein Herz pocht auf hundertachtzig und ich rechne jeden Augenblick mit einem Tritt in die Weichteile.«

»Das wäre was für später, wenn du bitte, bitte sagst. Hinlegen, Hände hinter den Kopf und Augen zu. Du willst es, ich mache es. Drin, mehr nicht, kein Abspritzen, verstanden?«

»Echt? Lass mich ihn abwischen, er ist -«

Sarah hindert mich am Aufstehen, statt einer Antwort bekomme ich einen Schubs und sie legt sich zwischen meine Beine, fingert den Schwanz aus seinem Versteck, Boxershorts sind praktisch. Das schaffe ich nicht, diese zarten Berührungen ... Ich bin kurz vorm Explodieren.

»Sachte, ich garantiere für nichts.«

»Dann ist es so. Warne mich bitte vor, ja?«

»Selbstredend!«

Wenige Zentimeter trennen ihre Lippen von meiner Eichel. Sie ist voll mit Vorschleim, es ist mir peinlich, dass sie ihn so in den Mund nimmt.

»Ich sagte zurücklehnen und Augen zu. Fang an zu beichten.«

Kaum liege ich entspannt, durchzuckt es mich. Was ist das? Draußen Sonnenschein, ein Blitz war es nicht. Nächster Impact, ich erkenne den Auslöser, sie verteilt Küsse auf der Eichel und es umschließt eine Wärme die ersten Zentimeter meines Schaftes, die ich derart heiß nie gespürt habe, sie nuckelt zaghaft. Der letzte Besuch einer Zunge ist Jahre her, ich habe in meinem Leben ein paar Blowies bekommen, diese wenigen Sekunden stellen alles bisher Erlebte locker in den Schatten. Sie macht es sich gemütlich, legt den Kopf auf meinen Bauch, umklammert den Schaft und macht ein Geräusch, das wie eine Aufforderung klingt.

»Hehe, ein Lustmolch? Ich schaue mir das mal an. Hart und feucht, wie bei deinem Patrick. Wie viele Teile hast du geschrieben?«

»Bisher sind es viereinhalb, Ideen habe ich für etliche Episoden, in der Geschichte ist es Sonntag und nicht mal Mittag.«

»Dann schreib weiter, wir werden den Buchhandel rocken. Deine Fantasie mit jungen Frauen und meine Memoiren. Am

Rande, warum erfahre ich erst nach Monaten, dass du auf Füße stehst und warum habe ich bisher keine Fußmassagen bekommen? Fragen, über Fragen. Ab sofort ist diese Couch das Wahrheitssofa, in Zukunft erzählen wir uns gegenseitig Wünsche und Gedanken, verstanden? Hast du gewusst, dass ich eine Freundin habe, die Sarah heißt und eine Flirtmaschine ist? Die lässt nichts anbrennen.«

»Du hast sie nicht erwähnt, ist sie mir bisher über den Weg gelaufen?«

»Ja, sie war im *Maisys* und hat auf unser erstes Date aufgepasst. Sie hätte mich gerettet, falls ich einen Hauptdarsteller eines Stummfilmes mimte.«

»Echt? Du hast unser Treffen gerockt, da war keine Hilfe nötig. Mitbekommen habe ich sie nicht. Stellst du sie mir vor?«

»Soll ich dich eifersüchtig anschauen? Du lässt schön die Finger von ihr, sie greift sich alle Männer, die nicht bei drei auf dem Baum sind.«

»Miri, ich liebe dich und die kann zählen, bis sie alt ist, ich habe mein Glück gefunden. Du bist genauso knuffig, wie ich es mir immer gewünscht habe. Da können zehn Sarahs kommen. Bereit für den nächsten Teil der beiden? Sie tanzen weiter um den heißen Brei, ich meine um die Matratze. Um mich zu konzentrieren, benötige ich die gleiche Ruhe wie mein Patrick, du verstehst?«

»Das ist kein Ding, ich bin bei dem Thema nicht so romantisch angehaucht wie Sarah. Wenn dir nach einem Blowjob für zwischendurch ist, dann frage. Ich werde es nie verstehen, warum da so ein Theater veranstaltet wird. Mir gefällt es, wenn du glücklich bist, und ich genieße es, dich dabei zu führen. Raus mit deinem Leo – der Name ist lustig, nennen wir ihn in Zukunft so?«

Ich mache es, wie seine Protagonistin: Rankuscheln und einsaugen.

Mittagsorgasmen

Ich hätte nie geglaubt, dass er der Mann sein würde, dem ich gestatte, mich zur Frau zu machen. Die Milchbubis aus der Berufsschule sind unglaublich unreif – die haben nur eines im Kopf. Ein wenig geknutscht, schon haste eine Hand im BH oder im Höschen. Patrick hat sich bisher zurückgehalten, selbst Hand angelegt, statt gleich über mich herzufallen und nicht protestiert, als ich getrennte Betten vorgeschlagen habe. Dafür ist er jetzt rangegangen, ich habe seine Eichel im Mund, die erste in meinem Leben. Es war süß, wie er gebettelt und es als Befehl getarnt hat. Ein merkwürdiges Teil, wie ein Kaugummi, der nicht weniger wird. Als meine Freundin erzählt hat, wie ekelig Blasen ist, war mir klar, dass ich nie einen Mann in den Mund lasse. Sie hat entweder gelogen oder keine Ahnung; es schmeckt nach nichts, obwohl sein Schwanz recht glibberig ist ... todesmutig habe ich ihn eingesaugt. Er ist hart und pocht, die Eichel ist dagegen eher soft. Bisher fühlt es sich geil an. Der Knebel funktioniert, diese scharfe Schwanzspitze lasse ich nicht wieder frei. Patrick könnte mit seiner Beichte anfangen oder greift er eine Nummer ab?

»Auweia, das ist ein geiles Gefühl. Es ist das erste Mal, dass eine Frau meinen Schwanz im Mund hat, ohne dass ein Happy End wartet. Es stört mich nicht, weil es dein Mund ist. Bitte sei vorsichtig, ich garantiere für nichts, weniger nuckeln, nur im Mund halten, sachte. – Zurück zu meiner Beichte. Ich habe dich mitgenommen, weil ich notgeil war und gehofft habe, dich Durchnudeln zu können, der ewige Handbetrieb zu Pornos ist nicht das Gelbe vom Ei. Nebenbei hätte ich in dir ein Versuchsobjekt gefunden, welches die Ideen erträgt, die ich für den neuen Roman ersinne. Du siehst, ich falle nicht über dich her, ich bin kein Sexmonster oder Perverser. Gut, du lutschst mir den Steifen, das war eine Schnapsidee und ich hatte vermutet, du würdest es ablehnen. Nicht böse sein. Gott, bist du gut. Du hast echt nicht ...?«

Es gibt einen anständigen und verständnisvollen Mann in diesem Land und ich erwische ihn – na toll. Ich biete mich an und er liegt nicht unmittelbar auf mir, da helfen nur schwere Geschütze, ich schenke ihm meinen ersten Blowjob.

»Stopp, Kleine, sonst ...«

Ein kurzes Kopfschütteln und wenige scharfe Sauger von mir und er explodiert. Mein Kaugummi produziert Salzlake mit merkwürdiger Konsistenz.

»Es tut mir leid, ich konnte es nicht zurückhalten. Spuck es aus.«

Ein unüberhörbares »NEIN!« ertönt im Hinterkopf, in meinem Unterbewusstsein schlucke ich: für ihn. Schon widerspreche ich mir: *Das ist schleimig und bitter, das schaffst du nicht.* War es nicht mein Wunsch, ihm dieses Erlebnis zu schenken?

›Entscheide dich, Sarah, raus oder runter, es wird mehr im Mund. Na dann runter damit‹, befehle ich mir. Mit einem Kuss entlasse ich den sabbernden Schwanz aus meinem Mund.

»Es war meine Entscheidung und wenn es dir gefallen hat, war es das wert. Du hast soeben meinen Mund eingeweiht.«

»Das war nicht meine Absicht, ehrlich. Kuschelst du dich für heiße Küsse und zur Entschuldigung an mich?«

Geht doch, er wird zutraulicher. Ein Kuss ist der erste Schritt in die richtige Richtung und seine Umarmungen sind, wie soll ich sagen, flauschig.

»Was unternehmen wir an dem angebrochenen Tag?«, frage ich.

»Am liebsten würde ich dich nie wieder aus den Armen lassen.«

»Spricht die Couch aus dir oder bist du rattig? Ich habe etwas zu ergänzen.«

»Sag mir wie versprochen, was du denkst, Darling.«

»Auf deine Verantwortung! Da ich Leo entladen habe, wirst du sicher eine Weile brauchen, bis du hart genug bist, mich zu vernaschen. Verbringen wir Zeit im Pool, fummeln inklusive?«

Eine innere Stimme spricht zu mir: ›Wenn das kein Angebot ist. Pool, Petting und später Poppen. Ich glaube, da ist eine geheime Zutat im Sperma, die enthemmt und geil macht, ich hole mir *heute Nacht eine weitere Dosis.*‹

»Entspannendes Blubberbad, gefällt mir. Du hast den Nachteil des Mittfünfzigers entdeckt, nach einer Runde braucht die Natur Zeit zum Regenerieren.«

›Nicht ablenken, ich will dich: hier und heute!‹ Warum traue ich mich nicht, es ihm frei heraus ins Gesicht zu sagen?

»Das ist gar nicht schlecht, so teilst du dich ein und ich habe mehr vom Sex. Komm, duschen wir und ab ins Wasser.«

»Darf ich dich einseifen?«

»Ich bestehe darauf, bin dein dreckiges Mäuschen.« Ich schaue ihn an, er nickt. Während des nächsten Kusses zieht er an meinem T-Shirt. Tollpatschig, mein alter Mann, fehlt ihm Übung? Zum Glück habe ich keinen BH an, sonst säßen wir heute Abend noch hier. Die Boxer habe ich ihm schneller von der Hüfte gezogen. Sein Penis schläft, klein und knuffig, und hält sich mit der Vorhaut das Auge zu.

»Los, trag mich.« Im Aufstehen streife ich den Mini ab und stehe mit Tanga vor ihm.

»Dreh dich und hüpf mir in die Arme.«

Die Idee ist prima, an den Hebefiguren werden wir arbeiten; statt im Bad, landen wir wieder auf der Couch. Ich knie auf ihm, so wie gestern, fast ohne Stoff. Sein Schlaffer streichelt an Lulu, ein Seufzer entweicht mir.

»Hast du dir was gestoßen, alles gut?«

»Leider nicht, da war ich vor ein paar Minuten zu gierig, sonst würdest du stoßen. Wie lange brauchst du, bis er wieder einsatzbereit ist?«

»Zu schnell, du fühlst dich heiß an. Ist es nicht schöner, wenn wir den Moment abpassen, der perfekt ist?«

Tolle Rumba, er ist anständig, verständnisvoll und schüchtern. Ich traue mich nicht, ihn aufzufordern: ›Fick drauflos, spalte die Möse und tobe dich aus!‹

»Spielverderber. Aber leichtes Fummeln, ja?«

»Deinen Körper zu erforschen, ist mir ein inneres Blumenpflücken.«

Besser als gestern Abend. Nach dem Pool habe ich es mir selbst besorgt und vorgestellt, es wären seine Finger. Wir haben masturbiert, jeder für sich, statt miteinander, gegenseitig, ausdauernd.

»Warte, nicht aufstehen, ich habe was auf dem Herzen.« Ich ziehe mich an ihn und flüstere: »Ab heute Abend schlafen wir zusammen, oder?«

»Ja, werden wir. Miteinander nicht in der ersten Nacht. Enttäuscht? Ich merke, wie du dich an mich wirfst. Es ist schwer, dir zu widerstehen. Heute Abend kuscheln und probieren wir, ob wir harmonieren.«

»Du bist wie eine harte Nuss, schwer zu knacken. Wir harmonieren: du Stecher, ich Gestochene. Da reibe ich mich an dir fast nackt und du bleibst anständig.«

»Weil ich dich mag, oder mehr, glaube ich und dich nicht verletzen will.«

»Echt? Du kennst mich knapp vierundzwanzig Stunden.«

»Und ein halbes Chatjahr. Wenn das nicht reicht, was dann?«

Wird ja immer schlimmer, nicht nur anständig, verständnisvoll und schüchtern, zusätzlich verliebt. Ich wollte einen Mann, der sich auskennt und mich entjungfert, einen One-Week-Stand, der mich entführt, verführt und mich die körperliche Liebe lehrt. Ich glaube, er hat recht, nicht gleich über mich herzufallen, dafür hätten die Möchtegerncasanovas aus der Schule gereicht. Ich überlasse ihm das Kommando.

»Einverstanden. Ab in den Pool, ohne Tragen, sonst kommen wir nie von der Couch runter.«

Bereits unter der Dusche erwacht sein Kleiner wieder und stupst an mir.

»Sieh an, er ist zurück, ich werde dich ausgiebig waschen.«

Die perfekte Ausrede, ihm einzuheizen. Ich sollte aufpassen, rechtzeitig zu stoppen, mein zukünftiger Erster ist den Umgang mit jungen Dingern nicht gewöhnt und schnell bei der Sache.

»Warst du nicht diejenige, die von uns beiden die Schmutzige ist? Ich schäume dich gründlich ein.«

Ich reiche das Duschgel mit einem Zwinkern rüber. Es verbreitet einen orientalischen Duft, verführerisch. Der Entschluss, ihn zu erwählen, ist goldrichtig, er hat einhundert Finger, die wissen, wo ich schmutzig bin. Nicht aufhören, mein Schatz. Schatz? O weh, entwickeln sich da Gefühle? Mit dem Gedanken, dass es mir gefällt, unser erstes Mal zu verzögern, lenke ich mich davon ab, eine Antwort auf diese Frage zu finden.

»Ziehen wir um, lange reicht das Warmwasser nicht und im Whirlpool ist es bequemer.«

»Dann husch.«

Er schiebt mich zielstrebig nach draußen, ich erwische knapp das Handtuch.

»Hast du es eilig, mein Lustmolch?«

»Mega, unter Wasser vollende ich, was beim Duschen unterbrochen wurde.«

»Mir Höhepunkte schenken? Ich bestehe darauf, es verhindert für die nächste Stunde, dass ich mir dieses Prachtexemplar einverleibe«, und greife ihm dabei in den Schritt.

Das Wasser sprudelt um uns herum, keiner sieht, was unter der Oberfläche passiert. So wenig wie hier los ist, wird keiner vorbeilaufen, zum Glück. Sein Körper ist ein einmaliges Kuschelkissen, nicht knochig, nicht wabbelig. Schnell finden wir unsere Position.

»Leg deinen Fuß rüber, für den Tag der offenen Tür«, fordert er mich auf.

»Bitte, einmal gespreizte Beine, bediene dich, äh, mich.«

Eine Hand findet ihren Weg in meine Glückzone, die andere erobert fordernd eine Brustwarze. Synchrones Streicheln, oben und unten, wo hat er das gelernt? Auf die Idee bin nicht mal bei der Selbstbefriedigung gekommen. Keine Seite kommt zu kurz, er wechselt zum richtigen Zeitpunkt. Minutenlang lässt er mich beben und bremst kurz davor. Warum stoppst du vor meinem Orgasmus? Mach, lass mich explodieren.

»Bitte ...«

»Lehn dich zurück, genieße und vertraue mir.«

Das sagt er so einfach. Sein Ständer drückt frech gegen eine Pobacke, ich zerfließe und er macht langsam.

»Bitte ...«

»Pssst.«

Er fängt und reduziert meinen Körper. Alle Gefühle konzentrieren sich auf eine Stelle, meine Klity. Sie fühlt für mich, sie übernimmt jeder Faser in mir und treibt mich in Richtung Höhepunkt. Ich verliere das Zeitgefühl. Jetzt, ja, weiter, nicht aufhören!

»Lass dich fallen, Kleine, gibt dich deiner Lust hin und schalte die Gedanken aus.«

Ist es so weit? Bringt er mich um? Tod durch Orgasmus? Pause, nein mach weiter, mehr, stopp, aus, doller ... aus welcher Ecke meiner Lust holt er diese Gefühle?

»Gib mir paar Minuten, du schaffst das. Die Perle wird härter, deine Schamlippen schwellen an, der endgeile Orgasmus ist fast da.«

Aufhören, weitermachen ... ich sterbe, nein lebe, das schaffe ich nie. Es wird gleißend hell, ich verglühe in seinen Armen. Mich durchziehen wachsende Wellen, heftige Schnappatmung mit Spasmen, ich liebe es, verliere die Kontrolle, meine Selbstwahrnehmung reduziert mich auf meine Klit und Wogen aus Orgasmen.

Plötzlich ist Ruhe. Wo bin ich, was bin ich, wer bin ich?

»Willkommen zurück, mein Schatz.«

Ich zittere wie ein Katzenschwanz, Lustzentrum und Körper vereinen sich wieder vorsichtig. »Was hast du gemacht und wichtiger: Wann wiederholen wir das?«

Er antwortet nicht, sondern hält mich fest im Arm, gibt mir einen Kuss auf die Schläfe. Ohne seinen Griff würde ich zerfließen und im Ozean der Verwirrtheit versinken. Mein zweites erstes Mal heute. Er hat mir beigebracht, wie sich Blasen anfühlt, und mir gezeigt, was ein echter multipler Orgasmus ist.

Ohne Zeitgefühl lasse ich mich in seiner Umarmung treiben, genieße die Sonnenstrahlen, das Kribbeln der Blubberbläschen und seinen Duft.

»Komm, Schatz. Genug im Wasser gedöst, wir lösen uns langsam auf.«

»Nö, ohne deine Nähe bin ich einsam und werde erfrieren.«

»Steig aus dem Pool, wir ziehen um ins Bett.«

Ins Bett? Damit fängt er mich. Kommt es heute doch dazu. Eine Drehung und ich strahle, himmle ihn an.

»Du willst -«, ein Kuss unterbricht mich.

Ich stöpsle Leo aus und sage: »Das trifft sich gut, ziehen wir ins Bett um und du zeigst mir, ob du nicht nur Theoretiker bist. Ich will kommen wie Sarah.«

»Zumindest habe ich die Reaktion von Patrick realistisch beschrieben. Du hast genuckelt und ich habe es knapp geschafft, nicht zu kommen.«

»Brav, mein Schatz. Das heben wir uns auf, ich bin dran. Wie lange tanzen die beiden um den Vulkan, bis er loslegt und sie entjungfert? Ein Geschenk, das ich dir nicht geben kann.«

»Du bist das beste Geschenk, das mir je passiert ist.«

Wie habe ich die Jahre ohne meinen Knuddelbärchi ausgehalten? Wage ich es, mich auf ihn zu setzen wie Sarah? Langsam könnte es klappen, ohne hinterher einen Orthopäden rufen zu müssen.

»An was denkst du? Das Schmunzeln und diese sexy Grübchen verraten dich.«

»Ich versuche abzuschätzen, wie ich es schaffe, mich auf deinen Schoß zu knien, ohne die Hüften zu verrenken.«

»Hepp und rauf.«

Bequemer als gedacht und ich spüre, wie erregt er ist.

»Ziehen wir ins Bett um oder zeigst du mir gleich, was du aus mir rausquetschst?«

Statt einer Antwort knabbert er mir am Ohrläppchen und knöpft mir die Bluse auf. Wir bleiben hier, passt schon.

Und wie es passt, er hatte ja die beste Lehrerin in Sachen Frauenglück: mich. Mit der Fingerfertigkeit schafft er jede Abschlussprüfung. Seine Sarah hat nicht untertrieben, wie seiner literarischen Geliebten, hat er alles aus mir rausgeholt, was möglich war.

»Kuscheln, ich brauche eine Pause. Wenn du das in Pillenform verkaufst, gäbe es den Weltfrieden.«

»Komm, ich halte dich.«

»Liest du mir noch ein paar Zeilen vor? Ich lausche gerne deiner Stimme und ich bin neugierig, wie ihr erstes Mal wird.«

»Spoileralarm. Im nächsten Abschnitt landen sie zwar im Bett, Sex gibt es aber erst im fünften Teil und der ist nicht fertig geschrieben.«

»Ach, menno, das wirst du ändern, unsere Leser brauchen Futter, von deiner Frau abgesehen.«

»Leo in die Schnute und zuhören.«

Zusammen im Bett

Meine Sarah kann es nicht abwarten, bin selbst nicht besser, heute dreimal gekommen und ich spüre diesen Druck erneut. Sie wird mich lynchen; diese Spannung nutze ich aus, um zu schreiben.

»Ja, ab ins Bett, nach einer kurzen Unterbrechung.«

»Was meinst du? Du hast einen Steifen, ich bin bereit, warum nicht gleich?«

»Du hast mich auf ein paar geile Ideen gebracht, die ich zu Papier bringe, bevor sie aus dem Gedächtnis verschwunden sind und solange ich spitz wie Nachbars Lumpi bin.«

»War klar, ich verhungere und du schreibst. Warum habe ich mir einen Autor gesucht, ein Trucker hätte meine Sehnsucht längst gestillt.«

Sie ist angesäuert. Verständlich.

»Bevor wir uns plattpoppen, änderst du bitte etwas.«

»Ach ja, was gefällt dir an mir nicht?«

»Im Gegenteil, du bist das Schärfste, was mir je unter die Augen und Finger gekommen ist.«

»Dann fick mich endlich, alter Mann. Oder ich fessle dich ans Bett und nehme, was mir zusteht, solange er da unten steht. Ich helfe dir gerne ins Bett und übernehme die Arbeit.«

Der Vorschlag ist der Aufhänger für die Bettszene. Ob sie sauer wird, wenn ich sie als Co-Autor für den erotischen Teil des Buches nenne?

»Geh ins Haus und bereite unsere gemeinsame Spielwiese unterm Dach vor. Dein ganzes Spielzeug zieht um, inklusive dem Bondage-Set.«

»Ich eile und du tippst gefälligst. Du hast mir gezeigt, wie zielgenau deine Fingerkuppen sind. Ich gebe dir eine Stunde.«

Wie ein Springfrosch hüpft sie aus dem Pool und verschwindet im Haus. Sie scheint so in ihren Gedanken versunken zu sein, sie hat nicht mitbekommen, dass sie alles nackt und nass zusammenpackt.

Ich schließe mich ihr an, ich habe bisher nie unbekleidet geschrieben. Es hilft – die Sexszene meiner beiden Figuren schreibt sich von allein.

»Hallo da unten: Schreiben, nicht an dir rumspielen, ich sehe dich. Nicht, dass gleich wieder eine Erholung fällig wird.«

»Du freches Ding, dir werde ich was!«

»Ich warte ja die ganze Zeit, wer von uns trödelt denn? Wie lange brauchst du?«

»Bin gleich so weit.«

Wenn ich bisher über Sex geschrieben hatte, war es hilfreich, einige Tage enthaltsam zu bleiben, in Zukunft schreibe ich diese zusätzlich nackt. Die beiden Protagonisten haben mit mir einen Dreier, durch Sarah ist es ein Dreier mit Voyeur. Es läuft, nicht nur der Text, mein Schwanz sabbert.

Oben bietet sich eine Gelegenheit und ich zweifle an mir. Mein letzter Sex ist eine Ewigkeit her und ich bin rattig; es wird ihr nicht gefallen, wenn das eine kurze Nummer wird.

»Ich höre kein Klappern der Tasten, hast du nur eine Hand frei?«

»Nein, Schatz, ich denke an dich. Bist du fertig? Dein Körper geht mir nicht aus dem Kopf.«

»Gleich. Komm rauf, ich bereite mich vor.«

»Was meinst du?« Ich ersteige die erste Stufe der Dachbodenleiter und erkenne den Grund. Sie ist dabei, sich Fesseln um die Knöchel zu legen.

»Diese sind für die Handgelenke.« Sie wirft mir das andere Paar zu.

»Was wird das?«

»Du stellst dich an ... in fünf Minuten liege ich bereit zur freien Vergnügung.«

»Echt? Beteilige mich bitte an deinem Kopfkino.«

»Das traue ich mich nur auf der Wahrheitscouch.« Sie schubst mich die Leiter runter.

»Sachte ...«

»Ach was, eine Stufe, mach hinne.«

Gleiches Ritual, wie vorhin, sie sitzt auf mir, mein Steifer an ihrer Spalte.

»Fühlt sich heiß an, ich freue mich auf seinen Besuch. Hör zu, fessle mich ans Bett, zieh die Riemen straff, ich werde wie ein Seestern für dich daliegen.«

»Und dann?« »Nicht unterbrechen, du kennst die Regeln der Wahrheitscouch. Abschließend sorgst du für Ruhe im Karton und testest, welcher Dildoknebel mich so wie deine Eichel verstummen lässt. Du wirst mich kitzeln, ausdauernd und gnadenlos. Finde die empfindlichen Stellen und geh ran. Wir haben den ganzen Nachmittag Zeit. Sorge dafür, dass ich morgen einen Muskelkater vom Lachen habe. Jetzt äußere deine Bedenken.«

»Du hast davon gechattet, wie du in der Schule gekitzelt wurdest und es dir manchmal gefallen hat, aber fixiert wirst du dich nicht wehren oder abbrechen können. Hast du eine Vorstellung, wie das wird? Die ersten Momente sind geil, dann leidest du, es wird Qual und am Ende ist es Folter. Ist es das, was du dir wünschst? Ich habe das für einen Roman recherchiert.«

»Keine Ahnung, finden wir es heraus.«

Sie springt wie ein Floh auf, läuft hinunter zur Küchenzeile und durchwühlt die Schubladen.

»Tada, hier ist sie!« Sie rauscht die Treppe rauf und hält mir eine Eieruhr unter die Nase. »Bis zu sechzig Minuten, geile Sache. Du wirst eine Zeit einstellen, die du angemessen findest und zeigst sie mir nicht.«

»Nimm Platz. Auf unserer Wahrheitscouch, du verstehst. Ich bin mit dem Plan einverstanden. Eine Planänderung habe ich im Sinn. Vertraust du mir? Dann zelebrieren wir vorher eine Anprobe der Dildos. Ich denke, es wird für dich unangenehmer, als es zunächst klingt. Wir sitzen oben zusammen und ich probiere, welchen der drei ich komplett in deinen Mund bekomme. Das ist dann gleichzeitig die Probe, ob mein aktueller Text authentisch ist.«

Sie schaut mir schweigend in die Augen. Dieses diamantblaue Funkeln ... Wie soll ich mich jemals sattsehen? Ich sehe ihre Suche nach einer Antwort, der innere Kampf zwischen Engel und Teufel zeichnet sich in ihrem Lächeln ab.

»Einverstanden – für dich. Ich weiß, du wirst mich nicht überfordern, ich habe keine Vorstellung, was mich erwartet.«

»Ich werde auf dich aufpassen, Schatz.«

Ein Satz und sie ist auf dem Weg nach oben. »Schneller, wir ficken heute«, höre ich vom Dach und leichtes Raffeln.

Sie hat nicht protestiert und das ohne richtig zu wissen, was ich meine. Diesem Zutrauen werde ich Rechnung tragen und sie vorsichtig heranführen. Angekommen in unserer neuen Liebesecke, finde ich sie im Schneidersitz auf dem Laken vor, die drei Penisknebel vor sich ausgelegt.

»Da sind sie. Keine Ahnung, welcher passt, ich habe sie nicht probiert.«

»Ich lehne am Kopfende, du legst dich mit dem Rücken an mich, wie im Pool, nur tiefer. Kopf in den Nacken, Mund auf und Augen zu. Vertrau mir. Da du bei dem Experiment nicht widersprechen kannst, nehmen wir ein anderes Stoppsignal. Eine Hand liegt auf meinem Oberschenkel und wenn du klopfst, egal wie zart, höre ich sofort auf.«

Mein Engel gehorcht wortlos und legt sich, wie gefordert an mich. Nackt, weich und unschuldig kuschelt sie mit offenem Mund an mir. Ich habe Angst um sie, eine Sorge, nicht fähig zu sein, rechtzeitig zu stoppen und sie für eine Befriedigung zu missbrauchen.

Sie reicht mir den kleinsten der drei Dildostopfen. Kann sie es nicht abwarten? Meine arme Sarah.

»Gib mir Zeit, dich zu entdecken, ja? Ich fange langsam an. Denk an das Klopfen.«

Sie nickt. Die Silikoneichel, ein Fremdkörper, der dort nichts zu suchen hat, entert ihren Kopf. Warum habe ich das vorgeschlagen? Es sind wenige Zentimeter und mein Herz weint bei dieser Vergewaltigung.

»Ich schaffe das nicht, es ist falsch«, fluche ich und ziehe den Eindringling heraus.

»Im Gegenteil, es ist perfekt. Ich war nie einem Menschen so nahe, wie in diesem Moment. Du wirst es schaffen, wir beide schaffen den Test. Bitte, fang wieder an.«

Der Penis sucht sich dieses Mal selbständig seinen Weg. Ich schaue zu, wie meine Hand den Folterknecht Stück um

Stück in ihrer Mundhöhle versenkt. Sie erträgt es absolut regungslos, sie wirkt zufrieden, nein glücklich. Der Knebel erreicht seine Parkposition.

»Drin ... ich bin doch der perverse Sadist.«

Sarah quittiert es mit einem Kopfschütteln und schließt den Mund, soweit die Gummikugel am Ende des Dildos es erlaubt.

»Du hast es geschafft, Süße, Mund auf und ich erlöse dich für heute.«

Eine einzelne Träne entrinnt ihr und der Dildo ist rasch aus ihr verschwunden.

»Warum aufhören, ich bin für dich da. Der ist ein kleiner Gaumenschmeichler, Nummer zwei ist dran. Nicht zaudern, ich klopfe rechtzeitig.«

»Womit habe ich dich verdient? Du bist von einer Wolke gefallen, oder?«

Die Fragen bleiben unbeantwortet, sie hat ihre Position eingenommen und deutet mit einem Finger ein ›rein da‹ an.

Patrick, reiß dich zusammen. Es war deine umnachtete Idee und Sarah erwartet, dass du handelst. Der mittlere Gummischwanz zeigt ein Eigenleben, er führt mir die Hand, um ihr den Mund zu füllen. Jede Tastzelle auf meinem Schenkel steht unter Hochspannung, um ihre Warnung zu melden, sie bleiben stumm. Es fehlt ein kleines Stück, ich weine vor Mitleid, der Dildo bohrt sich seelenlos tiefer in den unschuldigen Körper. Sie zuckt, die Schenkelnerven melden Ruhe, der letzte Zentimeter beginnt seinen Abstieg. Ich würde alles dafür opfern, damit der Folterknecht umdreht und von ihr ablässt. Ich habe keine Wahl, als dem traurigen Schauspiel beizuwohnen. Mein Schatz schnieft, ihr Körper vibriert, Schleim tritt aus den Mundwinkeln. Sie stoppt das Treiben nicht und ich sehe das Monster in seiner Endstation einrasten.

»Du bist so tapfer! Schließe, wie eben, kurz den Mund und du hast die zweite Stufe überstanden.«

Die Zähne nehmen den Dildo, begleitet von heftigem Prusten und Spucken, in Empfang, ihre Hand ruht still.

»Dieser Knebel ist nicht kontrollierbar. Ich wollte ihn aufhalten und hatte keine Macht über ihn. Bitte, Sarah, den Dritten lassen wir ausfallen, du hast genug gelitten.« Ich gewinne die Kontrolle über den Dildo zurück und befreie sie von dem Eindringling.

Sie rutscht mir tiefer in die Arme und weint. »Danke, Liebster. Der erste Dildo war nicht schlimm, den halte ich aus, der zweite ...«, weiter schafft sie es nicht.

Wir gleiten gemeinsam abwärts und kuscheln Löffelchen aneinander. Sie hat gelitten und mein Schwanz ist knüppelhart. Mit mir stimmt was nicht.

»Hast du das Klopfen vergessen?«

»Nein. Du wolltest alle drei probieren und ich habe es dir versprochen. Deshalb habe ich nicht geklopft und wenn du wünschst, werde ich den Letzten über mich ergehen lassen.«

»Niemals! Du bist in den wenigen Stunden, die wir hier sind, der wichtigste Mensch in meinem Leben geworden.«

Sie quetscht jede Faser ihres Körpers an mich, zieht meinen Arm wie einen Schal um sich.

»Ich liebe dich, Patrick.«

Stumm, ihr Weinen zerschneidet die Stille, kuscheln wir.

Was habe ich getan? Um eine Haaresbreite hätte ich Sarah kaputtgespielt und sie war gewillt, es für mich zu erdulden. Hat sie eben von Liebe gesprochen? Mir schlägt das Herz bis zum Hals.

»Ich liebe dich«, antworte ich und unterstreiche es mit einem Küsschen auf ihren Hinterkopf, ihr Pixie Cut kitzelt frech und lädt zum Kraulen ein.

»Halt mich fest und deck uns zu.«

»Knutschen unter der Bettdecke? Wie Teenies? Verzeihst du mir, was ich dir angetan habe?«

»Dich trifft keine Schuld. Habe ich dich um das Erlebnis gebracht?«

»Welches Erlebnis? Du solltest sauer sein. Tauschen wir die Rollen und ich übernehme den Dritten für dich.«

Sie dreht sich um, greift zu den zwölf Silikonzentimetern, ihr Blick wechselt ungläubig zwischen mir und ihm. »Nein«, schreit sie und wirft das Teufelsdings nach unten. »Er ist in der Fantasie geil, in der Wirklichkeit hat dieses Teil nichts verloren. Ich stelle mir vor, mit den beiden in Zukunft zu spielen, einen Verstummer und einen Bestrafer.«

»Wofür verdienst du eine Strafe? Für deine Schönheit, Jugend, weiche Haut, Liebe oder den himmlischen Duft?«

»Wer redet von mir? Du bist der Schlingel. In nur vierundzwanzig Stunden hast du mein Herz erobert. Ich bin glücklich wie nie im Leben.«

»Wirst du ein dominanter Perverser? Deine Romanfigur hat ähnliche Bedenken, wie du. Du hast dich am Anfang auch nicht getraut zu stochern.«

»Das habe ich vor einem Jahr geschrieben und nie geglaubt, irgendetwas aus den Texten je in meinem Leben zu erleben, und jetzt bist du da und machst mich glücklich.«

»Besser: wir uns.«

Neues Daheim

Wir haben wenige Stunden benötigt, um eine Grundausstattung und die Pflanzen umziehen zu lassen. Mal sehen, ob wir unsere Wahrheitscouch später rüberschaffen oder in der wenigen Freizeit, die uns bleiben wird, umkippen wie zwei Säcke Reis und im Bett verschwinden. Der Job und die WG werden unser Liebesleben auf Kuscheln und Einschlafen reduzieren.

»Ich fühle mich wie beim Auszug bei Mama. Kleines Bett und die Klamotten auf offenen Kleiderständern. Frei von Zwängen öffnet uns das in Zukunft die Augen, auf Materielles zu verzichten. Morgen früh bauen wir die beiden schwedischen Schränke auf und fertig ist die Studentenbude. Was sich in einer Wohnung so ansammelt, das Staub ansetzt oder von Motten zerfressen wird ... Unser Einzug bei meiner BFF ist ein Schnitt, der lange fällig war. Du, ich und unsere gemeinsame Zukunft.«

»Ich frage mich, warum wir bisher ein so großes Bett hatten, wir haben auf einer Seite geschlafen und den Platz nebenan nutzen wir besser, nicht wie ein spießiges Wohnzimmer. Es wird ein Atelier, in dem wir Bücher schreiben oder alternativ eine Fitnesswiese.«

»Das Eins-zwanzig-Bett hat Platz ohne Ende. Du kleiner Ranquetscher schläfst schlecht ein, wenn ich nicht an dir liege. Atelier oder Fitness, warten wir ab oder ich male, dann fragt Laura immer, ob das Kunst ist oder weg kann.«

»Ich bin unschuldig, du duftest lecker und bist mein perfektes Seitenschläferkissen, Schatz. Von wegen wegwerfen, dein Tagebuch bekommt den Literaturnobelpreis und die Bilder hängen sie neben die Mona Lisa.«

»Wie wäre es mit Probeliegen? Missionar? Ich liege gerne unten.«

»Hast du die Tür abgeschlossen?«

»Ach, Flo – plötzlich verklemmt? Wer soll uns überraschen, der nicht schon alles gesehen hat? Morgen planen wir die ersten Auftritte und du traust dich nicht, mich bei offener Tür zu poppen? Das wird eine spannende Zeit.«

»Hier ist unser zukünftiges Daheim. Ich ziehe nicht zu dir, wir ziehen zusammen. So nervös war ich das letzte Mal in dem Sommerurlaub, den wir in Dänemark verbracht haben, 2003 oder 2004. Das war das Schuljahr, in dem ich dank deiner Hilfe nicht sitzen geblieben bin. Ich war über beide Ohren verliebt und hatte in sechs Wochen Sommerferien nicht den Mut, es dir zu gestehen.«

»Echt? Wir waren die ganze Zeit um uns herum und ich habe es nicht gecheckt. Du warst ein liebenswerter Schlingel, ach was, das bist du heute noch. Wir warten nicht noch mal zwanzig Jahre, wenn wir was auf dem Herzen haben. Es bleibt dabei, du wirst mir alles erzählen und ich dir. Keine Geheimnisse, Laura und Jonas fahren damit gut und deine Sarah erst.«

»Wir nehmen kein Blatt mehr vor den Mund. Würde es dir was ausmachen, wenn wir morgen vor dem Aufstehen die neue Matratze testen, ich bin echt fertig?«

»Bin einverstanden, dann plündern wir deine Morgenlatte.«

»Das ist lieb von dir. Ich hole schnell die Decken aus dem Transporter und dann ab in die Kiste. Willst du eine Flasche Wasser oder Saft ans Bett?«

»Klar, bring mit, der kleine Kühlschrank sollte kalt genug sein. Ich habe dein Lieblingsbier reingestellt.«

»Du bist ein Schatz!«

Das Universum meint es gut mit mir. Einen Mann, der mich liebt, in Zukunft Schwesterherz und meine BFF täglich sehen, die Unterkunft ist klein und gemütlich.

»Bin zurück, einmal Saft und Bier zum Einschlafen. Rutsch ran.«

»Besser als Bier wirkt ein Blowjob. Frag mich ruhig, wenn du einen willst.«

Ob er sich traut? Zum Glück sieht er mein Gesicht nicht, ich habe ein breites Grinsen aufgelegt. Laura hat recht, ab und zu ihren Jonas aus der Reserve zu locken. Bisher war ich diejenige, die den ersten Schritt gemacht hat, nie hat er sich getraut, Blasen zu fordern, gentlemanlike, leider. Dabei habe ich es ihm angeboten.

Stillschweigen, gerne würde ich in seinen Gedanken lesen, er überlegt, wie er sich traut zu fragen, ich kann warten.

»Schatz …«

»Ja?«

»Würdest …«

»Ja?«

»Würdest du mir …«

Ist das süß, er druckst rum. Bleib stark Miri, du willst ihn aus der Reserve locken.

»Ja?«

»Würdest du mir …«, seine Stimme versagt erneut.

»Was, mein Schatz, was würde ich?«

»Würdest du mir einen blasen?«

»Wann immer du magst, weißt du doch. Frag noch mal, fordernder, gib mir einen geilen Befehl!« Ich mache es ihm leichter und drehe mich zu ihm. Sein tiefer Atem und ein leises Stöhnen verraten mir, dass ich den richtigen Nerv getroffen habe. Dabei hatte er Weihnachten die passenden Worte gefunden.

»Los, blase mich.«

»Ich liebe dich, Flo. Du bist knuffig schüchtern, an deinem entschlossen Auftreten üben wir, Hose runter. Morgen früh wirst du mein Schleckmäulchen und verleihst mir Schwung für den Tag.«

»Dieser Weckdienst wird geliefert, freu mich drauf. Jetzt nicht reden, Mund auf.«

Habe ich ihn erst mal angeheizt, findet er die passenden Worte. Eine geile Entspannung für Schatzi und dann schlafen. Morgen ist ein langer Tag.

Erste Klappe

Nora die Krankenschwester, wer wäre da nicht gerne bettlägerig, Laura in Leder, da wird Noras Patient beim Anblick binnen Sekunden gesund. Ich bin das Pokerbunny, ein Stoffhauch mit keckem Bürzel. Jonas ist Butler, mit angedeuteter Livree und sein Docht schaut aus dem Slip, der eine Frackhose darstellt, zum Zupacken, ay caramba. Meinen Flo haben Laura und ich – nach langen Überredenskünsten – in einen schwarzen Badeslip gezwängt und eine Fliege um den Hals gebunden: Dresscode Black Tie.

Beim Brainstorming sind uns weitere Verkleidungen eingefallen, in denen wir, bei Erfolg, auftreten. Die Mädels werden Cheerleader, Katzen mit scharfen Krallen oder Stewardessen. Für die Männer den Cop, Feuerwehrmann oder Handwerker.

»Bleiben wir dabei, dass die Frauen ein Pseudonym bekommen? Miri, du nennst dich Marlène, Laura wird Sanné und ich Vanessa. Ich hatte erst mit Samantha geliebäugelt, Vanessa klingt weniger nach Nutte.«

»Das Gruppenfoto wartet, letzte Chance für eine Maske.« Laura sucht den Blickkontakt zu mir. »Miri, für dich diese venezianische? Leichter, eleganter und weicher Stoff.«

»Ich bin bereit für den finalen Schritt, keine Maske.«

»Sicher? Einmal im Netz, immer drin.«

»Ja, ohne, habe mich heute Morgen entschieden.«

»Ab in den Garten, wir posen vor der Hecke«, fordert Nora uns auf.

»Wenn du fotografierst, dann bist du ja nie auf den Bildern«, nörgle ich.

»Alles im Griff. Die Kamera hat eine Fernbedienung und außerdem einen Selbstauslöser, der Dauerserien aufnimmt. Nachher schauen wir uns am Fernseher die Schnappschüsse an und suchen unser erstes Titelbild heraus. Anschließend Nase pudern und von jedem ist ein ID-Shot vonnöten.«

»Einen was?« Nicht nur Jonas, ich frage mich genauso, was sie meint. Nora hat mehr Erfahrung in der Produktion eines solchen Unterfangens, als sie bisher verraten hat.

»Sorry, Fachbegriff. Für die Erlaubnis, uns zu zeigen, wird sich jeder mit seinem Ausweis fotografieren lassen.«

»Hoch mit euch – oder zieht jemand den Kopf ein? Es wird ernst«, fordert Jonas uns auf.

Unser erstes Shooting steht an und mir saust die Muffe. Sei stark Miri, du bist nicht allein. Von meinem Flo weiß ich, welche Überwindung er für mich aufbringt, Nora scheint es locker zu nehmen, Laura und ihr Mann lassen sich nicht in die Karten schauen.

»Wenn wir die Runde haben, folgen Einführungsvideos und die Einzelbilder. Am besten in der Sauna, jeder zeigt so viel Haut, wie er sich zutraut.«

»Einführung? Geile Idee, legen wir die Mädels flach wie Flundern.«

»Jonas, du Lüstling, ansonsten geht's noch?« Wenn Blicke töten könnten, käme Laura hinter schwedische Gardinen.

»Scherz, mein Schatz. Was meinst du mit den Videos?«

»Ab in den Garten und keck gucken, der Rest ergibt sich. Ich habe für jeden einen Text vorbereitet und ein passendes Szenario«, erklärt Nora. »Sind wir fertig, gibt es Kaffee und ihr lernt euren Text. Keine Panik, es sind wenige Zeilen.«

Wer hätte gedacht, dass es einen Heidenspaß macht, vor der Kamera zu stehen. Ich habe es nach der ersten Minute nicht mehr bemerkt und wurde eins mit der Rolle; allerdings bin ich angezogen.

Der Text ist nicht lang, den lerne ich im Handumdrehen; mir fällt etwas ein.

»Ist es nicht besser, wenn wir eine Stimme aus dem Off nehmen? Wir posen und ein Erzähler heizt den Zuschauern ein?«, wende ich mich an Nora.

»Das war meine erste Idee, aber wo nehmen wir einen Sprecher her? Dann wäre der oder die ja nie dabei zu sehen oder ohne Vorstellung.«

»Das ist kein Problem. Den Ton schneiden wir hinterher rein. Proben wir, wer die erotischste Stimme bei einer Aufzeichnung hat?«

»Ihr habt Miri gehört. Ich bitte in mein Studio, wir veranstalten einen Stimmentest. Jeder gurgelt mit einem Schluck Wasser die Stimmbänder durch.«

»Langsam Nora«, unterbricht Laura, »nicht alles auf einmal. Das Gruppenbild ist im Kasten, sagt man so oder? Jetzt schießen wir die Solobilder in der Sauna. Jeder überlegt sich in der Zwischenzeit, wie sein erster Kurzfilm wird.«

»Ich bin zu hibbelig. Bisher habe ich allein produziert, da war es egal, welche Reihenfolge ich angewendet habe. Ab morgen arbeiten wir mit einem Ablaufplan.«

Bedenken

»Die Männer zuerst«, werfe ich in die Runde. »Ich schaue mir die besten Gesten ab und der Anblick nackter knackiger Männerpopos heizt meine Stimmung an, wenn ihr versteht.«

»Kannst du knicken, erst die Frauen. Ich traue mich eh kaum.« Flo wird mit der Situation schwer fertig. Ich bin mir sicher, dass er nur wegen mir dabei ist.

»Drehpause, wir sind gleich zurück«, rufe ich in die Runde und wende mich an Flo. »Komm mit!«

Ich ziehe ihn hinter mir her in unser neues Zuhause. »Setzen und erzählen. Was bedrückt dich? Keine Ausreden oder Ausflüchte, ich will die Wahrheit hören.«

»Ich traue mich nicht, weil …«

»Schatz, deine Bedenken … wegen Leo?«

»Ja.«

»Vertraust du mir?«

»Ja, weil ich dich liebe.«

»Schatz, wir brechen ab und Nora löscht die paar Aufnahmen von uns, wenn ich sie bitte.«

»Nein, du hilfst Laura und ich dir. Warum muss ich mich vor der Welt ausziehen?«

»Ich bin mir sicher, die anderen zwingen dich nicht. Nora hat gesagt, sie will nur die Haut filmen, wie sich jeder traut zu zeigen. Ich wiederhole die Frage: Vertraust du mir?«

»Bedingungslos!«

»Hör genau zu. Dein Penis ist nicht klein. Ich finde ihn optimal, sowohl im Mund als auch meiner Lulu und ich habe das Internet befragt, statistisch liegt er über dem Durchschnitt. Ich hole die Mädels und wir veranstalten eine Fleischbeschau mit anschließender Größenabnahme. Ja?«

»Sonst geht es dir gut. Auf keinen Fall!«

»Ach was, die haben dich nackt gesehen.«

»Das ist peinlich …«

»Na gut, entscheide dich. Spielen wir weiter oder brechen ab? Ich trage deine Entscheidung mit.«

»Wir sind bis hierhergekommen, ziehen wir es durch. Ich fange langsam an.«

»Natürlich, Schatzi. Wenn es dir hilft, ist mein Mund versiegelt. Ich werde nichts ausplaudern.«

»Wird sich nicht vermeiden lassen, später oder eher früher bin ich nackt und erregt, dann erfährt es die Welt.«

»Sie sieht einen heißen Kerl. Wirf einen Blick auf deinen Körper. Keine Knochen, die rausstehen, Muskeln, ohne übertriebenes Sixpack und das Beste: Du hast das Prinzip *Ladys First* verstanden.«

»Mh. Gut. Kehren wir zurück, die drei warten auf uns.«

Ich schnappe mir Flo und bugsiere ihn zurück ans Set.

»Da seid ihr ja, bei euch alles im Lot?« Laura empfängt uns. »Wir haben eine Flasche Rotwein aufgemacht, wollt ihr einen Schluck?«

»Ein Glas, mehr nicht, wir sollten nüchtern bleiben, nur einen Tropfen zum Aufmuntern«, antwortet Flo. Er hat recht, sonst artet der Abend in einem Gelage aus.

»Nicht lange schnacken, ihr kennt den Spruch.« Flo leert das Glas. »Ich fange an. Schnapp dir den Fotoapparat, Nora.«

Shooting

Was ist mit meinem Verlobten passiert? Wie ausgewechselt. So enthemmend wirkt nicht mal reiner Alkohol. Er zieht die Hose aus und schreitet, mit dem Slip um einen Finger wirbelnd, voran.

»Wo bleibt ihr Trödler? Hier ist ein strammer Kerl, der angetreten ist, die Welt zu beglücken. Das Universum schaut gleich bedröppelt drein.«

»Kneif mir in den Po, Jonas. Entweder ich schlafe oder Alienparasiten haben Flos Gehirn übernommen.«

Er greift beherzt zu. »Autsch, bin wach. Schauen wir, was weiter passiert. Sind in den Gelben Seiten Exorzisten oder Geisterjäger gelistet?«

Nora hat einiges aufgebaut. Hobbyfotografin? Klar. Die Blitzgerätschaften sind beeindruckend, die leuchten jede Falte aus. Hätte ich in der Vergangenheit bloß meine Photoshop-Kenntnisse ausgebaut. Nora schießt professionell ihre Bilder, Flo räkelt sich auf der Saunabank. Er zeigt, was er hat, ohne Zögern.

»Ja, Florian, an dir ist ein Model verloren gegangen, die Kamera liebt dich. Gib der Linse, was du zu bieten hast. Sind alle solche Naturtalente, ist das in einer Stunde über die Bühne gegangen. Jonas, bist du bereit? Die Ladys überprüfen bitte den korrekten Sitz ihres Rouges.«

»Wow, sie hat den Laden übernommen. Hat sie erzählt, was sie beruflich macht? Das ist keine Hobbyausrüstung, die sie aufgebaut hat. Wenn Corona vorbei ist, habt ihr eine neue Fotografin, glaube ich.«

»Das denke ich auch. Sie arbeitet wie ein Pro. Wir sind in guten Händen und werden erfolgreich. Huschen wir kurz in die Maske und holen uns den letzten Feinschliff?«, fragt mich Laura.

Zehn Minuten später sind wir zurück und Jonas kommt aus der Sauna.

»Eure Männer wissen, wie sie Frauen anmachen, das werden Starfotos für unseren Auftritt. Wer von euch ist bereit, einen Crashkurs in Sachen Kamerahandling zu erhalten? Meine Bilder fangen sich nicht allein ein. Für heute stelle ich auf Automatik und der angehende Fotograf hält drauf. Das Blitzlicht funktioniert von selbst.«

»Wenn die Männer so begabt sind, strengen wir uns doppelt an – Girlpower!«

»Stimmt, Laura, ab mit dir, du bist die Nächste. Flo, du schaust mir zu und lichtest mich ab. Und zieh dir die Hose wieder an, dein Zipfel lenkt ab.«

Bevor mein Süßer reagiert, schnappe ich ihn mir und flüstere ihm zu: »Was habe ich dir gesagt? Deine Befürchtungen sind überflüssig, ihr gefällt der Anblick wie mir. Ab, die Arbeit ruft.«

»Was dauert da so lange? Ich warte, es ist schwer, ewig sexy zu gucken«, schimpft Laura aus der Sauna.

»Und los. Bewege dich elegant, präsentiere deinen Körper, zeige, dass du dich wohlfühlst. Du hast gesehen, wie die Männer vorgelegt haben. Zeigen wir den Kerlen, was erotisch ist. Blickkontakt halten, Laura, nicht in die Linse starren. Schau mir auf die Stirn, auf den Busen oder lies die Uhrzeit vor. Beweg dich und deine Lippen nicht so steif, das erwarten unsere Zuschauer eher von den Männern. Lockerer, Laura. Ja, langsam bekommst du den Bogen raus. Traust du dich, mehr Haut zu zeigen? Klimpere mit den Wimpern und zeig deine Füße. Bin begeistert – ich denke, wir haben es.«

Ich bin an der Reihe, meine Beine sind Gummi, wie beim Date mit Flo. Ein Video würde ich nicht schaffen, mir zittern die Lippen.

»Warte, Laura. Miri sieht weiß um die Nase aus. Die ersten Bilder macht ihr zu zweit, das hilft ihr, sich zu überwinden. Wenn sie so weit ist, lass sie allein posen.«

Es wirkt. Nicht alle Augen sind exklusiv auf mich gerichtet, es fällt mir leichter.

»Du schaffst das, ich glaube an dich, Schatz«, feuert Flo mich an.

Laura passt den Moment perfekt ab und überlässt mir die Bühne. Ein tolles Gefühl, das Lampenfieber ist wie weggefegt und ich bin der Star.

»Danke, das reicht«, beendet Nora meinen Auftritt.

»Wie, ich bin doch erst warm geworden? Reichen die paar Fotos?«

»Du bist so in der Rolle des Bunnys aufgegangen, du hast eine halbe Stunde eine geile Show abgeliefert.« Flo holt mich aus der Sauna.

»Wie lange …? Ich habe nicht mal mitbekommen, wie der Blitz anging.«

»Du hast an dir rumgespielt. Die Aufnahmen mit den Fingern im BH und wie du dich geknetet hast, werden ein Hit.«

»Ich habe was? Was war im Wein? – Ist mir das unangenehm.«

»Alles gut, Schwesterchen, ich habe es künstlerisch abgeschnitten, wie sich die Finger in dein Höschen verirrt haben, völlig unpeinlich. Bei deinem Mann hast du dagegen etwas gerührt, wenn du verstehst.«

»Das Beste kommt immer zum Schluss. Auftritt Nora.« Sie gibt Florian die Kamera. »Betrachte mich durch den Sucher wie ein Spanner, dann werden die Bilder perfekt. Lasse deiner Geilheit freien Lauf.«

Nora ist nicht nur hinter der Kamera ein Profi, sie bewegt sich mit einer Eleganz einer Gazelle, gepaart mit der Unnahbarkeit einer Göttin. Nach Flo ist sie die Zweite, die Haut zeigt. Erfolgreich, wenn ich mir unsere Männer so anschaue. Ich frage mich, ob Eifersucht in mir aufkommt. Ich glaube, wir werden hauptsächlich Männer im Publikum haben, da sind die Schwänze der beiden unsere Erfolgsbarometer, die die Richtung weisen. Zurzeit zeigen sie steil bergauf.

»Miri, Laura, kümmert euch um die Verhärtungen eurer Männer. Treffen in fünfzehn Minuten vor dem Fernseher, ich übertrage derweil die Bilder auf einen Stick. Husch!«

»Du hast sie gehört, Flo. Leg mich flach und zwar zackig.«

»Geil, Quickie am Mittag, gehen wir rüber.«

»Was heißt rüber? Hier, knick mich über die Bank da.«

»Aber wir sind nicht allein.«

»Wen stört's? Jonas ist da nicht so zimperlich, wie du siehst. Wenn es sein muss, Leo holt die Fahne ein, gehen wir ins Bett.«

»Danke, mein Schatz.«

Wir rauschen aus dem Spa, ich ziehe Flo hinter mir her, mein Kopfkino heizt mir mit dem Auftritt von Nora ein.

»Nicht trödeln, Flo, deine Verlobte ist geil.«

Er grinst über beide Ohren, zieht mich hinter die Tür unseres neuen Reiches, drückt mir einen seiner Spezialküsse auf die Lippen und greift mir zwischen die Schenkel. Das wird ein Quickie, denke ich mir und lasse ihm freien Lauf. Abwechselnd mit Küssen und Knabbern lenkt er mich ins Bett, ich lasse mich willenlos von ihm dirigieren. ›Schneller, Schatz!‹, befehle ich ihm in Gedanken, ich bin kurz vor meinem ersten Orgasmus.

»Hey, nicht langsamer werden, deine Verlobte ist rattig.«

Er antwortet mit dem nächsten Kuss, ich schmelze. Seine Küsse und Finger drücken mich sanft auf die Matratze, ich öffne mich für ihn. Dank Flos heißer Vorarbeit mit flinken Fingern brauche ich nur eine kurze Minute zum Gipfel und zurück. Bevor Flo so weit ist, unterbreche ich ihn. »Wenn du dich jetzt zurückhältst und wir ohne dein Happy End zu den anderen zurückkehren, verspreche ich dir nachher eine geile Belohnung, etwas, das wir im Bett bisher nicht probiert haben.«

»Wirklich, Schatz, was denn?«

Er steckt in mir, ich bewege mich besser nicht, sonst kommt er gleich.

»Sagst du es mir? Ich bin kurz davor, erzähle.«

»Nö, rein oder raus, warum sage ich nicht.«

»Ich freue mich auf heute Abend«, sagt er mit enttäuschter Miene. »Ich schlüpfe zurück ins Bunnyhöschen und wir rüber.«

»Was machen wir nachher?«

Mit der bewährten Reißverschlussgeste über die Lippen ziehe ich ihn aus unserer neuen Wohnung.

»Hi, ihr beiden, das war ein echter Quickie, wie lange wart ihr weg? Drei Minuten?«

»Ich bin gekommen, mein heißer Stecher hat verzichtet, dafür bekommt er später eine Überraschung.«

»Du bist geladen? Soll ich das prüfen?« Nora streckt ihre Hand in Richtung Flos mittlere Gegend.

»Selbstredend, oder Schatz?«

»Beine breit!«

»Hallo, fragt mich keiner? Was, wenn ich nicht mag?«

»Stell dich nicht an, wir sind hier, um freizügig zu sein, da wird dir Nora in den Schritt fassen dürfen.«

»Du hast nichts dagegen, Miri?«

»Nein, Schwesterchen, was meins ist, ist auch deins.«

»Ich komme da später gerne drauf zurück.«

Ich bin über mich erstaunt, keine Spur von Eifersucht. Nora ist keine echte Konkurrenz, sie klaut mir Flo nicht. Mein Liebling ist nicht so locker. Er ist knallrot und steht mit eng geschlossenen Beinen da.

»Breitbeinig hinstellen, hat die Lady gesagt«, fordere ich ihn auf.

Er schaut unsicher und findet keine Entscheidung.

»Was immer hier vorgeht, ich bin dafür. Flo, Beine breit«, fordert Laura ihn beim Reinkommen auf.

»Ihr seid fies.« Er versucht sich abzuwenden.

»Langsam, Schatz. Das wird schon. Wenn du dich nicht traust, dann später. Wir spielen ohne Zwänge.«

»Von wegen, ich bin dabei abzulegen. Laura, du hörst es gleich von den Plaudertaschen, ich habe auf meinen Abschluss verzichtet, weil Miri es wünschte. Nora möchte das überprüfen.«

»Mach dir nichts draus, ich bin auch nicht gekommen. Laura hat versprochen, im Dungeon mit mir zu spielen, wenn ich zurückhaltend bin.«

»Sieh an, die Männer sind unbefriedigt, wir Frauen glücklich. Perfekt, das wiederholen wir.«

»Welchen Mann hast du genossen? Versteckst du einen Liebhaber?«

»Nicht einen, ich habe zehn.« Sie wackelt mit den Fingern. »Zwei oder drei der Kerle sind echt talentiert.«

»Ich leihe dir Jonas' Zunge. Du wirst spüren, die ist besser als jeder Finger.« Laura hat ein freches Grinsen aufgesetzt.

»Seine Zunge ist in Übung und hat ein Sixpack, so ausdauernd wie sie in Bewegung bleibt«, ergänze ich.

»Ich komme auf das Angebot zurück, Laura. Welches Talent schlummert in Flo, das es zu entdecken gilt?«

»Küssen. Ein Naturtalent, jeder Kuss ein Unikat. Flo, gib ihr eine Kostprobe.«

»Wie bitte? Reicht ihr mich wie einen Joint herum?«

»Ja«, antworten Laura und ich synchron.

»High Five, Ladys.«

»Du siehst, wir haben keine Chance, wenn die Mädels sich verbünden. Erfüllen wir ihnen ihre Wünsche.«

»Sicher?«

»Ich habe da tolle Erfahrungen gesammelt. Hat dir Miri das ganze letzte halbe Jahr erzählt?«

»Ich glaube. Ich frage mich seither, ob das wahr ist, mit dem Raum nebenan und deinen Eiern?«

»Original. Unter uns, Laura hat mir genau das für später versprochen.«

»Was tuschelt ihr da?«, fragt Laura.

»Nichts, nichts. Los, ohne Scheu, gib Nora einen Kuss wie deiner Frau«, fordert Jonas seinen Mitstreiter auf.

Flo folgt und küsst Nora. So sieht ein Superkuss von Weitem aus, sage ich zu mir. Ich empfinde keinen Hauch von Neid oder Zweifel, er bleibt mein Flo, er spielt nur.

»Auweia, der war gut. Eröffnet er einen Fünf-Euro-Kussstand, ist er in vier Wochen Millionär.«

»Erlaubst du mir einen Versuch?« Laura schaut mich mit einem Bettelblick an.

»Du hast sie gehört, Flo.«

»Unsere WG macht mehr Spaß, als ich befürchtet hatte.« Laura lässt sich von ihm umarmen und greift zwei Küsse ab.

»Sensationell. Erklärst du meinem Jonas, wie du das machst?«

»Kommt nicht in die Tüte, die Superkraft teilt mein Mann nicht. Hol dir ab und zu Bussis ab.«

»Verstehst du, was ich meine? Die Frauen haben das Sagen. Nicht gegen ankämpfen und du wirst glücklich.«

»Warte ab, wenn sie dein Talent unter sich aufteilen.«

»Ich kann es nicht erwarten. Du lernst das Teilen.«

»Was war der Aufhänger für diese Kussrunde?«

»Deine Frau und Nora wollen meinen Schritt inspizieren.«

»Na dann, hab Spaß.«

»Schauen wir uns die Bilder an, damit Flo wieder in Stimmung kommt«, unterbricht Nora.

Diaabend

Vor zwanzig Jahren waren Dia-Abende öde. Ich erinnere mich an die unzählbaren Urlaubsfotos, die meine Tante präsentierte.

Diese Fotoshow ist heißer. In der Sonne bin ich ein Topmodel. Wir haben unser Gemeinschaftsbild nach intensiver Diskussion über jeden Shot der Serie gefunden. Keiner hat geschlossene Augen, starrt in die Luft, ist außerhalb des Bildes oder zieht eine Grimasse.

Nach einem Glas Asti, zum Start in unsere neue Existenz, haben wir einen Weg gefunden, die individuellen Vorstellungsbilder zu küren. Wer auf dem Foto ist, stimmt nicht mit ab. Ein simpler Plan, wir brauchen knappe zwei Stunden, um uns zu einigen.

»Schluss für heute? Auf Flo und Jonas warten Überraschungen und ich peppe unsere Bilder auf.«

»Ich hätte da einen Gedanken«, ergänzt Flo.

»Pläne und Fantasien sind mein Gebiet«, antwortet Nora mit gespieltem Unmut.

»Von wegen. Jonas hat mir erzählt, was ihn erwartet. Miri hat es mir plastisch beschrieben und was im Anschluss passiert ist. Wäre es für euch beide unangenehm, wenn ihr das in anderer Besetzung spielt?«

»Was meinst du?« Laura scheint nicht zu verstehen, ich habe eine Vermutung.

»Ladet Nora ein, lasst sie es genauso erfahren wie Miri. Sie ist anschließend auf Stand und lernt das Talent von Jonas lieben.«

Schade, ich hätte mir was anderes vorgestellt, mein Schatz hat recht, wenn sich die beiden trauen, schläft Nora heute Nacht tief und fest.

»Was baldowert ihr da aus?«

»Wart's ab, Nora. Ich hatte damals keine Ahnung und es war eines der schärfsten Erlebnisse meines Lebens bisher.«

Laura steht auf, schnappt sich Jonas. »Wartet, erzählt ihr nichts, wir bereiten uns vor. Ich hole dich ab, Nora.«

»Geil, yes.« Jonas freut sich wie ein Kind im Süßwarenladen.

Die Tür fällt ins Schloss und Nora versucht Details aus mir zu quetschen, was Flo mit einem Kuss unterbindet.

»Ich bin neidisch, du wirst diese Vorstellung genießen. Lass dich unvoreingenommen von deiner Lust und Laura führen, denk nicht drüber nach. Grübeln verdirbt die Stimmung. Ich spreche aus Erfahrung.«

»Was meinst du mit *neidisch*, Schatz?«, fragt Flo.

»Insgeheim habe ich gehofft, du schlägst vor, Jonas' Rolle zu übernehmen.«

»Fangen wir sachte an, ich bin nicht so weit, üben wir in kleinen Dosen und ich werde für dich bereit sein.«

»Was zur Hölle passiert gleich?«

Laura tritt ins Wohnzimmer. »Gut, sie ist ahnungslos. Jonas ist bereit, ich freue mich arg dolle. Willkommen zur Show deines Lebens.«

»Warte.« Ich ziehe Laura zu Seite. Flüsternd frage ich: »Bringst du mir bei, wie ich mit Flo spiele, ohne ihn zu gefährden?«

Sie dreht sich um, mustert Flo von oben bis unten und zurück. »Bist du sicher? Überleg es dir. Fangen wir morgen mit dem Unterricht an?«

»Was meint sie?« Flo blickt verwirrt.

»Später, sag einfach Ja«, fordere ich sie auf.

»Ja!«

»Toll, das wird interessant und Nora filmt es. Heute ist sie Gast und besetzt die zweite Hauptrolle. Bist du bereit?«

»Bereit! Nur für was?«

Sie verschwindet mit Laura hinter der Tür, wie ich damals. Nora wird die nächste Stunde lieben.

»Zu uns beiden, ab in die Kiste. Ich habe Fragen und du wirst deine Überraschung genießen.«

»Bin seit Stunden geil und die sexy Bilder machen es nicht besser. Was willst du wissen?«

»Alles der Reihe nach. Rübergehen, blank ziehen und ins Bett.«

Im Nu sind wir angekommen und starten mit einem Satz Superküsse. Praktisch, wenn Arbeit und Heim nur Schritte getrennt sind.

»Du weißt, was Nora erlebt?«

»Ja, sie schaut sich an, wie Jonas' Eier verhauen werden.«

»Und?«

»Wie und?«

»Spielt Laura wie mit mir, erlebt Nora, dass Jonas ein begnadeter Lecker ist und trotz der Schmerzen geil wird?«

»Was meinst du?«

»Langsam, bist du sicher, dass du, wie er, dort liegen kannst, mich erdulden und das ohne eine Chance, es zu beenden?«

»Ja, in den letzten vierundzwanzig Stunden habe ich herausbekommen, wer ich bin.«

»Ich liebe dich über alles und wir sind das tollste Paar. Ich versuche, dir deine Wünsche von den Augen abzulesen. Du bist der Mittelpunkt meines Lebens.«

»Dann ist hier das Zentrum des Universums, du bist mein Leben.«

»Das bedeutet nicht, dass du für mich leidest.«

»Genau das bedeutet es. Ich glaube, ich werde es genießen.«

»Du genießt? Wie bitte?«

»Du weißt, dass ich mich nicht traue, aus mir herauszukommen. Du hast heute einen Schalter gefunden und umgelegt. Ich halte nichts mehr zurück, bisher habe ich versucht, mit dem Zaunpfahl zu wedeln. Vor Weihnachten auf dem Bock, die Universalfernbedienung, ich habe alles genossen und versucht, es anzudeuten. Du hast gehört und nicht verstanden. Du hast meinem Körper Schmerzen bereitet, mir den Geist geöffnet und den Horizont erweitert. Ich bin bereit, diese Erfahrungen mit dir zu wiederholen.«

Mir fehlen die Worte, auf dieses Geständnis bin ich nicht vorbereitet.

»Danke.« Mehr fällt mir nicht ein. »Umarme mich. Meine Belohnung für dich ist gegen das Versprechen winzig.«

»Quark, egal was es ist, es wird eine Sensation.«

Ich druckste minutenlang herum, Flo versteht nicht.

»Du bist meine kleine Tomate, rot angelaufen. Das sieht heiß an dir aus.«

»Ich sag es dir mit einem Ruck und ohne Kommentar von dir, sondern mit einem deiner heißen Küsse.«

»Einverstanden.«

»Hol die Kondome von drüben und wir versuchen Analsex.«

Wie versprochen, wächst ein Kuss rüber und er eilt nach nebenan.

»Weißt du, wo wir sie gelassen haben? Da wir die nicht brauchen, hatte ich mich gewundert, warum du welche kaufst.«

Bei dem Eifer habe ich einen Nerv getroffen. Ich lasse ihn wühlen. Er ahnt nicht, dass ich sie bereits hier habe.

»Ich finde sie nicht. Ich war mir sicher, sie liegen im Bad.«

»Suche, mein Schatz, ohne läuft nichts.« Miri, du bist eine böse Katze.

»Menno, das ist fies, verzichten wir auf die Gummis?«

Nebenan raffelt es verdächtig, bevor er alles auseinandernimmt, erlöse ich ihn.

»Komm rüber, du Armer. Ich habe sie vorhin hier bereitgelegt. War ein Test, ob du willst oder mir zuliebe mitmachst.«

»Na warte, in fünf Minuten quiekst du. Und wie ich anal will! Dieses Genre ist meine Lieblingskategorie im Internet.«

»Ferkel. Zeig mir, ob die Lehrvideos bei dir Erfolg hatten. Vollführe es gut und wir wiederholen es.«

Frühstück

»Hallo, ihr Langschläfer. Seht ihr müde aus, gestern nicht genug bekommen?«

»Nur Flo, er schlief versteinert ein. Ich hatte Probleme beim Einschlafen, die Grübelabteilung hat übernommen und einen Orgasmus habe ich erst heute Morgen abgegriffen.«

»Verstehe, Flo war Erster und pennt ein. War ja klar, typisch Mann.«

»Alles gut, Nora. Mir hat es gefallen, die Stellung war eher was für den Mann. Schenk mir Kaffee ein und reich mir den Toast, bitte. Berichte, wie hat dir die Show gefallen? Bei mir war es das schärfste Erlebnis, das ich bis dahin hatte.«

»Du hattest recht, nicht denken, nur genießen. War auch dieses Dilemma in dir, nicht zu wissen, ob du zuschaust oder wegrennst?«

»Sensationell, nicht wahr?«

»Du sagst es. Es findet sich ein Feld, welches wir in Zukunft beackern.«

»Hast du unsere Bilder überarbeitet und den ersten Auftritt im Netz vorgeplant, Nora?«, fragt Laura und reicht mir eine Tasse Muntermacher, nebst Marmeladentoast.

»Wir bringen erst den Mietwagen weg und holen aus der Wohnung die restlichen Lebensmittel. Wir essen unseren Gastgebern die Küche leer. In Zukunft teilen wir uns Lebensmittel und Hauskosten auf, Strom und Heizung sind nicht gratis.«

Nora und Flo sind sofort einverstanden, unser Projekt ›Haus-WG‹ artet in Arbeit aus.

»Ich lege ein Haushaltsbuch an, so behalten wir den Überblick und endlich setze ich meinen Beruf sinnvoll ein.«

»Das ist lieb von dir. Ich hatte keine Ahnung, wie ich das Thema sonst angeschnitten hätte.«

»Ach Laura, du kennst mich, deine BFF würde dich nie arm futtern. Raffen wir uns auf. Mit dem Inhalt meiner Speisekammer leben wir tagelang in Saus und Braus. Ich bin oft zu faul zum Einkaufen und hamstere lieber.«

»Passt das alles in den Smart?«

»Klar, wenn du läufst, Flo. Du bringst den Bulli weg und ich hole dich ab, nachdem ich das Auto entladen habe. Ist noch Toast da? Mein Magen knurrt weiterhin.«

Jonas reicht mir den Korb. »Die letzte Scheibe, bedien dich.«

»Habt ihr euch beraten? Seid ihr bereit, eine Einweisung in die männliche Anatomie zu erhalten und deren unfallfreie Benutzung zu erlernen?«, fragt Laura.

»Bereit, wenn Flo es ist.« Ich versuche, mit vollem Mund zu antworten; Toast mit Butter und Gelee – ein Hochgenuss.

»Ja. Meine Frau hat mir gestern die Augen geöffnet. Ich bin willig.«

Jonas ergänzt: »Du wirst es nicht bereuen, Flo. Darf ich den Brief vorlesen, den ich nach dem ersten Versuch an dich geschrieben habe, Laura?«

»Gerne, ich hole ihn. Er ist in der Schachtel unserer wertvollsten Erinnerungen. Die Box, die wir retten, wenn das Haus brennt.«

»Ich würde sie mir anhören, seid ihr bereit, sie zu teilen? Ihr vertraut uns eure intimen Geheimnisse und Gefühle an.« Nora schaut in die Runde.

»Bleib sitzen, ich habe eine Kopie im Pad. Das Original bleibt, wo es ist. Wartet, ich suche es raus.«

Im Inneren

Ich bin fixiert und hilflos, wie in meiner Vorstellung. Es gibt kein Zurück mehr, ein flaues Gefühl, ein Hauch Ehrfurcht durchströmt mich, ich durchlebe einen Adrenalinrausch.

Gleich fängst Du an. Einen letzten Versuch, mich rauszureden, erstickt der Lederknebel im Keim. Du hörst mein Stöhnen und siehst den Sabber. Ich ziehe an den Fesseln und erwische mich beim Prüfen, ob die halten. Es ist dunkel. Wie ich diese Maske hasse und liebe. Du schließt die Vorbereitung mit Ohropax ab.

Allein mit mir und meinen Gefühlen freue ich mich und habe Angst. In Sekunden spielt das Kopfkino die Fantasie ab, die wir gemeinsam umsetzen. Habe ich zu viel gewollt?

Wie nah kommen wir meinem Wunsch und ... schaffe ich den Weg? Du hast versprochen, zu liefern wie bestellt. Im Internet habe ich dieses Video gesehen und gedacht: Das ist ein Weichei, ich halte es besser aus, freiwillig gezwungen. Ich habe dir die Kontrolle überlassen, nein übergeben. Wir haben uns zusammen an meine Grenzen gewagt, du hast sie gefunden und wieder verloren. Sie wandern in deiner Hand, ich lasse sie ziehen. Beide hatten wir unseren Spaß. Du oben, ich unten.

Es ist der Augenblick, in dem sich Schmerz in Lust wandelt, in den Hintergrund tritt und ich mich fallen lasse. Ich schwimme, nein surfe auf den Wellen, die du auf meinem Körper loslässt. Du steuerst die Wellenlänge, weißt sie zu verlängern oder zu verkürzen, liebst es, zu sehen, wie die Qualen mich ergreifen. Du lässt sie in meinem Verstand tanzen, erfreust dich an ihrem Spiel und hältst den Schmerz präsent, wie du präsent in meiner Gefühlswelt bist. Ich nehme die Autorität, die er verbreitet, weniger wahr und lasse Geilheit über deine und seine Macht siegen.

Eine Hand wie ein Nadelstich, ein Strich mit den Fingern holt mich zurück. Es fällt mir alles wieder ein, es geht los, die Angst übernimmt.

Ich spüre den Schmerz, den schlimmsten Feind und besten Freund. Ohne Ankündigung, keine Zeit, sich auf ihn einzulassen, dringt er in meinen Verstand ein. Nicht der stille heimliche Einbrecher, er will entdeckt werden. Ich entdecke ihn, schreie in den Knebel; morgen bin ich heiser. Die Fesseln unterbinden den verzweifelten Versuch, mich dir zu entziehen. Sie sind gnadenlos, halten meinen Körper für dich offen, erreichbar und wehrlos. Meine Existenz reduziert sich, ich denke nur an die Qualen, die du bereitest. Ich zucke, schreie, heule und versuche zu betteln. Meine Gedanken fixieren ihn, Freund und Begleiter: den Schmerz. Ich verfluche und liebe es zugleich, ihn zu Gast zu haben. Heute ist er Dauergast, logiert, ergreift den Gastgeber.

Du bist gnadenlos stetig. Ich schrumpfe auf die malträtierte Stelle, blende alle um mich herum aus. Aufhören, bitte! Ich zucke nach deinem Rhythmus, du hörst nicht auf. Du merkst, wie ich den Schmerz ausblende, die Geilheit übernehmen lasse. Sie hat keine Chance, heute ist es Folter. Es war mein Wunsch.

Du erkennst es und weißt, was zu ändern ist. Du spielst ohne Rhythmus, unmöglich mich anzupassen. Du variierst Stärke und Richtung. Egal, wie ich versuche, die Treffer zu erahnen, das Paddel trifft ungleichmäßig. Mir versagen die Stimmbänder, ich stöhne in den Knebel, die Tränen laufen, mich verlässt die Kraft, dagegen anzukämpfen. Ich überlasse dem Schmerz die Oberhand und ziehe mich ins Innerste zurück, in die heile Welt des Verstandes. Ich trenne Geist vom Körper und bin frei. Du hast das Ziel erreicht, trägst Leid und Pein wie eine Salbe auf. Sie wirkt, der Schmerz bleibt außen vor.

Ich danke dir, ich liebe dich über alles. Nicht Geilheit und Adrenalin halfen mir, sondern meine Liebe für dich. Bitte hör nicht auf, lass mich friedlich in der Sonne sitzen.

Du spürst die innere Ruhe, die sich nach außen trägt. Mit angespannter Muskulatur ertrage ich deine Tortur ohne Gegenwehr. Es ist nicht zu Ende, du änderst das Vorgehen, holst mich aus meiner inneren Emigration. Die Therapie ist abgeschlossen, du reduzierst langsam die Dosis. Ich sitze auf der Sommerwiese, am Horizont ziehen graue Wolken auf. Nein, bitte, Schatz, lass mich weiter entspannen. Die Wärme der Sonne und meines Körpers durchströmt mich.

Die Phase der Entwöhnung ist die schwerste. Das Körperempfinden kehrt zurück, mit den schlimmsten Qualen im Gepäck. Jeder Schlag meldet sich mit Gelächter in meinem Verstand und das dumpfe Wumm des Paddels überreizt das Schmerzzentrum. Ich vernehme mein hilfloses Gestammel gegen den Knebel. Du ignorierst es, handelst nach Drehplan.

In tiefer Agonie liege ich zerbrochen und zusammengesetzt vor dir. Das erste schmerzfreie Gefühl, das ich bewusst wahrnehme, ist die Umarmung von dir.

»Danke, Schatz, darf ich dich zu einer weiteren Reise einladen?«

Ich nicke.

Jonas legt das Pad zur Seite, keiner traut sich ein erstes Wort.

Ich versuche einen Beginn. »Das ist so gefühlvoll, ich danke dir, Jonas.«

»Wenn ich die Hälfte davon erlebe, ist es jede Sekunde wert.«

»Freu dich nicht zu früh, der Anfang ist eine harte Nummer und nicht immer gelingt der Absprung.«

»Ich versuche es, für Miri, für mich, für unseren Erfolg. Nora, lade die Kamera und leg ausreichend Speicherkarten bereit.«

»Planänderung, Miri, du holst die Vorräte, Jonas bringt den Transporter weg. Du brauchst ihn nicht abholen, er radelt zurück. Im Keller sind Faltboxen, so transportiert es sich besser. Nora, bau dein Equipment auf und ich werde Flo vorbereiten. Keine Angst, Flo, wir fangen nicht ohne deine Frau an.«

»Kein Thema. Sorge dafür, dass ich lerne, für euch und mich zu leiden.«

Unterricht

Ein paar Lebensmittel einpacken, klingt simpel. Ich hatte nicht im Blick, welche Massen ich gebunkert habe. Das Auto ist voll und es war nicht alles. Morgen fahren erneut wir mit beiden Autos und nehmen Kühlboxen mit.

Die Kisten wuchte ich in die Küche und husche unter die Dusche. Taufrisch und energiegeladen betrete ich den Dungeon.

»Hallo, Mädels, was macht unser Anschauungsmaterial?«

»Ich arbeite an dem Feinschliff der Beleuchtung und Laura erklärt Flo, was ihn erwartet. Wir beide haben ihm die Bälle vorgewärmt, er hat tapfer durchgehalten. Ich denke, wir fangen an.«

»Er ist einsatzbereit.« Laura dreht sich zu mir um. »Hey, scharfes Outfit, Miri. Ich werfe mich in das knappe Lehrerinnenkostüm, bin gleich zurück.«

»Lässt du uns kurz allein, Nora?«

»Klar, Bussi.«

Die Tür fällt zu und ich wende mich an mein Opfer. »Letzte Chance. Nachdem ich die beiden hereingeholt habe, bekommst du einen Knebel und wirst es bis zum Schluss durchstehen.«

»Jonas hat es beschrieben. Ich habe Angst und fühle Vorfreude. Ich vertraue darauf, dass du achtgibst.«

»Küss mich.«

»Komm her. Du entschuldigst, wenn ich dich nicht umarme.« Er zurrt an den Fesseln.

»Ich verzeihe dir.« Premiere, der erste Kuss, den ich führe. Tolles Gefühl, dafür hat sich der Aufwand gelohnt.

Einiges züngeln später hole ich die Mädels rein.

»Seid ihr Turteltauben bereit? Schließ ab, damit Jonas nicht hereinplatzt.«

»Ja, Laura, ich meine Fräulein Ott. Du siehst förmlich aus, mit dem strengen Dutt.«

»Toll, ne? Gleich bin ich Fräulein Ott. Die eiserne Jungfer, die keine Fehler toleriert, streng dreinschaut und zum Lachen im Keller verschwindet.«

Ich kann mir ein Prusten nicht verkneifen.

Fräulein Ott blickt eiskalt in meine Richtung. »Hände ausstrecken, Handflächen nach oben.«

Auweia, sie lebt ihre Rolle. Bange halte ich, wie befohlen, die Hände in die Höhe. Fräulein Ott greift zu einem Bambusstock aus dem Köcher hinter ihr.

»In meinem Unterricht wird nicht gelacht. Damit Sie es sich merken: drei Stockhiebe. Die Augen bleiben offen und ziehen Sie die Hände nicht weg.«

»Langsam, Ladys, die Kamera läuft nicht.«

Sie erntet zwei böse Blicke.

»Ist ja gut, ich halte mich ab sofort raus. Klappe, Impro, die Erste. Und Action.«

Sofort bin ich zurück in meinem Element, der ungezogenen Schülerin, die vor ihrer Bestrafung steht. Nora und ihre Kamera blende ich aus. Laura, ups, Fräulein Ott geht, wie ich, in ihrer Rolle auf. Sie gibt mir drei Hiebe auf die Handflächen, die kaum schmerzen, später im Film heftig wirken werden. Aus vorauseilender Furcht habe ich gezittert wie Espenlaub.

»Warum ist das da nicht geknebelt?« Sie zeigt auf Flo. Liest Fräulein Ott Gedanken?

»Marlène, holen Sie einen dicken Stummmacher aus dem oberen Fach der Vitrine. Nicht trödeln, Zeit ist ein knappes Gut.«

Den Nachmittag werde ich genießen.

Resümee

23.03.2020

Hallo Filo,

es ist ordentlich was los. Flo und ich haben eine neue Anschrift: Laura. Wir machen es echt, ich hatte meine ersten Auftritte. Ein heißes Fotoshooting und einen Film, mit deiner Freundin als Schülerin. Ich erzähle es dir.

Laura spielte die biedere Lehrerin Fräulein Ott, ich die Dominaschülerin Marlène und Flo stellte sich uns als wehrloses Unterrichtsmaterial zur Verfügung.

Es ist erstaunlich, was alles zu beachten ist, um die beiden empfindlichen Spielzeuge meines Verlobten unfallfrei zu bespaßen. Dafür ist der Kraftaufwand minimal, dem Mann ›Freudentränen‹ zu entlocken. Dieses Wissen entzaubert die Show, die Laura mir mit ihrem Mann geboten hatte, die Hiebe sahen eindrucksvoller aus. Echt sind dagegen die Schmerzen, die sie bereiten, mein Flo hat die Agonie nicht gespielt. Die nächsten Tage frische ich bei Wikipedia meine Anatomiekenntnisse auf. Meine Lehrerin hat mit Fachbegriffen um sich geworfen, die ich bisher nur aus trockener Theorie kannte.

Fräulein Ott und Kamerafrau Nora haben mich und Flo am Ende des Unterrichtes allein gelassen. Ich habe Flo gesagt, dass ich dir das Erlebnis anvertraue und er auf mich warten möge.

Bis später, Bussi, Miri.

Ich lege Filomena in ihr Geheimfach zurück. Eine Kiste mit der Aufschrift *Tagebücher* ist kein echtes Versteck, Flo traut sich nie, sie ohne Erlaubnis zu öffnen. Das ist mir ausreichend sicher.

Zurück in dem Dungeon starte ich mit meinem Mann einen Monolog, der Knebel hindert ihn am Antworten. »Danke für das Warten, den ersten Einsatz als Studienobjekt hast du tapfer überstanden, Schatzi. Weißt du, du wirkst unschuldig, wenn du stumm und wehrlos vor mir liegst.«

Langsam umrunde ich ihn, ein Finger gleitet über seinen Körper. Seine Augen folgen mir, er versucht nicht, sich zu entziehen, keine Protestgeräusche. »Ich genieße dich, bevor du befreit wirst. Es ist ein heißes Gefühl, eine Sexpuppe zu haben, die griffbereit daliegt. Sag nichts, du mimst gerne den Seestern im Bett für mich, das ist nicht vergleichbar. Du liegst nicht freiwillig hier, ja, ich weiß, du warst einverstanden mit dem Unterricht, nicht damit, meine Sexpuppe zu sein.«

Sein Grinsen und Schwanz sind anderer Meinung. Den Zahn ziehe ich ihm.

»Du Schelm, glaub ja nicht, dass ein Happy End auf dich wartet. Bin gleich zurück und du dachtest, dass du es überstanden hast? Böser Fehler.«

Sein Grinsen wandelt sich in einen fragenden Gesichtsausdruck mit einem Hauch Panik.

»Bis später, Schatz.«

Mit einem Winken lösche ich das Licht und überlasse ihn der Dunkelheit seiner Gedanken.

Laura und Nora warten im Wohnzimmer auf mich. »Wo hast du deinen Mann gelassen?«

»Und was hat da so lange gedauert?«

»Hey, ihr seid ja nicht die Bohne neugierig. Ich habe erst meinem Tagebuch von dem Tag erzählt und Flo liegt drüben, stumm, fixiert, im Dunkeln und mit Panik im Gesicht. Ich habe ihm angedeutet, es sei nicht vorbei.«

»Bist du böse, Schwesterchen. Was hast du mit ihm vor?«

»Ich habe keine Ahnung und hoffe, ihr helft mir auf die Sprünge.«

»Ist doch logisch. Frag Jonas, was ihm gefallen würde.« Laura scheint ebenso ideenlos zu sein.

»Stimmt, wo ist er hin?«

»Er sortiert deine Lebensmittel ein, das sind ja Massen.«

»Und noch nicht mal alles, mehr hat nicht ins Auto gepasst. Wir plündern morgen den Rest, nicht ablenken, Ladys. Ich frage ihn und ihr stört Flo nicht beim Ängstigen.«

Die beiden kichern, ich eile in die Küche.

Männerfantasie

»Jonas, ich habe eine Herausforderung, hilfst du mir?«

»Ui, du siehst echt scharf aus, dreh dich.«

Er nimmt meine Hand und dreht mich elegant um die eigene Achse.

»So gefällt mir das. Das scharfe Schulmädchen, das auf den strengen Lehrer wartet.«

»Klischee mein Lieber, Klischee. Hilfst du mir?«

»Erzähle …«

»Flo liegt drüben griffbereit im Playroom, auf dem Andreaskreuz. Ich habe keine Ahnung, was ich mit ihm anstelle, wenn ich ihn gleich aus seiner Isolation befreie.«

»Verstehe, was habe ich damit zu tun?«

»Beschreibe mir, was dir an seiner Stelle gefallen würde.«

»Wenn es weiter nichts ist. Schnapp dir Laura und Nora und hab einen Foursome, den flotter Vierer mit Flo als lebendes Sextoy.«

»Du Lüstling, ist deine Gattin über diese Fantasien informiert und bist du nicht eifersüchtig?«

»Ja und ja, ich erzähle ihr meine Gedanken. Laura hat uns beiden erlaubt, zu poppen, und ich lasse ihr die gleiche Freiheit. Es ist nur Sex. Ihr vergnügt euch und er schmachtet. Ihr greift Küsse ab und heizt ihm ohne Abschluss ein.«

»Erstaunlich. Vor einem Jahr hätte ich jeder Frau die Augen ausgekratzt, die meinem Traumprinzen einen Blick zuwirft, heute bin ich deiner Meinung. Danke dir. Küsschen.«

Zurück im Wohnzimmer warten meine Ladys auf Antwort. »Jonas überrascht immer wieder. An Flos Stelle wäre er das Luststück für uns drei. Wir haben Spaß miteinander und er bliebe orgasmuslos.«

»So kenne ich ihn, meinen Lustmolch, den Freudenspender. Die Abwechslung wird uns nicht schaden, glaube ich.«

»Toller Einfall, ich hole das Stativ und eine frische Speicherkarte. Miri, wechsle das Kostüm, und wir erneuern unser Rouge. In fünf Minuten vor der Folterkammer.«

»Wir filmen das?« Laura guckt ungläubig.

»Klar, die Fans werden uns lieben, Flo wird es weniger genießen, er bekommt keinen Happen vom Kuchen.«

»Stört nicht, wenn er ohne Höhepunkt bleibt. Er fragt heute Nacht nach einem Orgasmus, die geile Gurke.«

Kurze Zeit später entern wir aufgebrezelt den Dungeon.

»Eure Spielwiese. Ich schaue von den Rängen zu. Bei meiner letzten Inthronisation habe ich die Spiele genossen«, gebe ich kund, Flo schaut ungläubig.

»Nehmen wir ihm den Knebel ab? Ein paar Küsse täten mir gut. Ihr habt ja eure Männer und ich bin am Vertrocknen.«

»Rück ein Stück, Miri, ich geselle mich zu dir. Wir fummeln und Nora hat einen Ständer für sich.«

»Klingt verlockend. Meinst du, deinem Gatten gefällt der Plan? Er sieht unentschlossen aus.«

»Wir teilen ihn uns, schwesterlich. Vergiss nicht, die Kamera aufzustellen.«

»Da war ja was. Die scharfe Aussicht auf diesen Toyboy mit Latte lenkt vom Plan ab.«

Sie findet den optimalen Stellplatz, bei der die Linse alles erfasst und wendet sich ihrem Spielzeug zu.

»Deine Frau spendiert mir Spaß mit dir, erweise dich ihr würdig. Kein Protest, wenn ich dir den Knebel abnehme, verstanden? Zuerst einen Cockring zur Verlängerung der Standkraft.«

Flo schaut zu mir, ich deute meine Zustimmung mit einem Wimpernschlag an. Er holt Luft, schließt die Augen und nickt.

»Wir sind uns einig. Die Aufgabenverteilung ist simpel, du liegst da, ich genieße. Wehe, du kommst, ich weiß jetzt, wie das Paddel funktioniert.«

Die letzten Monate hatte ich nur Flo zum Kuscheln, Fingern und Knutschen und verdrängt, wie geil es sich mit einer Frau anfühlt. Beim Liebkosen habe ich nicht mitbekommen, was Schwesterchen mit Flo anstellt, ich verhöre ihn nachher und ziehe mir morgen das Video rein. Laura ist scharf und ich kann es nicht oft genug betonen, eine Frau weiß tausendmal besser, wie eine Frau gestreichelt wird. Ihre Finger gleiten liebevoll und zärtlich über meinen Hals und streifen ziellos über den Rücken, entspannend. Ihr Duft erinnert an Mittsommer in Schweden, ich schmelze dahin. Ich lege mein Kinn auf ihre Schulter und spiegle ihre Bewegungen. Sie liebkost sich durch mich, wir genießen uns, erste Fingerkuppen verirren sich auf meine Taille. Ich blende das Geschehen um mich aus. Wie viele Arme und Finger hat Laura? Rücken, Hüfte, Nacken und am Haaransatz überall und gleichzeitig Finger, die stupsen, kraulen und zwicken. Ich bade in einem Meer wohlig warmer Gefühle, im Duft der Geborgenheit.

Zeit wird Nebensache.

Mister Snake

Die dritte Woche des Lockdowns ist vorbei, wir sitzen zusammen und beraten.

»In der nächsten Zeit sind wir tagsüber zu viert, Miri ist an drei Tagen arbeiten. Nora ist unser Privatier, Jonas und ich haben keine Feste zu organisieren, Flo ist entlassen worden, Probezeit nervt.«

»Ja, sie haben gesagt, sie stellen mich wieder ein, wenn die Lage sich bessert. Das überlege ich mir dreimal.«

»Setzt alle ein freudiges Lächeln auf. Ich habe gute Nachrichten.«

»Ist Corona vorbei?«

»Keine Ahnung, interessiert uns in Zukunft nicht mehr. Unsere WG ist seit zwei Wochen online und wir sind erfolgreich.«

»Was meinst du? Hat Hollywood angerufen?«

»Die würden uns kopieren, nicht das Konzept kaufen. Ernsthaft, wir haben Abonnenten, zahlende Zuschauer.«

»Hat sich einer verklickt und hat die Atombusen eine Site weiter gesucht?«

»Einer? Bist du naiv, Miri. Du bist unser Umsatzbringer. Auf der Fanplattform bewerten uns die Zuschauer, nicht nur die zahlenden. Ich habe nach den ersten eingehenden Mails das Ranking und die Vorschlagsfunktion freigeschaltet. Du führst mit der Hälfte aller Votes unangefochten unsere Show an.«

»Miri Superstar. Meine Frau rockt das Internet und sie war bisher nicht mal nackt zu sehen.«

»Ja, Flo, wir wissen, dass ihr heimlich auf dem Standesamt wart. Wehe, ihr feiert die Kirchliche nicht im gebührenden Umfang, Jonas hofft, er wird Trauzeuge.«

»Dank Lauras Hilfe haben wir einen freien Termin abgegriffen und die Formalitäten haben zehn Tage gedauert. Keine Aufregung, die Trauung in der Kirche wird der Knaller.«

»Vitamin B ist wichtig im Leben.«

»Wann haben wir das Thema gewechselt? Ich war noch nicht fertig.« Nora versucht uns zu bändigen.

»Wir lauschen deinen Ausführungen ja schon.«

»Vielen Dank. Von den über fünftausend Likes hat Miri sechzig Prozent abgegriffen, das Publikum liebt sie. Wir haben elf zahlende Abonnenten gewonnen. Läuft das in dem Tempo weiter, leben wir ab Herbst von den Aktivitäten, grob geschätzt.«

»Warum ich? Ich bin die Kleinste, habe wenig Busen. Welche Männer stehen auf sowas?«

»Ich, zum Beispiel, mein Schatz. Deine Möpse sind knuddelig, da wackelt nichts und die Brustwarzen schauen bei jeder Gelegenheit frech raus.«

»Er hat recht. Mir gefallen sie ebenfalls«, ergänzt Jonas.

»So? Aber genug von mir, was gibt es weiter zu berichten? Wie verteilen sich die anderen Votes und was für Vorschläge haben wir bekommen?«

»Das ist aufregend, die Plätze zwei bis fünf nehmen sich nichts, wir sind alle gleichbeliebt, wechseln uns ab. Potential sehe ich bei einigen Ideen, die wir erhalten haben. Die abartigen Vorschläge mancher Tastaturwichser ignoriere ich. Da ist eine Mail, die wir umsetzen könnten.«

»Reich rum, ich bin neugierig«, fordert Laura auf.

»Ich lese vor, ist schneller. Der User ist der erste Zahlende, hat das Premiumpaket gebucht und nennt sich Mister Snake.«

»Verstehe, eine Anakonda im Schritt.«

»Laura, nicht alle Männer täuschen einen Meter vor, er ist bestimmt bissig«, kontert Jonas.

»Verstehe. Reden wir über Schwanzlängen oder hören uns Mister Snake an?« Noras Versuch, unseren Sack Flöhe zu hüten, war von Anfang an nicht von Erfolg gekrönt.

Vorschlag

Hallo liebe WG-Bewohner,
  ich finde Euch alle umwerfend. Jeden Tag hoffe ich, dass ihr Neues veröffentlicht. Mein Arbeitstag vergeht schneller, wenn ich an Euch denke.
  Am liebsten schaue ich Marlène zu, eurem heimlichen Star. Sie spielt nicht nur, sie lebt und liebt ihre Auftritte. Ich grüble, ob sie dominante Braut oder devotes Luder ist. Einen Preis hätte sie verdient.
  Dreht ihr bitte lesbische Szenen, Marlène mit Sanné oder zu dritt? Oder Marlène wird Herrin über die Männer.
  Bittööö …
  Euer ergebener Fan,
  Mister Snake

»Ihr habt den Mann gehört, wir brauchen frische Ideen und Drehpläne. Ein richtiges Drehbuch halte ich für wenig hilfreich, damit agieren wir nicht natürlich«, fordert Nora uns auf.
  »Hast du die Aufnahmen von mir auf dem Andreaskreuz und den Unterricht fertig geschnitten?«
  »Beide Filme sind bereit, auf Sendung zu gehen. Der Unterricht ist verdammt heiß geworden und im zweiten Streifen mit eurer Aktion auf dem Thron haben wir einen Straßenfeger.«
  »Und was ist mit dir und Flo? Rausgeschnitten?«
  »Nein, eine Seitenhandlung. Ihr beide wisst, was das Publikum liebt.«
  »Tun wir das?«, fragt Laura skeptisch.
  »Schaut ihn euch an, der Streifen geht viral.«

»Einverstanden, zurück zu Mister Snake. Führen wir unser Spiel zu zweit auf, Laura, wie im Herbst. Kitzeln mit abschließendem Auspeitschen?«

»Da bin ich dabei, beim Aufnehmen sind wir Frauen unter uns, Nora führt, wie immer, die Kamera.«

»Toll, macht ihr das wieder und ich darf nicht zusehen. Wie damals, als ich euch beide geweckt hatte.«

»Hast du einen Vorschlag, wie wir dich da einbauen?«

»Ich bin Künstler, nicht Autor. Für die perversen Einfälle ist Laura zuständig.«

»Ach ja«, kontert Laura, »wer von uns hat die Hodenkloppe vorgeschlagen oder die Pipispiele mit Miri? Meine Ideen sind kreativ, du bist der Lüstling im Haus?«

»Pipi...?!«, fragen Flo und Nora gleichzeitig.

»Schatz, was habt ihr alles getrieben, über das du mich nicht informiert hast?«

Angriff ist beste Verteidigung. »Ich erkläre es dir. Nach einem sexgefüllten Wochenende habe ich Jonas diesen Wunsch erfüllt. Wir haben uns gegenseitig gekostet. Freiwillig, aber nicht frei. Jeder war gefesselt und hat vom anderen etwas eingeflößt bekommen. Es war nicht so schlimm, wie es klingt.«

»Flo, Mund zu, sonst kommen Fliegen rein«, witzelt Nora. »Von diesem Spiel höre ich zum ersten Mal, ihr wart schräg drauf, oder? Traut sich das jemand vor der Kamera?«, fragt Flo.

Betretenes Schweigen. Reden über Sexwünsche ist zu zweit bereits schwer, in der Runde sitzen wir wie fünf verklemmte Schüler in ihrer ersten Tanzstunde.

Ich breche die Stille. »Schieben wir die Entscheidung in die Zukunft. Wir brauchen einen Plan, wie wir Jonas bei dem Video für Mister Snake einbauen.«

»Ich habe eine Sendung gesehen, da haben sich zwei Frauen unterhalten und im Hintergrund stand ein nackter Mann, wie eine Stehlampe. Er hat nichts gesagt, nicht agiert, er war nur anwesend. So stellen wir ihn hin und fertig.«

»Du glaubst, mein Göttergatte mischt sich nicht ein? Sein kleiner Freund wird stehen und sich beteiligen wollen.«

»Ist mir zwar peinlich, ich kenne da die Lösung. Ich habe sie in einem Porno gesehen«, ergänzt Flo.

»Raus damit, Klosterschüler.«

»Ich gebe dir Klosterschüler, Schatzi. Wehe ihr lacht. Es war eine Frau, die dort stillgelegt wurde, das Prinzip ist übertragbar. Sie haben sie auf einen Dildoständer gestellt. Mit dem Dildo in ihrer Mumu stand sie auf der Metallplatte des Stativs, mehr nicht, frei beweglich und trotzdem immobilisiert. Sie konnte sich nicht so weit bücken, um die Verstellung der Stange zu erreichen.«

»Wovon träumst du nachts? Mein Po bleibt Ausgang.«

»Von wegen, mir gefällt die Idee.« Laura grinst über beide Ohren. »Diese nur Deko auf der Bühne belebt die Szene. Warum nur *einen* Mann? Wir stellen links und rechts einen neben uns auf, passende Knebel und es fühlt sich an, als spielen wir allein.«

Jonas schimpft drauflos, wie ein Rohrspatz: »Geht's noch, Florian? Du weißt, wie die Ladys ticken, die setzen solchen Unsinn eiskalt um. Ich fühle mich bereits entjungfert.«

Laura wendet sich an ihren Gatten. »Bereust du, zusehen zu wollen? Jeder Wunsch verlangt nach einem fairen Tausch, du kennst unsere Abmachung.«

»Ja, aber in den Po? Ich weiß nicht.«

»Stell dich nicht so an, ich bin dabei und stehe links von den Mädels.«

Ich entdecke jeden Tag neue Facetten in den Tiefen meines Mannes. Erst überwindet er sein Lampenfieber, lässt sich von mir quälen und jetzt aufspießen, abwarten, was sonst alles unter der Oberfläche zu entdecken ist.

Der Aufbau

Mit bester Laune und tollen Neuigkeiten betrete ich das Haus. »Bussis in die Runde, mein Chef war heute erstaunlich offen, als ich ihn gefragt habe, ob die Firmenschlosserei für mich etwas baut. Normalerweise ist er knauserig, heute hatte er Spendierhosen an und die Jungs in der Werkstatt angewiesen, dass sie mir bauen, was ich brauche. Wer hilft mir beim Reintragen?«

»Was meinst du damit?« Nora schaut mich mit großen Augen an.

»Überraschung. Morgen drehen wir unsere Mädelsnummer. Hier der Autoschlüssel, holt euer Spielzeug rein, Männer.«

»Unter uns, was hast du dir ausgedacht?«

»Die beiden Stative für die Männer. Ich habe in der Werkstatt gesagt, ich stelle Deko auf, ist ja nicht gelogen. Ob die beiden genauso begeistert sind?«

»Dein Mann schon, es war seine Idee und hat sich angeboten. Bei Jonas ist Überzeugungsarbeit nötig.«

Die beiden kommen mit den Metallstangen rein und Jonas wirkt ärgerlich.

»War ja klar. Deine Schuld, Flo, du hast die Mädels auf diese schwachsinnige Idee gebracht und ich bin der Leidtragende.«

»Stell dich nicht so an. Das wird lustig, wir sind dabei und stören die Aufnahmen nicht.«

»Wir haben ja keine Wahl. Schau dir Nora an, sie bekommt den Mund nicht zu und wenn ich das breite Grinsen unserer Frauen sehe, verspüre ich ein Ziehen im Po.«

Ich grinse über beide Ohren. »Ihr habt es erfasst. Was meinst du, wo drehen wir? Wie damals im Bett und dann im Dungeon oder gleich alles nebenan?«

»Sowohl, als auch, fangen wir drüben an, du bist unser erstes Opfer, Miri. Die Reihenfolge ändere ich später beim Schnitt und die Männer erfahren in der Bettszene, ob die Metalldildos stabil genug sind.«

»Das könnte euch so passen, ich will sehen, was ihr treibt.«

»Dito«, ergänzt Flo.

»Einverstanden. Wuchtet die Teile ins Dungeon und bereitet den Raum für eine zappelnde Frau vor. Sucht euch nette Knebel aus und gebt Bescheid, wenn ihr fertig seid.«

Die Jungs verschwinden mit den Popostelen und Laura erzählt von ihrem aktuellen Vorhaben für Jonas.

»Gestern habe ich seinen Peniskäfig von der Post geholt. Er wird sich wundern, wenn ich ihn zu Beginn einschließe und ihm eröffne, dass er sich es verdienen muss, in Freiheit gelassen zu werden.«

»Das ist fies und warum hast du nichts gesagt, meinem Flo würde es nicht schaden, Zurückhaltung an den Tag zu legen. Nach zwei Wochen ohne Entspannung ist Schatzi handzahm oder platzt.«

»Vierzehn Tage? Dann kommt es euren Kerlen zu den Ohren raus und ihr beiden heißen Luder vertrocknet.«

Laura und ich schauen ungläubig. »Woher kennst du diese Details?«

»Ich bin weder blind oder taub. Miri, du bist in der Kiste eine Sirene und Jonas röhrt wie ein Elch. Manchmal höre ich euch zu und fingere mich.«

»Du hörst uns? Au Backe.« Laura wird rot, das erste Mal, seit ich sie kenne.

»Wehe ihr macht es in Zukunft leise, ich finde es geil.«

»Das Bild werde ich nicht aus dem Kopf kriegen. Schauen wir, zum Verdrängen, wie weit die Deko ist?«

Die Männer sind mit dem Umbau fertig und diskutieren über ihre Stehplätze für die nächsten Stunden.

»Die sind aus Metall und eiskalt. Hast du den Durchmesser bemerkt, die Aufsätze sind dicke Dinger. Alles deine Schuld, Flo. Du wirst zuerst aufgestellt, dann bleibt eine Chance es mir anders zu überlegen.«

»Vergiss es, du bist dabei. Florian ist Erster, es war sein Vorschlag«, ergänze ich frech.

Laura übernimmt die Führung. »Ausziehen und einen Knebel aussuchen. Ich wärme das Ende für dich vor.«

»So fix? Es wird ernst.«

»Ja, Nora, hol die Kamera und Miri, du gehst einen sexy Schlüpper mit BH anziehen. Back in five minutes.«

Ich düse zum Kleiderschrank, die Wahl fällt nicht schwer, das Spitzenhöschen wartet seit einem Jahr auf Einsatz. Warum trete ich nicht gleich nackt auf? Ich lasse mich treiben.

Nora reicht mir den Metallstab. »Du siehst heiß aus, Miri, die perfekte Menge Stoff, dein Popo lässt sich leicht freilegen. Setzt du bei deinem Gatten den Stöpsel?«

»Klar, gib her, Flo steht auf mein Hintertürchen, ob er seine Meinung jetzt ändert? Flo, bück dich da rüber und Laura, reich mir das Gleitgel. Es wird ernst, Schatz, entspannen und gleichmäßig durch den Mund atmen, vertrau mir, ich weiß, wovon ich spreche.«

Ihm ist Anspannung anzusehen, er folgt meinen Anweisungen zögerlich.

»Ich filme gleich mit, stellt er sich nicht an, habe ich eine Idee. Habt ihr einen Strap-On in eurer Sammlung?«

»Ja, leider! Bisher habe ich Laura abgehalten, ihn einzusetzen. Denkt ihr dabei jedoch an Florian, dann habt Spaß.« Jonas kommentiert aus dem Off.

»Wir werden sehen und warten ab, was das Publikum wünscht.«

»Klappe. Po, die Erste und Action.«

Nora holt mich zurück, mein Kopfkino ist am Schindern. Professionell dreinschauen, Gleitgel auf dem Metalldildo verteilen und ansetzen.

»Sachte, Miri, bitte ...« Flo zuckt zurück und kommt nicht weit.

»Stillhalten. Ich bin umsichtiger, als du bei unserem ersten Versuch.«

»Das sagt sich leicht, meiner ist nicht so dick wie der Eisenstöpsel.«

»Dafür ist das Metall besser eingeschmiert und glatter. Es wird flutschen.«

Es ist widerstandsloser als angenommen. Beim ersten Versuch rutscht der Metalldildo in Flo hinein. Er erträgt es ohne Mucks

»Drin. Ich halte ihn fest und du kommst langsam hoch. Laura, stell bitte das Stativ in Position. Vorsichtig rübertippeln, Flo.«

Das sieht auf dem Video später zum Schießen aus, wir üben in Zukunft mehr neue Spiele. Flo gehorcht und mit wenigen Handgriffen ist die Stange in der richtigen Höhe und eingerastet. Das dritte Mal, dass mein Mann in dem Dungeon fixiert ist, ich genieße es.

»Wie ist es? Ich hatte dich gewarnt, die drei ziehen es durch.«

»Ein komisches Gefühl, schwer zu beschreiben.«

»Berichte uns später davon. Mund auf, der Knebel wartet. Wenn wir dabei sind, Hände hinter den Rücken, Laura legt dir Handschellen an.«

»Ich lasse euch allein spielen, so geil ist Zuschauen nicht.« Jonas versucht, sich vom Acker zu machen.

»Sicher, Schatz? Nora wird deinen Abgang nicht rausschneiden und Untertitel setzen: ›Weichei auf der Flucht‹. Du überstehst das, auf dich wartet ein Bonus.«

Widerwillig bringt sich Jonas in Stellung, knurrt beim Dildosetzen, erträgt die Handschellen und lässt sich knebeln.

»Zum Abschluss eine Maske und Nora, das Nächste filmst du gewissenhaft.«

»Gerne, was hast du geplant?«

Inhaftiert

Laura zieht einen Hocker vor ihren Mann, setzt sich und legt Stück für Stück den Peniskäfig an. Jonas steht regungslos da, als er versteht, was passiert und bockt, ist es zu spät, er ist eingesperrt.

»Überraschung, Schatz. Nehmt ihm die Maske ab.«

Er schaut hinunter und wirft seiner Laura ein ganzes Bündel böser Blicke zu.

»Das wollte ich schon immer ausprobieren. Wie findest du zwei Wochen für den Anfang? Den Schlüssel trage ich an dem Bettelarmband, das du mir letztes Weihnachten geschenkt hast. Du wirst es genießen, ich liebe dich, Darling.«

Jonas ist nicht begeistert, er zappelt auf dem Ständer und sein Stöhnen klingt nach Gemecker. Es ist nicht sein Tag, erst entjungfert und im Anschluss unfreiwillig keusch gestellt.

»Ruhig, Brauner. Deine Frau hat recht, es sieht schmuck an dir aus, ich glaube, Flo würde das genauso stehen. Leider hat Laura mich nicht eingeweiht.«

»Pustekuchen, ich habe deinen Stecher bei den letzten Spielen unauffällig vermessen und ihm sein eigenes Gefängnis bestellt. Du hast nichts dagegen, wenn ich loslege?«

Sie zeigt mir einen weiteren Käfig. Flo quittiert das mit ähnlichem Gestammel und Toben wie Jonas, nicht in der Lage es zu verhindern.

»Schatziii?«, mit heftigem Wimpernklimpern beginne ich meine Frage. »Darling, du brauchst nur zu widersprechen. Lassen wir es?« Ich spiele die Unschuld vom Lande.

»Hmpf!«

»Danke dir, meine Meinung, das Teil ist eine Zierde. Laura, walte deines Amtes. Wir tauschen, ich bekomme Jonas' Schlüssel und du passt auf Flos auf.«

»Mädels, ihr seid Hexen. Wenn ihr interessiert seid, passe ich auf die Schlüssel auf.«

Wir nicken und Nora nimmt die Schlüssel entgegen.

»Bin gleich wieder da. Ihr überlegt euch eine Entschuldigung für eure Gatten, die sehen geladen aus.«

»Einer meiner leichteren Übungen. Obacht Männer, fügt euch, spielt mit, dient in den folgenden Tagen den Damen des Hauses und als Belohnung für tapferes Durchhalten erfüllen wir jedem zwei Wünsche. Alternativ befreien wir die Eingesperrten nach dem Dreh und ihr seid in Zukunft feige Miesmuscheln.«

Flo schaut zu mir, ich nicke zustimmend. Ein Seufzer und er fügt sich, hat nicht geflunkert, er gibt sich mir bedingungslos hin. Ich stelle mich an ihn und flüstere.

»Du willst nicht?«

Nicken.

»Du stimmst trotzdem zu?«

Nicken.

»Weil es mir gefällt?«

Er nickt erneut.

»Ich liebe dich, Schatzi. Danke für die Aufopferung. In zwei Wochen lese ich dir jeden Wunsch von den Augen ab.«

Trotz des Knebels sieht man ihm ein Lächeln an. Er nickt erneut. Ich bin mir sicher, er ist der Mann, mit dem ich alt werde.

Flo hat mich von Laura nebst Mann abgelenkt. »Wie hat sich deiner entschieden? Meiner behält ihn an.«

»Du hast es gut, er«, sie pikst Jonas in die Rippen, »ist ein Feigling. Ich lasse ihn heute Abend wieder frei.«

»Zu spät, die Schlüssel sind versteckt und ich rücke sie erst am Ende des Versuches raus.« Nora ist zurück und sorgt bei Jonas für einen panischen Gesichtsausdruck.

»Siehste, du hältst durch. Keine Sorge, ich bin an deiner Seite und der Eingesperrte bekommt jeden Abend einen Gutenachtkuss. Im Notfall lasse ich dich mit dem Reserveschlüssel frei. Sei artige Deko, überlege es dir.«

Laura umarmt ihren Mann und flüstert ihm ins Ohr, seine Miene erstrahlt.

»Na, wie hast du ihn in einer Sekunde beruhigt?« Nora schaut ungläubig.

»Später, jetzt spannen wir unseren Publikumsliebling auf und lassen den Stock tanzen.«

Bisher war es lustig, zu sehen, wie die Männer uns erdulden, als Opfer wird mir mulmig, die Magengrube zieht.

Umzug

Einen Film zu drehen, ist eine andere Welt, als es zu erleben. Damals war Laura mit mir eine knappe Stunde beschäftigt, inklusive der Vorbereitungen. Heute hat es drei gedauert, bis alles im Kasten war. Ein Star zu sein, ist anstrengend. Laura hat zwischendrin beschlossen, die Männer vom Stativ zu erlösen. Nora hat das aufgenommen und schneidet später aus dem Auf- und Abbau einen Teaser, für zukünftige Spiele, die Kerle wissen von ihrem Glück bisher nichts.

Für die Actionszenen haben wir sie ins Wohnzimmer geschickt, solo agiere ich offener. Nora wollte mich authentisch filmen, Laura gerne liefern. Beide haben nicht nach meiner Meinung gefragt und losgelegt. Jede Minute, jeder Treffer war ein Genuss, Marlène in ihrem Element, geknebelt, mit Augenbinde und verhauen.

»Na, ihr drei, fertig? Dreh dich, Miri, zeig uns den Hintern.«

»Nicht nur deinem Mann interessiert, ob es sich gelohnt hat, dass wir eingesperrt und entjungfert sind. Sind Striemen auf dem Popo?«

Ich spiele Ballerina und präsentiere voller Stolz meine vier Buchstaben.

»Streifenhörnchen, heiße Ansicht oder Jonas?«

»In der Tat. Obwohl da mehr gegangen wäre.«

»Siehst du Laura, du hattest umsonst Mitleid mit mir. Damit rechne lieber nicht gleich im Bett.«

»Kehren wir zurück und ich sorge dafür, dass du heute auf dem Bauch schlafen wirst.«

Traue ich mich und meint Laura das ernst? »Challenge accepted, Samstag ein Dreier, du, der Stock und mein Hinterteil.«

»Das war ein Scherz«, kontert sie.

»Zu spät, das Angebot ist nicht verhandelbar. Heute bist du dran, am Wochenende ich.«

»Was dagegen, wenn wir Jungs nicht mitmachen, wer weiß, was Laura weiter plant.«

Flo ergänzt: »Für heute habe ich genug. Spielt unter euch Mädels, wir bleiben hier und überlegen, wie die vierzehn Tage mit den Teilen zu überstehen sind.«

»Zum Glück fliegen wir nicht in den Urlaub, erklär das mal der Sicherheitskontrolle am Flughafen.«

»Als wenn euch beiden eine gründliche Abtastung durch eine Sicherheitsbeamtin nicht gefallen würde. Moment, das ist eine Idee, wir spielen, für die Fans, Security.«

»Stimmt, Schwester, wir brauchen eine Kulisse und Männer werden am Flughafen nicht von Frauen abgetastet.«

»Die Garage ist ideal und ohne Aufwand umgewidmet. In unseren Filmen, werden Männer sehr wohl von Frauen inspiziert. Jetzt nicht trödeln, Laura braucht Hilfe beim Lachen.«

»Genau, ich warte. Einer der Männer bereit, dabei zu sein?«

»Nö! Ich habe genug erlebt für heute.« Jonas hat die Nase voll.

»Selber schuld, du verpasst eine Lesbennummer.«

»Warte, Lesbennummer? Der Plan sah kitzeln vor.«

»Die moderne Frau genießt und schweigt«, antworte ich mit einem extra kecken Lächeln. »Männer bleiben außen vor.«

»Da bist du für verantwortlich, Jonas, du Spielverderber.«

»Wieso denn ich?«

»Meiner Frau würde ich gerne zusehen, wie sie sich vergnügt.«

»Geier«, gehe ich dazwischen, »hol das Stativ und fühl dich eingeladen.«

»Danke, bin auf dem Weg, Schatz.«

»Dein Flo erstaunt mich, vorhin stöhnt er rum und jetzt macht er es freiwillig?«

»Ich vermute, er macht das wegen mir. Er hat es über sich ergehen lassen, weil es mein Wunsch war.«

»Oder wir haben eine neue Ader an ihm entdeckt.«

»Diskutiert ihr das nachher aus? Diese Lady wartet auf Entertainment.«

Wir sind ein Haufen. Laura freut sich, Opfer zu werden, Flo geiert, ich plane eine Erweiterung des Drehplanes. »Gehe nach oben, bereite Flo und dich vor, ich habe ein paar Regieanweisungen für Nora.«

»Weih mich ein. Was schwebt dir vor?«

»Ist mir eingefallen, als Laura von der Lesbennummer gesprochen hat. Wenn sie wehrlos ist, falle ich über sie her, echter Lesbensex und du filmst jeden Fingerstich.«

»Du meinst …«

»Ja.«

»Heiß, wenn du sie verführst, wie mich damals, knacken wir den Besucherrekord auf unserer Site. Was sieht dein Plan vor, wenn Laura nicht mitspielt?«

»So weit ist meine Planung nicht, warten wir ab. Helfen wir ihr bei den Vorbereitungen.«

»Darf ich zusehen?«

»Auf einmal? Du bist ein Lustmolch.«

»Bitte, ich hole den Dildoständer.«

»Männer sind alle gleich, Spanner, Perverse und dauergeil. Geh, mal sehen, ob deine Frau einverstanden ist.«

Im Schlafzimmer angekommen, steht Flo dekorativ am Kopfende und Laura legt sich die Beinfesseln an. Ich erlebe dasselbe Gefühl, wie beim ersten Mal. Vorfreude, gleich das Kommando zu haben, vermischt mit der Angst, es zu übertreiben. Ich habe ihr versprochen, gnadenlos zu sein. Bin ich stark genug, das Versprechen zu halten?

Jonas stellt unterdessen seinen Metallstab an die andere Seite vom Bett.

»Sieh einer an, ist dir warten zu öde?«

Ich schaue ihn scharf an, setze einen warnenden Wehe-du-verrätst-was-Blick auf. »Schweige und genieße, Jonas.«

Er nickt erschrocken. Das war knapp, wie hielten wir sonst die überraschte Reaktion von Laura fest. Keine fünf Minuten später sind wir fertig. Die Männer zeigen ein Grinsen, Laura liegt griffbereit, nackt mit knappem Slip, ich mit einem Hauch Stoff, bereit, Sex vor laufender Kamera und im Internet zu haben.

Mir fallen meine Worte aus dem Frühjahr ein:

Ich poppe nicht im Internet, knick das.

War ich verklemmt, so frei wie heute war ich nie. Mich hat die Angst vor dem, was andere denken, gelenkt. Hinfort, Hemmungen, ich lebe mein Leben, meine Lust, zusammen mit meinen Freunden ab hier und jetzt.

»Wann passiert endlich was? Ich liege hier und setze Staub an.« Jonas und Flo deuten ein High Five an, Geier.

»Sorry, ich habe meinen Geist von altem Ballast befreit. Bereit, Nora?«

»Kitzeln, und Action.«

Ich sitze neben Laura und streichle ihr den Bauch, sie zuckt in der Erwartung eines Sturmes auf der Haut. Anstatt zuzugreifen, sie in spastische Ekstase zu versetzen, lehne ich mich an sie, liege halb auf ihr und flüstere: »Vertrau mir und lass dich fallen.«

Bi schadet nie

24.07.2020

Hallo Filo,

gestern war ein aufregender Tag, meine vier Buchstaben glühen nach. Ich bin Original ein Streifenhörnchen. Laura hat mir und der Welt gezeigt, wie der Stock zu führen ist. Ich freue mich auf die nächste Session, sie, ich und keine Gnade. Glaubst du mir, dass ich es genieße, wenn sie mir den Po verhaut? Dabei war das nicht das Beste des Tages, sondern ... Trommelwirbel: Unsere Männer sind keine Popojungfrauen mehr und tragen die nächsten vierzehn Tage Peniskäfige. Flo steht das Metall, dieser Schmuck ist eine Zierde für jeden Kerl.

Ich stehe vor einem Dilemma, lasse ich ihn im Anschluss frei oder nur an die Luft, wenn es mir nach hartem Fleisch gelüstet? Flo wird sich fügen, er erfüllt meine Wünsche. Ich bin unentschlossen, ob es meine Vorstellung ist und mir nicht seine spontanen Überfälle fehlen werden. Wir diskutieren das am Wochenende oder Filo? Überleg dir was.

Jetzt das zweite Highlight des Nachmittags. Ich habe Laura vor laufender Kamera vernascht. Dabei wollte ich nie Sex im Internet haben, tempora mutantur. Der Idee war zu filmen, wie ich sie kitzle, bis sie wahnsinnig wird, mein Alter Ego Marlène hat improvisiert und ihre Wehrlosigkeit ausgenutzt. Sie hat es genossen, bis ich umschwenkte und das Kitzeln startete. Im Anschluss hat sie mir gestanden, dass ich sie knapp vor einem Orgasmus gehalten habe. Ich habe es drauf und keinen blassen Schimmer wie. Unseren Göttergatten sind dabei die Käfige eng geworden, schaue es dir ab morgen online an, Nora schneidet just den Tag zusammen.

Bussi, Miri.

Mit einem Schmunzeln lege ich das Tagebuch zur Seite und kuschle mich zu Flo ins Bett.

»Alles gut? Wie fühlt sich unser Gefangener an?«

»Komisch, ich versuche, eine Liegeposition zu finden. Löffelchenkuscheln wird für dich pieksig.«

»Wo ist der Unterschied zu sonst? Dein kleiner Frechdachs ist regelmäßig wach.«

»Kein Vergleich. Was heißt Frechdachs? Leo ist brav.«

»Von wegen, steht ständig in der Landschaft rum, macht sich gerne in mir breit und sabbert. Scherz, ich mag ihn, so niedlich. Erfülle deine ehelichen Pflichten und sorge für einen heißen Einschlaforgasmus für mich.«

»Und ich?«

»Du schläfst enthaltsam ein, etwas Druck schadet dir nicht.«

Zurück zur Nordsee

»Miri, die nächsten Teile sind fertig. Sarah genießt den ersten Sex und beide brauchen nicht mehr selbst Hand anzulegen, du verstehst?«

»Wann hast du Zeit dafür gefunden?«

»Die letzten Tage, während du arbeiten warst.«

»Kuscheln wir uns ein und du liest vor?«

»Denk an den Stöpsel.«

»Du meinst, wir gewähren deinem Gefangenen Freigang?«

»Ja, ich lese, du nuckelst.«

Grinsend öffne ich den Käfig und nehme meinen Platz ein, Flo lernt langsam, was eine geile Ansage ist.

Romantischer Tag

»Ich kann nichts dafür, Sarah, du hast mir den Kopf verdreht und in wenigen Stunden einen Platz in meinem Herzen erobert.«

»Wie du bei mir. Kommst du an die Bettdecke? Es ist frostig.«

»Kein Wunder, die Sonne ist hinter Wolken verschwunden und der Herbst zeigt seine kalte Seite. Wir liegen auf deiner Decke. Roll dich ein, ich gehe meine holen und wir kuscheln zu einem Mittagsschlaf.«

»Husch, und bringe mir einen Hoodie mit.«

»Sofort, Schatz.«

Eingekuschelt schlummert sie mit ihrem Kopf auf meinem Arm weg, der wird mir einschlafen, das ist es wert. Es nicht mal mittags und ich halte kaum die Augen offen. Wie lange habe ich heute Nacht gebraucht, um einzuschlafen?

Ein Donner weckt uns, es regnet junge Katzen und Hunde.

»Halt mich fest, ich habe Angst. Ich hasse Gewitter.«
Sarah klammert sich zitternd an mich, wir wechseln
minutenlang kein Wort.

»Siehst du, das war der Schlussakkord, kein Blitz oder
Donner mehr und der Regen lässt nach. Ich drehe die
Heizung hoch und wir Kuscheln weiter.«

»Du willst mich bibbernd zurücklassen? Knick das. Bis der
Regen weg ist, gehst du nirgendwo hin. Fühl mal meinen
Puls, der bricht jeden Rekord.«

»Gut. Dein Bibbern beruhigt sich.«

»Du passt ja auf mich auf.«

Sie liegt halb auf mir, ihren Kopf auf meiner Brust. Ich
spüre, wie ihr Herzschlag und Atem, sich beruhigen, im
Gegensatz zu mir, Leo zeigt ein Eigenleben. Ich wurde geil,
als sie den Dildo probierte und jetzt durch ihre
Gewitterangst, ich bin pervers oder untervögelt,
wahrscheinlich beides. Sie ist weich, zart und duftet wie eine
Göttin, ist klar, dass meine Libido verrücktspielt. »Bekommst
du einen Ständer?« Sie stemmt sich ab, schaut mir ins
Gesicht. »Ich sterbe vor Angst und du denkst ans Ficken?«

»Das macht Leo von selbst, ich bin unschuldig. Deine
Wortwahl ist nicht ladylike.«

»Von wegen Lady. Ich bin deine Bitch. Du bist startklar,
bringen wir den ersten Anstich hinter uns.«

Entgegen der Anweisung meines Schatzes Flo stöpsle ich
seinen Freund aus. »Anstich, ernsthaft? Gewitter sind ja auch
gruselig, ich mag die nicht. Ist Oktoberfest und er weiht sie wie
ein Fass, mit zwei oder drei Stichen, ein?«

»Sie provoziert, will entjungfert werden und er macht die
ganze Zeit auf romantisch. Los Eichel ins Plappermäulchen und
Ruhe ist, ich kann so nicht vorlesen.«

»Ich bin dolle scharf auf dich, das wird 'ne schnelle Nummer und die Kondome sind unten«, sage ich zu Sarah.

»Brauchen wir nicht, ich nehme die Pille.«

Sie setzt sich auf mich. »Darf ich oder bist du lieber oben?«

»Langsam, ich …«

Weiter komme ich nicht und spüre, wie sie versucht, Leo in sich zu drücken.

»Schweig, halt still, du fühlst dich geil an.« Sarah übernimmt das Kommando, ich liebe es. Mit einem Gedanken, dieses Bild in mein Buch zu schreiben, versuche ich eine Ablenkung, sonst bin ich im Nullkommanichts fertig und sie sauer. Nur nicht an die nächste Steuererklärung denken, sonst verschwindet Leo und sie ist enttäuscht.

›Mittelweg, finde einen Mittelweg‹, befehle ich mir, ›genieße sie und lenke dich von einem Orgasmus ab. Es ist ihr erstes Mal und du holst dir später Befriedigung.‹

Wer ahnt denn, wie kompliziert Sex mit einer scharfen, gierigen Jungfrau ist? Die Maßnahmen wirken, ich halte durch. Wie im Pool verändern sich ihre Bewegungen, unregelmäßiges und unkontrolliertes Zucken. Meine Sarah ist auf dem richtigen Weg. Warum ›meine‹? Ich bin verknallt, verliebt über beide Ohren, in einer Woche führen wir, fünfhundert Kilometer voneinander entfernt, wieder jeder sein Leben.

»Wow, war das geil.«

Erneut unterbreche ich. »Warum hast du die Technik von Patrick nicht bei unserem ersten Sex angewendet?«

»Ich war die Jungfrau im Bett, du hättest dich ablenken müssen.«

Dafür kassiert er einen Knuff in die Seite. »Du Schlingel. Es hat mich einiges an Arbeit gekostet, dir Ladys First beizubringen, dabei hast du das Prinzip von Anfang an verstanden. Dafür wandert der Schlingel nachher unbefriedigt hinter Gittern.« Ich stupse an seine Erektion.

»Er wird nicht reinpassen!«, antwortet er mit breitem Grinsen.

Na warte, Früchtchen. Deine Frau hat Zeit in einem Internetforum für Keuchhaltung von Männern verbracht und ihren Erkenntnishorizont erweitert. Du lernst am Ende deines Kapitels, was ein ruinierter Orgasmus ist. »Lies weiter, Schatz«, fordere ich und sauge ihn wieder ein.

Sarah liegt auf mir, wir küssen, nein, knutschen uns. Diese Frau lasse ich nicht mehr aus meinem Leben. Wie frage ich, ob wir ab Samstag einen gemeinsamen Weg gehen? Sarah ist in ihrer Ausbildung, mein Terminkalender ist gefüllt und der Verlag wartet auf das nächste Buch.

»Das war besser als im Pool, wann schaffst du es wieder?«

»Habe noch nicht, ich habe dir die Zielgerade überlassen.«

»Dein Leo hat sich schlafen gelegt.«

»Ich habe daran gedacht, dich nie wieder loszulassen, ab kommender Woche hat jeder sein eigenes Leben zurück und das macht mich traurig.«

»Darüber denken wir morgen nach, heute bleiben wir den Tag im Bett. Starte deine Runde, hab Spaß und komm in mir.«

»Geil, leg dich griffbereit hin. Ich habe eine Idee, um meine Erregung zu steigern.«

»Okay.«

Sie hat die Beinfesseln noch an, gleich liegt sie offen für mich da. Die Süße lässt sich ohne Widerstand die Arme festbinden.

»Entspann dich, du hast mir Spaß erlaubt.«

Ohne zu zögern beginne ich, mit den Fingernägeln über den Bauch zu streichen. Der Erfolg stellt sich sofort ein, sie gackert. Treffer, es macht mich an. Sie hat im Chat beschrieben, wie sie in der Fantasie gekitzelt wird, ich gebe mein Bestes.

»Grütze, ich bin nicht kitzelig, ans Bett lasse ich mich gerne fesseln und durchnudeln.«

»Ist notiert, wir finden einen Moment, zu der dieser Wunsch passt. Lass dich überraschen, der nächste Teil ist fast fertig.«

»Leg einen Zahn zu, ich bin gespannt, was die beiden am Abend anstellen.«

Ideenschmiede

»Wenn der Winter sich dieses Jahr keine Mühe gibt, wird es nichts mit weißen Weihnachten«, ich stampfe kräftig mit dem Fuß, wie eine Achtjährige, die ihr Zimmer nicht aufräumen mag.

Laura versucht es mit Aufmuntern. »Wenn schon, du darfst nirgendwo hinfahren, vieles ist geschlossen oder für Gruppen nicht erlaubt. Daheim ist es am kuschligsten.«

»Sagt Flo mir jeden Abend, an dem ich wegen des fehlenden Schnees quengle. Kuscheln ist doppelt schön, wenn man mit roter Nase und eiskalten Ohren unter der Decke zu einem Tee den Traummann füßelt.«

»Ich sage nur Flauschdecke und Kamin. Meckere den November nicht voll, was kann er dafür, dass die Menschheit sich nicht in den Griff bekommt?«

»Moin, ihr zwei. Sonntags früh aus den Federn? Schnarchen eure besseren Hälften zu laut?« Nora wirkt verschlafen.

»Ich bin zu aufgekratzt und Miri wartet auf Schnee.«

»Da steht sie lange am Fenster, das wird dieses Jahr nichts mehr.«

»Sehe ich genauso, stelle dir unsere WG Heiligabend um einen Schneemann vor. Wir könnten eine Sonderepisode ›Steife Nippel‹ drehen. Entwickeln es sich die Temperaturen weiter aufwärts, ist es maximal eine Poolparty«, ergänze ich.

»Sieh das positiv. Werfen wir Besen, Kohlestücke und eine Karotte in den Pool, feiert der Schneemann, technisch gesehen, mit.«

»Haha, ich lache später.« Schmollend setze ich mich vor die Terrassentür auf den Boden und peile in den Himmel.

»An dir ist eine Katze verloren gegangen. Warten wir ab, wer den Anstarr-Wettbewerb gewinnt, du oder die Schäfchenwolke da oben.«

»Ich versuche, die Wolke zu beschwören, ihre schneegeladenen Wolkenkumpels zu einer Party einzuladen.«

»Sie dreht durch, Lagerkoller. Ein Dreivierteljahr die gleichen Gesichter und Sex bis zum Abwinken haben ihr nicht gutgetan.«

»Quatsch mit Soße, es ist Melancholie. Erstes Weihnachten als Ehefrau und saftige, grüne Wiesen. Erinnert ihr euch an 2010? Da hatte Frau Holle sich angestrengt. Na ja, lenken wir uns mit Positivem ab. Nora hat mir gestern die letzten Abozahlen gegeben und ich habe heute Nacht einen vorläufigen Kassensturz gemacht. Ein paar Posten sind geschätzt, ich glaube, wir schließen 2020 mit einem Plus ab.«

»Das sind gute Nachrichten.« Lauras Stimmung hellt sich schlagartig auf.

»War klar, das Dreamteam rockt das Internet. Nächste Woche habe ich alles zusammen und setze den spitzen Bleistift an. Wie es aussieht, springt eine saftige Weihnachtsgratifikation raus. Euer Glück, dass ihr eine Fachkraft im Hause habt, die drauf bestanden hat, einen Steuerberater mit einzubeziehen und unser Business ehrlich zu machen. Viel Steuern zahlen wir dieses Jahr nicht, da ist etliches zum Abschreiben. Erst 2021 berechnet der Fiskus mehr.«

»Das Finanzamt, der natürliche Feind eines jeden Superstars. Ohne Miri würden wir im Hintergrundrauschen des Internets verloren gehen. Du hast was an dir, das die Leute lieben. Frech, nicht dreist, sexy, nicht vulgär und das Wichtigste, du bist normal geblieben, die Werbung nennt das *naturbelassen*.«

»Alles Natur pur, echt und ohne Silikon oder andere subkutane Chemie, kein Tattoo und da bin ich mir nicht sicher, ob das so bleibt.«

»Klar, Miri, dein ehemaliges Muttermal. Da sollte ein Marienkäfer krabbeln. Ich höre mich um, ob wir einen Tätowierer finden, der Hausbesuche macht und sich bei der Arbeit filmen lässt. Ich habe da eine Idee, wie wir das in Szene setzen.«

»Raus mit der Sprache, ich bin neugierig, wie der Krabbelkäfer auf mir Platz nimmt.«

»Ich erzähle dem Publikum, dass eine Überraschung wartet, spektakulär und bisher nie gezeigt. Wir zoomen auf und zeigen den Zuschauern meinen Gast, coronakonform mit Maske und den Verweis auf einen aktuellen Test. Er oder sie stellt sich und seinen Beruf vor. Ich erkläre, dass du die Leinwand bist, vorbereitet wirst und keine Ahnung hast. Ich erwecke die Illusion, dass du dich auf den Tisch im Dungeon fixieren lässt, weil wir eine Spankingsession drehen. Alle wissen, was dich erwartet, du spielst das unwissende Schaf.«

»Gefällt mir, wir lösen am Ende auf, oder?«

»Warte ab. Wir unterhalten uns über das Motiv, der Artist erklärt sein Werkzeug und dann ziehen wir zu dir um. Bei dir im Dungeon angekommen, erkennst du die Situation, bockst, meckerst in den Knebel, keiner hilft dir.«

»Echt fies, das ist meine Rolle.«

»Und wie! Schön verzweifelt und hilflos dreinschauen, das Publikum wird es lieben. Wir zeigen, wie er dir das Tattoo sticht und du dich nicht traust zu zucken, damit es nicht verwackelt.«

»Wir designen uns einen exklusiven 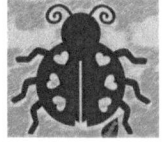 Marlène-Käfer und jeder, der sich traut, darf ihn sich bei unserem Tätowierer stechen lassen. Wir kassieren Prozente und der Kunde erhält eine unterschriebene Autogrammkarte.«

»Du hast Autogrammkarten? Warum bin ich nicht informiert worden?«

»Ach du, die lassen wir drucken, such zunächst einen Tätowierer, der mitmacht.«

»Was machen wir bis dahin? Das Nikolausspezial ist fertig und die Vorversuche der Heiligabendbescherung laufen. Für das Frühlingserwachen und die Ostereierspiele ist es zu früh, damit verlieren wir unsere Unbefangenheit, Rollen abspulen schafft jeder. Wir sind angetreten, authentisch zu sein.«

»Du hast recht, wir sind kein Filmstudio mit festen Regeln, im Gegenteil, ein lustiger Haufen mit Flausen im Kopf. Wie geht's weiter?« Laura schaut uns fragend an.

»Nora, hast du alle Aufnahmen aufgehoben, auch die rausgeschnittenen und ungezeigten? Wir haben bei vielen Szenen regelmäßig neu angefangen.«

»Ja, die Rohdaten mit sämtlichen Fotos und Filmschnipseln. Was meinst du, warum ich drauf bestanden habe, ständig neue Festplatten zu bestellen.«

»Prima, dass wir nachgegeben haben. Setzen wir uns beide nachher zusammen, überfliegen die Sammlungen und suchen nach den schrägsten Outtakes? Zeigen wir den Fans, wie schwer ein lustig-locker wirkendes Sex- und SM-Leben in Wirklichkeit ist.«

»Da wäre ich nie draufgekommen und dabei schwinge ich die Kamera seit Jahren. Eine tolle Lösung, die ohne Aufwand und mit einer Menge Spaß umsetzbar ist.«

Die Hausakademie

»Haben sich in unserer Vorschlagsbox neue Ideen eingefunden? Bei mir ist die Luft raus, mir fällt nichts ein.«

»Die quillt über, Miri, die Hälfte ist Spam. Mister Snake schreibt ab und zu.«

»Echt, warum sagst du nichts? Unser erster Kunde verdient einen Sonderstatus«, fragt Laura verwundert.

»Alles im grünen Bereich. Er will sich nicht einmischen, genießt das WG-Leben im Hintergrund und fährt voll auf Marlène ab.«

»Wer fährt auf meine Gattin ab?« Flo schaut zerzaust ins Wohnzimmer.

»Wach, du Langschläfer? Wir planen unsere nächsten Aufnahmen. Mister Snake steht auf mich.«

»Klar, welcher Kerl würde nicht auf diesen heißen Feger abgehen«, ergänzt Jonas und setzt sich zu uns.

»Pah. Miri ist meine Braut, der darf schauen und zahlen, mehr nicht.«

»Markier nicht den Eifersüchtigen, Schatz, und höre, was die Fans sich wünschen.«

»Deinen Blick will ich sehen, wenn eine Misses Boobs mir schöne Augen macht.«

»Soll sie.« Ich strecke ihm die Zunge raus. »Schärfere als meine Möpse findest du nicht.«

»Nicht streiten, es gibt Arbeit. Die Liste der Wünsche unserer Zuschauer ist lang, überwiegend eintönig. Die meisten Nichtregistrierten fragen nach Hardcoresex, die ignoriere ich. Es bieten sich Tauschopfer an, das gefällt mir nicht. Wie seht ihr das?«

Einhelliges Nicken, wir sind uns wortlos einig, die Fünfercrew passt perfekt.

»Weiter im Text. Der Unterricht mit Fräulein Ott ist mega angekommen und die Kommentatoren des Videos fragen nach neuen Lehrfilmen. Hier setzen wir an und gründen die ›Hausakademie‹, mit allem Pipapo.«

»Die Idee gefällt mir, Fräulein Ott ist wie für mich erfunden. Marlène bleibt Schülerin und unsere Göttergatten sind Unterrichtsmaterial.«

»Flo hat sich zu einem talentierten Kameramann entwickelt, wir befriedigen weitere Männerfantasien und bringen eine Frau als Anschauungsobjekt.«

»Damit haben wir die Ausstattung, fehlt der Lehrplan.«

»War ja klar, das Schwerste und Wichtigste hebst du bis zum Schluss auf.«

»Setzt jemand Kaffee an? Der kommt, wie Sand am Strand, überall hin und bringt, besser als Sand vom Strand, Schwung in die grauen Zellen.«

»Überlegt ihr weiter, ich brühe ihn auf.« Schnell aus der Affäre ziehen, das Thema ist heikel. Lernen ist keine Herausforderung, neuen Stoff ausdenken, gehört nicht zu meinen Stärken. Mein Wissen über männliche Anatomie habe ich erweitert, trocken via Wikipedia und anschaulich mit SM-Pornos. Für die Praxis haben Flo und Jonas hingehalten, beide sind von meinen Kenntnissen und Fähigkeiten begeistert. »Moment«, sage ich zu mir, »der Kaffee kann warten, ich habe einen Blitz im geistigen Oberstübchen.« Ich eile zurück ins Wohnzimmer. »Alles stehen und liegen lassen, beim Abfüllen der exakten Wassermenge ist mir was eingefallen.«

»Wassertankfüllen ist zwar keine Wissenschaft, aber was ist dir dabei eingefallen?« Flo neckt mich, das treibe ich ihm aus.

»Sorry, habe ich dich beim Kopfratzen gestört?«

»Alles gut, wir sind nicht weitergekommen. Wie ist deine Idee?«, fragt Nora.

»Obacht, Flo hat eine Geschichte geschrieben, ›Nordsee mit Sarah‹, die Potential für Anschauungsunterricht bietet.«

»Peinlich …«, setzt Flo zum Protest an.

»Quatsch, die ist toll. Geh das Pad holen und lies vor, wie Sarah im Pool ihre erste Orgasmuswelle erlebt und den Deepthroat erforscht.«

»Nochmals: peinlich!«

»Egal«, ergänzt Laura, »die Welle muss ich nacherleben! Wer ist Sarah? Nicht unsere Sarah, oder? Habt ihr heimlich einen Dreier geschoben?«

»Haben wir nicht, ich wiederhole mich: Peinlich!«, widerwillig verschwindet Flo.

»Das wird dauern, er braucht bestimmt zehn Minuten, um sich zu fangen. Es ist eine Fantasie, die ihm als Jungfraumann entsprungen ist und er ständig Sex im Kopf hatte. An ihm ist ein Autor verloren gegangen.«

»Umso spannender, erzähle mehr.«

»Nö, lasst euch überraschen. Spontan fallen mir drei Szenen ein, die eine Lehrgrundlage bilden. Ein Teil wird dazu beitragen, den Sex in deutschen Betten zu verbessern. Ich koche den Kaffee fertig, der unterstützt beim Denken.«

Ich lag voll daneben, Flo ist flink zurück, er nimmt es ernst, mir Wünsche zu erfüllen. Es war meine Idee, dass er vorliest, er fügt sich murrend. Während der Lesung ist die Runde erstaunlich still, ich erinnere mich nicht, ob wir irgendwann so gebannt waren. Flo liest nicht nur den besagten Teil vor, sondern von Anfang an: Ankunft an der Nordsee, ihr erster Blowjob, die Wahrheitscouch, die Orgasmen im Pool und Dildospiele, ihre Entjungferung, das Kitzeln, den roten Popo … das volle Programm. Der letzte Teil ist neu, den höre ich heute zum ersten Mal. Ich freue mich bereits auf weitere Kapitel. Über eine Stunde und keiner hat ihn unterbrochen.

»Weiter bin ich nicht gekommen, es warten weitere Handlungsstränge darauf, getippt zu werden.«

»Ich kann es kaum erwarten. Arbeite einen Plan aus, um unseren männlichen Zuschauern beizubringen, wie sie in Zukunft ihre Frauen befriedigen.«

»Ohne Drehbuch, ein Rahmenplan, der die Richtung aufzeigt, reicht«, erklärt Nora, wieder einmal.

»Nora, Schätzchen, wir sind im Bilde, kein Sex nach Fahrplan, sondern Freistil.«

»Ist ja gut, Schwester und nenn mich nicht Schätzchen.«

»Bäh«, eine lang rausgestreckte Zunge ist meine Antwort. Er ist zurück, der Sack Flöhe, statt Brainstorming albern wir.

»Thema, Freunde des gepflegten Unsinns, bleiben wir beim Thema. Ich stelle mir vor, wie Flo demonstriert, und ich ›wissenschaftlich‹ untermauere, was alles auf einem Weg zu einem perfekten weiblichen Orgasmus zu beachten ist.«

»Mein Mann hat ein begnadetes Händchen, ich sage dir, der rechte Zeigefinger hat den Bogen raus.«

Flo knufft mir in die Seite. »Nicht alles ausplaudern.«

»Zu spät. Stimmen wir Mädels ab, wer ist dafür, heute unsere Männer zu testen? Was ist zielführender: goldenes Handwerk oder mündliche Prüfung?«

Einstimmiges Kopfnicken, die Herren der Runde bekommen die Münder nicht zu.

»Fragt uns jemand? Und warum bekommt Jonas den geileren Part?«

»Meinst du? Schon mal einen Krampf in der Zunge erlebt? Damit ist nicht zu spaßen.«

»Klar, nach drei Frauen brauche ich Wundsalbe am Finger.«

»Und ich einen Logopäden, der meine Zunge entknotet.«

»Ist jetzt gut, Streithälse?« Beide Männer kassieren von mir einen Klaps auf den Hinterkopf.

»Ruhe.«

»Ja, Fräulein Ott.«

»Was wird aus Ihnen, Marlène? Eine züchtige Ehe- und Hausfrau nicht.«

»Nein, Fräulein Ott.«

»Die Flausen treibe ich Ihnen aus. Sie schreiben einhundert Mal ›Ich darf meinen Ehemann nicht schlagen!‹ mit Tinte und

Schönschrift. Anschließend melden Sie sich bei Direktor Prof. Dr. von Ähren zum Rapport.«

»Ja, Fräulein Ott.«

»Läuft das mit dem Unterricht genauso wie eben, rennen die Kunden uns die Internetbude ein. Wer spielt den Professor von und zu?«, fragt Jonas.

Den Faden greift Laura auf. »Traust du dir einen Seitenwechsel und den dominanten Part zu, Schatz?«

»Warte, warum fragt mich keiner?«

»Ach Flo, du hast deine Braut jeden Abend im Bett, dann darf ich einmal mich an ihr erfreuen«, kontert Jonas.

»Da hat er recht, ich bin ein williges Mäuschen, wenn dir danach ist, Flo.«

»Du meinst, wenn es mir erlaubt ist, geil zu werden.«

»Ich hatte dich gewarnt, deiner Frau zu gestatten Schlüsselhalterin zu sein. Was hat dich geritten, dem zuzustimmen? Ich bin froh, dass mein Unruhestifter nach den zwei Wochen Einzelhaft wieder ungesiebte Luft atmet.«

»Miri hat mich gebeten und ich erfülle ihr den Wunsch, aus Liebe.«

»Sieh an, das ist eine Ansage, Jonas. Du liebst mich weniger als Flo seine Miriam?«

»Stimmt nicht, doppelt dolle.«

»Perfekt, dann hole ich den Käfig.«

Die beiden diskutieren, eher feilschen, wer wen wie liebt.

»Macht das später aus, die Feldstudie wartet und geile Entspannung bringt uns Frauen auf andere Gedanken. Ran an den Speck, Männer.«

»Das war euer Ernst?«, fragt Jonas.

»Du kennst unsere Regierungen, gönnen wir ihnen die Freude. Ich fange mit Nora an, wenn ich darf, Schatz?«

»Greif zu, bevor sie vertrocknet«, stimme ich zu.

»Dir werde ich was, von wegen trocken – ein rauschender Bach!«

»Ich knöpfe mir Miri vor, sie hat selbst beschrieben, wie verspannt sie sei.«

»Hallo? Ihr habt eine Frau vergessen? Welcher Teil des Spaßes ist für mich?«

»Einer muss objektiv die Messergebnisse aufnehmen. Du warst zu langsam beim Verteilen der Männer, alte Frau.«

»Werd nicht frech, du laufender Meter.«

Unser Schlagabtausch der Nettigkeiten hat uns abgebracht, zu bemerken, dass sich Nora nackig an meinen Flo gequetscht hat.

»Wo bleibt die Protokollantin? Es sind Messergebnisse zu erfassen.«

»Zuschauerin zu sein ist nicht schlecht. Ausziehen, liebste BFF, Jonas' Zunge wartet auf dich.«

»Meine Rede, ich lasse dir, wenn ich mit Nora die Videos sichte, Flo für einen Dreier da.«

»Mit Schlüssel?«

»Einverstanden.«

Beim Ausziehen stelle ich mich hinter Laura und flüstere ihr ins Ohr: »Probiere, ob du die beiden zu Bisex überredest, mir schwebt da eine nicht angezapfte Einnahmequelle vor.«

»Klar«, sagt sie und bugsiert mich auf Jonas. Ich hocke mich über Jonas Gesicht, lege ihm meine kleine Klitty direkt auf die Lippen, für mich die intimste Stellung beim Sex. Der Anblick von Jonas' Augen ist scharf, er genießt mich. Bevor er richtig loslegt, schaue ich zu Flo und sehe meinen Mann bei seiner Arbeit an Nora zu.

»Sachte, eine nach der anderen, wie stelle ich sonst fest, was besser wirkt.« Laura holt mich aus meinen Gendanken.

»Langsam? Spinnst du, ich komme in Fahrt, Jonas ist talentiert.«

»Dein Mann auch, kein Wunder, dass du in letzter Zeit so laut warst. Das Haus verheimlicht nichts, ich wohne schräg über eurem Bett. Ruhe, ich versuche, mich zu konzentrieren.« Nora meckert, ihr entspanntes Gesicht spricht für sich.

Laura versteht ihre Aufgabe wider Erwarten anders und setzt sich vor Nora, küsst und streichelt sie, ein rattenscharfer Anblick. Mit heimlichen Blicken an mir herunter und zu meinem Gatten stelle ich fest, dass beide Kerle ihren Job ernst nehmen und Spaß haben. Jonas genießt und schweigt, ein Gentleman, wenn ich ihn nicht selbst verstummen würde und Flo schnüffelt an Nora, war klar, der Geier. Weiterdenken ist nicht, Jonas' Engagement zeigt den gewünschten Erfolg, seine Zunge reduziert und lenkt mich zielgenau auf einen ersten Orgasmus, ich hoffe auf eine Menge mehr. Nora ist weiter, sie quiekt und zittert, mein Mann hat es drauf.

Peepshow

»Du hast schon genug, Nora? Sarah aus meinem Buch hat ihren Patrick länger genossen und von Miri plaudere ich erst gar nicht.« Flo reißt mich aus den Gedanken.

Wie lange sitze ich auf Jonas? In Minuten, keine Ahnung, selbst in der Menge bekomme ich es nicht abgeschätzt.

»Willkommen zurück, Miri. Ich hatte dich von Jonas letzten Schleck nicht dermaßen rattig in Erinnerung. Überleg dir dringend, deinen Stecher öfter an die frische Luft zu lassen.«

Ich klettere, eher rutsche, von Jonas, mir sind die Beine eingeschlafen. Ich glaube, er freut sich über die Erlösung.

»Ein weiches Bettchen und ich schlafe durch bis morgen früh.«

»Du hast ja auf dem armen Mann Extremsport betrieben. Wir installieren dir einen Ausschalter, sonst verglühst du eines

Tages. Her mit Ehemann und Schlüssel, euer Gestöhne hat mich aufgegeilt.«

Die geile Miri hat versprochen, die befriedigte spürt ein Ziehen rund um den Bauchnabel. »Flo ist seit acht Wochen ohne Orgasmus und ich hatte geplant, es heute Nacht zu ändern. Sei lieb zu ihm und denk an unsere Vereinbarung.«

»Zwei Monate? Er läuft über, wie eine Badewanne mit verstopftem Siphon. Das bringt mich auf eine heiße Idee. Gib her und bis später.«

»Du erfüllst die Wünsche von Laura wie meine. Sie berichtet mir nachher alles haarklein.« Flo schaut mich ungläubig, mit einem langen Gesicht an, nickt und lässt sich von Laura die Treppe hinauf entführen.

»Überfliegen wir die Videos oder biegen sich dir die Beine weiterhin durch? Einen Powernap zur Erholung?«

»Holen wir uns Kaffee und los. Als könnte ich einschlafen, ich denke die ganze Zeit daran, was da oben passiert.«

»Warum hast du ihn ziehen lassen?«

»Lange Geschichte. Laura hat mir letztes Jahr ihren Mann ausgeliehen und ich habe ihr versprochen, es ihr gleich zu tun. Woher hätte ich wissen sollen, dass ich nicht als vertrocknete Schachtel sterbe?«

»Verstehe, warst du eifersüchtig, als ich mich auf Flo vergnügt habe?«

»Nein, da war ich dabei, die jetzige Situation ist anders.«

»Planänderung, überlass die Videos mir. Warte fünf Minuten und geh spannen. Wenn du Glück hast, steht die Tür einen Spalt offen, sonst peilst du durchs Schlüsselloch, das bietet einen direkten Blick auf die Matratze.«

»Woher weißt ... nee, will ich nicht wissen. Danke, Schwesterherz. Nachher reden wir ein Wörtchen über das, was du treibst, wenn die anständigen Mitbewohner schlafen.«

»Wohnt bei uns eine Familie, dir ihr verheimlicht? Schickliche Bewohner sind wir fünf nicht. Bis später, pass auf, dass du es nicht übertreibst, Eifersucht ist ein schlechter Ratgeber«, verabschiedet sie mich mit einer Umarmung.

Wie lang sind fünf Minuten? Im Wohnzimmer fehlt eindeutig eine Uhr. Ob sie oben angefangen hat, meinen Mann flachzulegen? Hat sich Flo auf sie gelegt, sofort nachdem Laura ihn aufgeschlossen hat? Die Fragen und Zweifel werden jede Sekunde stärker. So geht das nicht, ich muss wissen, was Laura da oben treibt. Nora hat mich gewarnt, mit Recht, finstere Vorahnungen übernehmen mich.

Auf halber Treppe der Schock, die Tür ist zu. Von wegen schleichen, die letzten Stufen springe ich. Warum ist sie zu, was macht sie da drinnen mit meinem Mann und schlimmer – er mit ihr?

Nora hat recht, der Konstrukteur des Schlosses hat all die Voyeure dieser Welt berücksichtigt, freie Sicht auf den Spielplatz. Meine eifersüchtigen Vorstellungen verpuffen im Nichts, Jonas doggy hinter Laura und Flo liegt drunter und leckt sie.

»Geil, Flo, schneller, das Schloss bleibt trotzdem zu.« Laura feuert ihn an.

Harmlos, seine Zunge hat morgen Muskelkater, die Eifersucht weicht Schuldgefühlen. Laura ist kein Ehemann fressender Vamp und Flo nicht der Allesbespringer, er erfüllt meine Bitte. Ein letzter Blick beruhigt mich und ich gehe Nora bei der Arbeit helfen, anstatt zu peepen. Erfolg fällt nicht vom Himmel, Laura wird mir erzählen, was alles passiert ist.

»Fertig mit deinem Misstrauen?«

»Es sah harmlos aus, er hatte den Käfig an und es ist nicht sicher, ob sie ihn abnimmt. Hast du angefangen zu sichten?«

»Wo denkst du hin? Es sind über fünfundzwanzig Festplatten und alle voll.«

»Das dauert Tage und ich stelle mir das wenig anregend vor.«

»Hast recht. Erinnerst du dich an unsere erste Essensbestellung? Wir waren glücklich miteinander.«

»Sind wir noch, ich vermisse manchmal unsere Nähe. Kuscheln wir?«

»Bekomme ich ein paar Küsse?«

Auf die Frage reagiere ich wie bei unserem ersten Treffen letztes Jahr bei der Gartenparty, ziehe mich an sie und Sekunden später kutschen wir eng umschlungen.

»Ab ins Bett und kuscheln«, unterbreche ich.

»Husch. Fehlen zwei Glückskekse, wie damals.«

»Ach du … lass einen Kuss rüberwachsen und dann dösen wir.«

Nichts passiert

»Oha, da lasse ich euch für eine klitzekleine Stunde unbeaufsichtigt und ihr landet in der Kiste?« Laura steht in der Tür.

»Es ist nicht, wonach es aussieht.«

»Die klassische Ausrede des beim Seitensprung ertappten Ehepartners. Was ist es denn? Ich werde Flo rufen.«

»Das ist nicht nötig, wir haben uns von den heftigen Höhepunkten erholt.«

»Ja, klar. Nackt? Wer's glaubt, wird selig.«

»Ich bin angezogen«, setze ich zum Protest an und schaue an mir herunter. »Wann hast du mich ausgezogen? Ich erinnere mich an den Schlafgutkuss.«

»Die Lady genießt und schweigt. Nein, ernsthaft, du hast Shirt, Höschen und Socken in die Ecke gepfeffert, dir meinen Arm geschnappt und bist eingeschlafen. Es ist nicht, wie es aussieht.«

»Ist ja noch schlimmer, wir hatten vereinbart, dass ihr Filme sichtet, und ihr schlaft stattdessen. Ihr seid ein Geschwisterpärchen.«

Die Männer schauen durch die Tür und Flo staunt. »Was treibt ihr denn im Bett?«

»Treiben trifft es. Deine Frau zerzaust, die Decke bis zum Hals gezogen und da drüben liegt ihr Shirt.«

»Ich werd weich. Statt zu arbeiten, vergnügt ihr euch? Meine Frau hat es faustdick hinter den Ohren.«

»Es ist weiterhin nicht, wonach es aussieht«, versuche ich eine Verteidigung. »Nora, Laura! Sagt was.«

»Du bist leicht in Verlegenheit zu bringen, zieht euch was an und in fünf Minuten im Wohnzimmer vor dem Kamin oder braucht ihr zwei länger?«

»Du hast einen heißen Feger zur Frau.« Jonas und Flo geben sich ein High Five.

»Raus!«, erzürnt werfe ein Kissen in Richtung Tür.

»Bis gleich. Kommt Männer, genug gespannt.«

Die drei verschwinden, ich springe aus dem Bett und greife mir meine Klamotten. »Bis gleich, muss mal schnell …«

Peinlich, eiskalt erwischt, bei … keine Ahnung wobei, es fühlte sich toll an. Männer haben im Bett ihre harten Vorteile, Frauen kuscheln besser. Ich lade die Mädels zu einem Ladys-Abend ein, eine Pyjamaparty mit Übernachtung.

Nach kurzer Beruhigung traue ich mich ins Wohnzimmer.

»Da ist ja unsere Skandalnudel.« Laura heißt mich mit einer Handgeste willkommen.

»Die Nudel dankt. Wo hast du die Männer gelassen?«

»Die sind unten an der Konsole, damit wir offener reden.«

»Ich sagte, vorhin ist nichts passiert.«

»Bei dir und Nora, klar. Ich habe zu berichten. Hier ist der Schlüssel, unbenutzt.«

»Hat der Schlingel sich nicht benommen?«

»Er war gehorsam. Du hast ihn gut unter der Fuchtel. Ich bin blond, nicht blind und habe deine Eifersucht bemerkt, als ich ihn mitgenommen habe, um im Bett seine Fingertechnik zu probieren. Er hat ein begabtes Händchen, das ersetzt nie eine geübte Zungenspitze.«

»Kenne ich, manchmal gönne ich mir beides, Flo ist da flexibel. Was habt ihr denn sonst getrieben?«

»Ich habe versucht, die beiden zum Körperkontakt zu bringen, ohne dass sie es merken. Flo hatte keine Berührungsängste, Jonas hat bockig reagiert.«

»Florian hat nur gehorcht und ist insgeheim unwillig wie dein Gatte?«

»Ich glaube nicht. Da war ein Glitzern in seinen Augen. Das finden wir heraus, erklär mir, was du im Sinn hast.«

Wieder wundere ich mich über meinen Angetrauten. Vor einem Jahr Jungmann, nun probiert er sich durch. Zeigt sich freizügig, findet Gefallen an BDSM, erfüllt mir jeden Wunsch und er küsst göttlich. Steckt in allen Männern eine bisexuelle Ader und wartet auf Entdeckung? Die in Flo scheint mir am Beginn von etwas zu sein.

»Eingeschlafen, Miri? Mehr Kaffee? Du schaust ins Leere.« Nora reißt mich aus den Gedanken, sie stellt das Tablett auf den Tisch.

»Was? Ja, reich rüber. Ich habe die Entwicklung von Flo Revue passieren lassen. Vor zwölf Monaten hatte er theoretischen Sex und schaut, wie er sich entwickelt hat. Wir beide stehen am Anfang einer aufregenden und langen Reise, die von Hingabe, Kompromissen und vor allem Liebe geprägt sein wird. Ich bin gespannt, was die Zukunft bereithält.«

»Romantisch und nachdenklich, so kenne ich meine Miriam. Das erinnert mich an deine Träume von verwunschenen Fröschen und edlen Prinzen, die dein Herz erobern und du regelmäßig vor der entscheidenden Frage aufgewacht bist. Seit

Weihnachten bereitet dich das Unterbewusstsein auf ein Leben als Ehefrau vor. Schalte den Verstand auf glücklich, nicht nachdenken: genießen.«

»Genau, Schwesterchen. Den Ratschlag hast du mir auch gegeben, er ist goldrichtig. Manchmal ist es besser, den Gefühlen die Oberhand zu lassen. Klär mich auf, warum eure Gatten sich gegenseitig anfassen sollten.«

»Wir erobern uns den Markt der Nichtheterosexuellen. Ob neugierig oder schwul, egal, das Publikum ist sicherlich da und wartet. Haben wir Frauen unter unseren Kunden? Ich stelle mir vor, da gibt es welche, die gerne zusehen.«

»Woher willst du wissen, wie viele Kunden hetero sind? Die Frauenquote kenne ich nicht, wir fragen bei der Anmeldung nicht nach dem Geschlecht. Nach den Mails zu urteilen, die wir bekommen, ist es eine überschaubare Gruppe.«

»Wie viele Zuschauer haben wir gewonnen?«

»Knapp über tausend, Stand letztes Wochenende.«

»Tausend, so viele? Als wir damals angefangen haben, glaubte ich, dass wir uns in den Weiten des Internets verlieren.«

»Wir halten in Zukunft regelmäßige Finanzsitzungen ab, Jonas und Flo wissen sicher genauso wenig, wie du, Laura.«

»Einverstanden. Zuerst meine Idee. Ich habe in den letzten Tagen Pornoportale nach Trends durchforstet, die Konkurrenz ist enorm. Eine Feldstudie, die mich zeitweise rattig machte. Bei SM sind zwei Richtungen vorherrschend: Dominas oder welche, die es gerne wären, verhauen devote Männer, vermeintliche Sadisten striemen Frauen die Hintern. In den lesbisch-schwulen Bereichen passiert es ähnlich. Da ist kein Blumentopf zu holen, alle Körperteile werden geschlagen, getreten, gekitzelt oder gefoltert. Nach dem stundenlangen Konsum von Pornos sage ich euch, es ist überall das Gleiche, Variationen eines Themas, langweilig.«

»Warum haben wir Kundschaft? Was ist bei uns anders?«

»Echtheit, denke ich. Wir haben kein Studio, das Leben ist die Bühne. Du siehst den Filmen an, dass wir Spaß haben, bei dem, was wir machen. Wir haben unserer Technik erweitert, trotz allem sind es Laienfilme. Diese Persönlichkeit macht uns aus.«

»Wie passen da gleichgeschlechtliche Aktivitäten rein?«

»Einfach. Die Männer spielen am Anfang ›heimlich‹ miteinander. Erst unterhalten sie sich zu dem Thema, nach und nach probieren sie mehr aus, bis sie Gefallen daran finden.«

»Wie überzeugst du sie davon? Dein Flo macht mit, Jonas hält sich für echt straight. Du hast ihn bei dem Stativ erlebt.«

»Das habe ich noch nicht zu Ende geplant, wir finden einen Weg.«

»Zumindest hat uns die Kitzel-Episode Publikum beschert. Wenn die Männer nicht ankommen, drehen wir unter uns weiter.«

»Verstehe, war das von euch beiden im Bett eine Generalprobe?«

»Pah, ich bin eingeschlafen, Nora kuschelt besser als Flo.«

»Brauchst dich nicht zu rechtfertigen, Liebes.«

»Mir ist bei der Recherche aufgefallen, dass wir bisher nichts mit Füßen gedreht haben. Die Fußfetischisten sind eine dankbare Gruppe.«

»Wo du es sagst, stimmt, diese Zielgruppe bedienen wir komplett nicht, es kam nie eine Wunsch-Mail zu dem Thema. Hast du Vorstellungen zu dem Genre?«

»Pediküre. Wir laden eine Kosmetikerin ein und zeigen der überwiegend männlichen Zielgruppe, wie wir uns aufhübschen lassen. Sind wir später unter uns, lässt sich eine von uns, ich, auf die härteren Spiele ein.« Ich spüre bereits die Gerte auf meiner Fußsohle und freue mich drauf.

»Im Erfolgsfall probieren wir, wie die Männer quietschen, wenn sie ein Intimwaxing erleiden«, spinnt Nora den Faden weiter.

»Die lernen jodeln. Zurück zu unseren Füßen, ich habe keine Ahnung, was dabei zu beachten ist. Po und Gehänge sind meine Spezialgebiete, an Bastonade habe ich mich bisher nicht gewagt«, wirft Laura ein.

»Die Herausforderung lösen wir und holen professionellen Rat ein. Der Lockdown ist hinderlich, mit Maske und Tests erkundigen wir uns bei einer Domina. Es reicht, wenn Laura sich ausbilden lässt. Wir anderen durchstöbern das Internet. Meine Aufgabe – hinhalten – ist am leichtesten.«

»Ich frage bei der Domina an, die Jonas und ich bereits um Ratschläge gebeten hatten. Sie war nett und hatte Ahnung von ihrem Metier.«

»Ich habe die Anfragen nach Kleidungsstücken ignoriert. Haben wir eine Einnahmequelle verpasst?«

»Getragene Höschen verkaufen und von den Einnahmen neue shoppen. Wir beschränken uns auf ein paar Highlights, damit wir nicht ins Vulgäre abdriften.«

»Ja, der Schlüppi, den du bei dem Kitzel-Film anhattest, ist angefragt worden, Laura. Ein- bis zweimal im Monat bieten wir Unterwäsche an wie Sammlerstücke.«

»Probieren wir es, langsam. Zunächst starten wir das Projekt Fußfetisch.«

Dreierlei

»Wie findet ihr die Idee, wenn wir eine Serie drehen, die Zuschauer entscheiden lassen, wie wir es fortsetzen und dann erst produzieren?«

»Sieh an! Diejenige, die uns mantraartig einbläut, keine Drehbücher zu schreiben, schlägt das vor. Woher der Sinneswandel, Nora?«

»Wir legen nicht alles im Detail fest, sondern stecken einen Handlungsrahmen ab. Ich habe mir vor einiger Zeit drei Einstiegsmöglichkeiten ausgedacht.«

»Lass hören«, antwortet Laura. »Was hat dich bisher abgehalten, es zu erzählen?«

»Wir brauchten keine Pläne, hatten genug zum Produzieren. Das ist mein Plot, ich lese vor:

Vor einer angelehnten Haustür steht ein Mann, in edlem Zwirn, ein dunkler Zweireiher. Ihm ist der innere Kampf anzusehen, einzutreten. Er wirkt unsicher, aufgeregt und ahnungslos, was hinter der Tür auf ihn wartet. Im nächsten Cut tritt er ein.

Es folgt eine Aufnahme von innen, er schreitet durch die Tür.

Alle Filme haben diesen Einstieg und über das anschließende Szenario lassen wir unsere Zuschauer entscheiden.

Immer wenn das Publikum entschieden hat, gibt es drei weitere Handlungsstränge und dem beliebtesten folgen wir. Wir binden die Abonnenten länger und am Ende haben wir einen kompletten Film. Hört die Einstiegsmöglichkeiten.

Option eins:

Im Vorraum findet er eine Box mit einem geschmückten Brief, den er öffnet und liest.

›Perfekt, du bist da. Ich beobachte dich, versuche nicht, dich zu entziehen. Strippe, heiz mir ein, langsam und elegant. Nackt öffnest du die Kiste. Leg dir die Arm- und Beinfesseln an. Der Cockring sorgt für eine geile Aussicht mit längerer Standkraft, zwinge ihn dir über Schaft und Eier, lass mich an dem Kampf teilhaben. Der aufblasbare Ballknebel ist an der Reihe, fülle dir den Mund. Sei nicht zaghaft, du würdest es bereuen. Zum Schluss setzt du die

Kappe auf, du brauchst nicht sehen, was dich erwartet. Vertraue mir. Knie nieder und läute die Glocke. Bin ich bereit, hole ich dich.‹

Zweite Option:

Er braucht einen Augenblick, sich an das einsame Teelicht zu gewöhnen, das aus einer Ecke den Vorraum minimal erhellt. Auf einem schmalen Stoffpuff sitzt eine Frau mit geschlossenen Augen und hinter dem Rücken verschränkten Armen. Ein durchsichtiger Hauch Seide bekleidet sie, ihre Zunge lockt ihn mit weit offenem Mund, eine stumme Einladung in ihr Inneres.

Dritte Idee:

Der Raum ist erleuchtet. Gerte und Lederhandschuhe liegen wie achtlos auf den Boden geworfen. Er schaut sich das Bild an. Beim Betrachten fällt ihm auf, dass die Utensilien des Lustschmerzes eine Einladung darstellen. Eine Hand hält Balance, die andere zeigt mit der Gerte ein imaginäres Ziel. Die Lederschlaufe am Ende deutet die Richtung.

Was sagt ihr, schaffen wir das?«

»Meine Fantasie ist am Schindern, ich hocke auf dem Puff und locke einen Mann.«

»Die Szene ist wie für dich geschrieben, Miri. Entwickelst du einen Fetisch? Schwanz im Mund ist nicht meins. Dafür leidet der Kerl im ersten Szenario unter mir. Was passiert in deiner Vorstellung bei Gerte und Handschuh? Ist der Mann der Aktive?«

»Überlassen wir die Entscheidung dem Publikum. Ist eine Frau gewünscht, spiele ich diese«, ergänzt Nora.

»Immer langsam, du schwingst die Kamera. Warum spielen die Männer nicht unter sich?«

»Das sagen wir ihnen vorher nicht, Jonas ist da ein Spielverderber.«

»Einverstanden. Ich überlege mir die nachfolgenden Handlungsstränge und ihr arbeitet die Einstiegsszenen aus, mir schweben Dreiminuten-Teaser vor. Steigen die Zuschauer ein, haben wir am Ende einen Film. Den Einstieg zeigen wir auf den gängigen Portalen kostenlos und die Fortsetzungen lassen wir uns bezahlen.«

»Abgemacht, da kommt Schwung in die Sexbude.«

Ich schließe rechtzeitig, die Männer kommen die Treppe hoch.

»Weiht uns ein. Sex würde meinem Gefangenen gut tun, jeden Abend unbefriedigt einzuschlafen ist hart.«

»Armes Bärchi, ich kann das nicht bestätigen, du bist liebevoller, seitdem ich deine Orgasmen kontrolliere. Verdiene es dir und ich liege griffbereit für dich da.«

»Menno. Ist ja schlimmer als früher, da habe ich wenigsten die Palme gewedelt.«

»Du hast es mir versprochen, Schatz. Bisher gefällt es mir, dich zu kontrollieren. Bist du artig, gewähre ich Leo heute Nacht Freigang.«

»Macht das unter euch aus, wir haben einen Drehplan, der umzusetzen ist. Nora, informiere die beiden, ich setze arbeitsunterstützenden Kaffee an.«

Der Film

Der Elan übernimmt das Ruder. Seit Langem habe ich unsere Filmcrew nicht derart emsig werkeln erlebt. Die drei Teaser sind Selbstläufer. Ein Münzwurf hat entschieden, dass Jonas den Hauptdarsteller spielt. Ich vermute, es schwebt ihm geiler Sex in verschiedenen Varianten mit uns Mädels vor.

Zwei erregende Drehnachmittage später und die Kurzfilme waren bereit zur Abstimmung. Gestern Abend war Deadline und Nora hat uns zusammengetrommelt.

»Das Publikum hatte zehn Tage Zeit, um abzustimmen. Ich hoffe, keiner von euch hat vorher nachgeschaut, welcher Film in Führung liegt.«

»Bin uninformiert«, antworte ich.

»Dito, obwohl es mir in den Fingern gekribbelt hat. Welche Rolle spiele ich in den Szenen?«

»Langsam, Jonas, erst einen Tusch, bitte. Der Gewinnerfilm ist der zweite, Miri bleibt unser Superstar. Der erste Vorschlag ist nahe dran, wir heben uns den für später auf, die Zuschauer werden es uns danken.«

»Bin dabei, als Jonas' Bunny und für den anderen Streifen habe ich eine spezielle Idee, wie wir fortsetzen.«

»Heben wir diesen Teil auf. Hat das Format Erfolg, ist das unser nächster Blockbuster. Wann fangen wir an zu drehen?«

»Den ersten Schritt nicht vor dem zweiten, Nora. Welche drei Alternativen bieten wir den zahlenden Zuschauern? Ich freue mich auf meinen mündlichen Einsatz.«

»Spitzt die Ohren. Alle drei Teile fangen gleich an.

Er umrundet die Frau, schaut sie an, nuschelt ein paar Worte und streicht über ihr Haar.

Im ersten Vorschlag kniet er nieder, ergreift ihre Hand, zieht sie auf die Füße und trägt sie durch eine weitere Tür.«

»Miri sportelt vorher ausgiebig … Coronaspeck.«

»Bäh, von wegen, ich bin federleicht.«

»Scherz, dich Nudel hebe ich mit einer Hand.«

»Dein Glück. Was passiert im zweiten Teil?«

»Nach dem Intro stoppt er nahe bei der Frau und befiehlt: ›Küss mich!‹ Sie will aufstehen, er hindert sie und ergänzt: ›Bleib unten!‹

In nächsten Take ist zu sehen, wie die Frau an seiner Hose fingert. Damit die Zuschauer nicht gleich alles sehen, filmen wir das aus einer Popoperspektive.«

»Das entwickelt sich in die richtige Richtung.«

»Du bist ein Geier, Herzchen. Warte ab, wie die Zuschauer später voten.«

»Ich bin Jonas' Meinung. Das ist wie Weihnachten, ich packe Geschenke aus.«

»Eindeutig ein Fetisch. Selber schuld. Wenn du deinen Mann einsperrst, hast du keinen Schnuller.«

»Denkste, ich habe einen und lasse ihn nie kommen.«

»Menno, nicht ausplaudern.«

»Ach Flo, nicht schüchtern sein. Wir wissen es eh alle.«

»Wir schweifen ab, wie geht es weiter?«

»Für den dritten Teil fehlt mir die Inspiration, romantisch und Hardcore haben wir.«

»Passt auf, ich habe eine vage Idee für die dritte Option:

Er erfasst die Situation und setzt ein breites Grinsen auf. Nach einer Umrundung der Frau zückt er sein Handy, schießt ein Foto und wählt eine Nummer. ›Ich schick dir ein Bild. Sie kniet, wie sie versprochen hat. Komm her, sie hat Hunger.‹

Wie findet ihr den Teil?«

»Echt, Miri? Du wirst jeden Tag versauter. Wenn die Zuschauer das wählen, habe ich eine geile Idee, wie wir weiterspielen.« Jonas ist eine gewisse Vorfreunde anzusehen.

»Der Teil gefällt mir, ich spiele den Kumpel. Bei dem Gedanken verengt es sich im Käfig, Leo bittet um Versetzung in den offenen Vollzug.«

»Er tobt sich aus, falls die Zuschauer diese Fortsetzung voten.« Ich zeige dabei die Geste der lockenden Frau.

»Lass uns üben, damit es beim Dreh sicher funktioniert.«

»Was haben wir für Schlingel. Du bist kein Deut besser als Flo, mein Schatz«, kontert Laura.

»Und? Er weiß, was geil ist«, ergänze ich. »Mit einem Ständer übe ich heute Abend, damit jeder Zungenschlag beim Dreh sitzt.« Flo und Jonas nicken heftig. »Schwierige Entscheidung, wer von euch heißen Kerlen tritt freiwillig zurück?«

»Ich nicht«, antworten beide wie abgesprochen.

16.12.2020

Hallo Filo,

unser Film schreitet voran. Die ersten Episoden sind im Kasten. Im aktuellen Teil haben die Zuschauer die Möglichkeit zu entscheiden, mit welchem Dreier wir fortsetzen. Die ersten beiden sind klassisch, entweder eine Frau oder ein Mann, im letzten Vorschlag spielen wir mit Sexspielzeug. Welches haben wir angedeutet. Falls dieser Teil gewählt wird, habe ich die drei Optionen im Kopf.

Themenwechsel, das Weihnachtsspezial ›Fröhliches Glockenspiel‹ ist fertig, wir veröffentlichen es Heiligabend. Lass dich überraschen, Filo, es ist ein Kurzfilm, bei dem Lauras Möpse und Flos Eier die vier Hauptrollen spielen.

Wir haben letztes Wochenende Gratisholz abgegriffen. Bei uns in der Firma war das Holzabfalllager voll und abfahren zu lassen, ist schweineteuer, dabei ist es trocken und unbehandelt. Mein Chef bat mich, rumzufragen, wer einen Kamin hat, da habe ich selbstlos zugeschlagen. Eine

LKW-Ladung haben die uns in die Auffahrt geschüttet, wir haben drei Tage gebraucht, alles zu zersägen und in den Schuppen zu quetschen. Das reicht locker den Winter mit ausgiebigem Fummeln am Kamin oder Pyjamapartys mit den Mädels.

Wir sehen uns morgen, oder Filo?

Bussi, Miri.

Hitzewelle

Freitags ist frei, mein Start in das verlängerte Wochenende, an die Dreitagewoche könnte ich mich gewöhnen. Heute arbeite ich für uns und lasse Ideen sprudeln, vormittags bei kreativer Buchführung, den Rest des Tages, unter uns Frauen, mit Vorplanen. Diese Woche bringt das erotische Brainstorming scharfe Ergebnisse, der Sonntag ist verplant. Es ist Zeit für Neues. Wir haben den Männern gezeigt, wo es schmerzt, sie als Sextoy gebraucht, diverse Popos gefärbt und Haut ohne Ende präsentiert. Der Unterricht läuft, ich hoffe, ein paar männliche Zuschauer haben dabei gelernt und nicht an sich selbst rumgespielt. Der Sonntag ist ausgewählt, unser Repertoire zu erweitern.

»Wie verbringen wir den angebrochenen Abend?«, frage ich.

»Klemmen wir uns vor den Fernseher?«

»Langweilig, am Freitag bringen die im TV nur Müll, wie du weißt.«

»Wir schaffen Platz im Wohnzimmer und trainieren, seit Corona die Fitnessstudios geschlossen sind, wachsen meine Speckröllchen an.«

»Wem sagst du das? Mir ist die Kondition abhandengekommen. Das bringt mich auf eine Idee. Filmen wir uns beim Sport«, antwortet Laura.

»Erinnerst du dich an unser Nacktyoga?«, fragt Nora. »Damit fangen wir an, mit Männern im Hintergrund auf Laufband und Ergometer, nackig.«

»Auf dem Laufband schwingt es bei ihnen geil mit.«

»Ab heute jeden Tag Fitness, wir gehen auf wie Hefeteig. Ich hole die Jungs von der Konsole, ihr schafft den nötigen Freiraum.«

An der Tür zum Keller höre ich die Männer miteinander reden.

»Dieser Käfig ist lästig, seit einer Ewigkeit ohne Abschluss, du verstehst?« Flo klagt Jonas sein Leid.

»Jupp, meine zwei Wochen fand ich heftig. Wie lange ziehst du es durch?«

»Die Entscheidung trifft Miri, ich habe es versprochen. Beim nächsten Sex bin ich in drei Sekunden fertig. Mann, bin ich geladen.«

›Hör an, er überlässt mir das Sagen, braver Flo‹, denke ich mir.

»Überrede sie zu einem Blowjob; spritzt es ihr aus der Nase, lässt sie in Zukunft den Unsinn sein.«

»Mein Schatz macht den Mund auf, wenn ich sie darum bitte. Es beruht auf Gegenseitigkeit, ich lecke sie gerne auf Wunsch.«

»Tauschen wir eine Nacht, Laura ist kein Blasehase und selten bis zum Schluss.«

»Beim Frauentausch bin ich dabei, bei unseren besseren Hälften wage ich das aber zu bezweifeln. Deine bläst nicht, dafür funktioniert spanisch mit ihr, Miri ist zu flach.«

Bürschchen, du handelst Leo eine saftige Haftverlängerung ein.

»Oh ja. Geil, Holz vor der Hütten hat meine. Abgemacht? Wenn du zurück in Freiheit bist, fragen wir die Frauen.«

»Nora nicht vergessen, wer beglückt sie? Ich stelle mir das geil vor, Laura und Nora zuzusehen, wie sie meinen Schwanz wie Eis schlecken.«

Es schäumt in mir. ›Träum weiter, Flo. Deinen Unruhestifter verurteile ich zu lebenslänglich und den Schlüssel zu deinem Käfig entsorge ich.‹

»Ich bekomme Nora zum Dreier. Du hast genug mit Laura zu tun, ist sie in Schwung, artet das in Arbeit aus. Nora hatte keinen Fick, seit sie hier wohnt, ich helfe der Armen gerne aus.«

Typisch Mann, sie haben nur ein Thema. Ich ziehe mich zurück, das berichte ich den Mädels.

Die Strafe

Nora wundert sich: »Wo sind die beiden?«

»Da, wo sie hingehören: kurz vor dem Tor zur Hölle. Ich habe ein paar Gesprächsfetzen aufgefangen, das sind Ferkel.«

»Was haben sie angestellt? Hat Jonas neue Ideen?«

»Kurz gesagt: Sie teilen uns unter sich auf.«

»Sie machen was?«, fragt Nora entrüstet.

»Ich bin noch nicht fertig. Ich habe zu wenig Busen, Laura, du bist dauergeil, bläst nicht, ich dafür auf Befehl, und Nora, du bist unterfickt. Sie planen einen Frauentausch, damit Jonas Blowjobs abgreift und um sich auf Nora zu legen. Flo verlangt es nach Busensex und er mag zuschauen, wie ihr zwei seinen Schwanz nuckelt.«

»Sonst geht es den Herrschaften gut? Ich glaube, mein Schwein pfeift. Denen lese ich die Leviten.«

»Langsam, Laura! Shakespeare lehrte uns bereits, Rache ist ein Gericht, das kalt serviert wird«, unterbricht uns Nora. »Flos Intension ist nachvollziehbar, er ist notgeil. Wie lange ist er ohne Orgasmus?«

»Eine Ewigkeit.«

»Siehst du, es kommt ihm aus den Ohren, ein Wunder, dass seine Eier nicht platzen.«

»Anatomie ist nicht deine Stärke, oder? Die Prostata bildet die Samenflüssigkeit und hat ein natürliches Überdruckventil zur Blase, aus den Hoden kommen nur die winzigen Schwimmer.«

»Das war eine Metapher, Flo ist rattig.«

»Und Jonas? Er hat Sex. Was ist seine Ausrede?«, fragt Laura.

»Er ist ein Mann, seine Gedanken drehen sich um Sex. Drück einen Triggerpunkt und der Ständer übernimmt das Denken.«

»Entschuldigt dies, dass sie uns wie Nutten tauschen?«

»Nein, das nutzen wir für uns. Ich habe eine Idee, wie wir es ihnen heimzahlen und gleichzeitig genießen.« Nora grinst über beide Ohren.

»Ist es geeignet, gefilmt zu werden? Dann lohnt es sich doppelt.«

»Ja, Schwester. Jonas damaliger Vorschlag, die Säulen in meinem Zimmer zum Fesseln zu nutzen, setzen wir um, die Sisalseile liegen ungenutzt rum. Die Jungs bauen ihre eigenen Strafplätze und bis sie angebunden sind, verraten wir ihnen nichts.«

»Gefällt mir. Jonas erlebt seinen Blowjob, aber anders als er sich den wünscht.« Dieses Funkeln in Lauras Augen habe ich zuletzt gesehen, als sie Jonas den Eierwunsch erfüllt hat. Man sieht ihr das Flimmern im Kopfkino an, Jonas steht eine heftige Rache bevor.

»Teilst du deine Gedanken mit mir?«

»Damit es funktioniert, musst du einverstanden sein. Sind die beiden am Sisalbaum griffbereit und geknebelt, lenkst du die Unterhaltung auf ihre Männlichkeit. Flo ist dein Busen zu klein, dafür wirst du mich, aus Rache, um die Größe von Jonas' Schwanz beneiden. Nebenbei, deine Brust ist scharf und fasst sich toll an, die Kerle habe keine Ahnung.«

»Fies. Das zerstört meine ganze Arbeit Flo zu überzeugen, dass sein Penis nicht klein ist.«

»Typisch Mann, nie ist ihnen der Dödel lang genug«, geht Nora dazwischen, »aber Strafe muss sein. Wir klären ihn hinterher auf. Ich finde sein Teil besser, es ist dicker. Kann er damit umgehen?«

Ich werde rot. »Like a pro, ich habe es ihm beigebracht, Weihnachten war er von der schnellen Einsatztruppe. Er hat recht, ich blase, wenn er es verlangt. Findet er passende Worte, legt es einen Schalter in mir um, schwer zu beschreiben. Wir treiben es oft versaut, ihr solltet unser Vokabular hören.«

»Wie nennt er dich?«

»Etwa neugierig, Nora? Zurzeit ist sein Lieblingswort, wenn wir beide nicht auf Kuschelsex aus sind, ›Dreilochstute‹. Ich nenne ihn ›Meister‹. Seine Bezeichnung für mich passt, in devoter Laune lasse ich überall rein.«

»Eine unbekannte Seite an dir, die verruchte Kleine sieht man dir nicht an. Jonas hat das nicht drauf, ich schlage ihm die Tage vor, mehr vulgäre Sprache im Bett zu nutzen. Wie merkt ihr, wann die Stimmung da ist?«

»Intuitiv. Flo hat ein Gespür, einen sexten Sinn. Ich lasse ihm die Oberhand und bin sein Sexbunny. Er sorgt dafür, dass ich nicht zu kurz komme.«

»Der sexte Sinn? Klingt nach einer neuen Kategorie für unsere Site.«

»Wir weichen von der Bestrafung ab.« Nora bringt uns zurück zum Thema.

»Du überlässt mir den Schlüssel für Flos Käfig und ich lasse seinen Penis frei. Sie stehen nackt da, wir strippen, heizen ihnen ein, streicheln und küssen sie, reiben uns an ihren Körpern. Ich wette, denen verpassen wir steife Schwänze.«

»Belohnen wir sie? Da bleibt unser Spaß auf der Strecke.«

»Die Überleitung ist dein Part. Ich spiele abwechselnd mit ihnen, du startest die Erzählung.«

»Ich tausche die gute Laune gegen eine erzürnte und lasse beide Kerle leiden. Jonas hasst es, wenn ich ihm die Brustwarzen zwirble, der Knebel unterdrückt Protest.«

»Meinem gefällt das, piks ihm in die Rippen und er zappelt für dich.«

»Am Ende des Berichtes erklärst du, dass eine Strafe auf sie wartet.«

»Welche? Flo ist bereit, für mich zu leiden. Ihr habt es erlebt. Ich sage, er gehorcht.«

»Der Reihe nach. Ich bin nicht wütend, weil sie ihre Sexfantasien ausgetauscht haben, sondern dass Jonas mich nicht eingeweiht hat. Wir haben unser Sexehrlichkeitsding. Ich bin einem Partnertausch oder Dreier nicht abgeneigt, du erinnerst dich an unser erstes Wochenende?«

»Ich bin auch nicht abgeneigt, Jonas hat es erkannt, mir gefiele ein Kerl zur Abwechslung, da wächst Hornhaut auf den Spitzen.« Nora wackelt mit der Hand.

»Das heiße Eierwochenende, der Beginn meiner Wandlung, es war toll. Befriedigen wir gleich die Männerfantasien oder bestrafen wir? Und ja, ich bin bei einem Tausch oder Dreier mit beiden Männern dabei. Flo weiß, wie er mich in die Stimmung versetzt, damit ich williges unterwürfiges Püppchen für zwei Männer werde. Doggy von beiden Enden, ihr versteht?«

»Erst die Arbeit, dann das Vergnügen. Wie ich Jonas abstrafe, weiß ich, er hat sich das letztes Jahr gewünscht. Bisher habe ich mich nicht getraut, heute ist der passende Zeitpunkt. Flo jage ich Angst ein, du brauchst nicht eingreifen, ich ziehe es nur bei Jonas durch. Lass dich überraschen. Die richtige Demütigung ist eine andere. Jonas will einen Blowjob, obwohl ich das nicht mag, kann er haben. Er sieht zu, wie ich vor Flo auf die Knie gehe, hinterher zelebriere ich, wie ich schlucke, wenn du mich an Flo lässt.«

»Dir ist bewusst, wie randvoll meiner ist, du wirst Hamsterbacken haben und Flo ist versalzen.«

»Das ist der Haken an dem Plan. Ich überwinde mich und spiele, wie ich genieße.«

»Langsam, Mädels, ihr bringt was durcheinander. Du zwingst dich und belohnst die Kerle?«

»Ja, Nora. Wir spielen mit ihnen und du gönnst dir heute Nacht einen Ritt auf Jonas, wenn Miri dir was übrig lässt.«

»Hol ihn dir, Nora, die Restekrümel reichen mir, Jonas hat eine talentierte Zunge. Sind die Kameras einsatzbereit? Rufen wir unsere Opfer, sie bauen die Säulen in deinem Zimmer auf. Morgen räumen wir auf, die Nacht verbringst du eh in meinem Bett.«

»Auf Ladys, es wartet Spiel, Spaß und Spannung auf uns.«

Samstag

25.09.2021

Hallo Filo,

der frühe Vogel fängt den Wurm. Bist du wach, treue Freundin? Prima, hör zu. Gestern haben wir es den Männern gezeigt. Ich habe die Burschen erwischt, wie sie uns Mädels untereinander aufgeteilt haben. Von wegen! Ich bin nicht flach wie ein Brett, Nora nicht vertrocknet und Laura hat gezeigt, wie geil sie ihren Mund einsetzt. Die neuen Strafsäulen in Noras Zimmer sind eine Wucht, Nora hat den Schlawinern die vier Buchstaben verprügelt. Der Teppichklopfer hatte seine Freude.

Wie abgesprochen, hat Laura meinem Flo einen geblasen und Jonas erlebte live, wie sie genießt. Sie hat ihre Rolle überzeugend gespielt. Jonas war nicht begeistert, seiner Frau dabei zusehen zu müssen. Extra für dieses Wochenende habe ich meinem Gatten Freigang gegeben.

Ich frage mich, was in Jonas Kopf vorgeht, ist er ein wahrer Masochist? Die finale Strafe war – Buchstaben zusammenbeißen, Filo – ein Tritt in seine Eier. Angeblich hätte er sich den gewünscht. Sie hat vor ihm gestanden, präsentiert, wie sie mit den Resten von Flo auf der Zunge spielt, und ohne Ankündigung ist ihr Knie in seine Juwelen geschossen. Nora ist fast die Kamera aus der Hand gefallen und mir blieb die Spucke weg. Jonas hat es erstaunlich weggesteckt, etwas gewimmert und kurz gequiekt.

Du hättest Flo erleben sollen, als sich Laura mit der Drohung »Der Nächste!« zu ihm drehte: Panik im Gesicht, zappelnd und mit Bettelblick. Sie baute sich vor ihm auf wie vor Jonas, und fragte: »Du Schwein willst mir die Titten ficken? Du hast es erlebt, ich fackel mit Perversen nicht lange.«

Sekundenlang schaute sie ihm in die Augen und nahm, für den perfekten Treffer, Maß. Florian peilte flehend zu mir, ich zuckte mit den Schultern, sah ihm an, wie er sich aufgab und seine persönliche Apokalypse erwartete. Er tat mir echt leid, er wusste ja nicht, dass ihm nicht geschieht. Laura holte aus und verharrte sekundenlang, Flo zitterte am ganzen Körper, hing weinend in den Seilen.

»Gehen wir rauf ins Bett, du hast eine anstrengende Nacht vor dir.« Ohne Fesselung wäre er vor Erleichterung zusammengebrochen.

Sie verabschiedete sich mit einem High Five, wünschte Nora, Jonas und mir eine heiße Nacht, flüsterte zu mir: »Der Tritt war Show, für dich und Flo. Ich kläre dich morgen auf.«

Kaum im Bett, hat Nora sich auf Jonas ausgetobt, ich war Zuschauerin, eine Rolle, die mir liegt. Der Mann teilt sich ein, ich hoffe Flo blamiert mich nicht, schließlich habe ich angegeben, wie ich ihn ausgebildet habe.

Zum Schlafen ist das Bett für drei zu schmal, ich bin ins Wohnzimmer auf die Couch umgezogen und habe in dir die Anfänge der WG nachgelesen. Später erzähle ich dir, was Laura mit Flo angestellt hat.

Bussi, Miri.

Ein Sonnenstrahl weckt mich, es ist still im Haus. Verständlich, die meisten Bewohner hatten Sex mit Orgasmen.

Ich bin, in freiwilliger Abstinenz, leer ausgegangen. Florian ändert das, vor dem Frühstück, wenn Laura seine Kraft nicht aufgebraucht hat und er nach dem Nachmittag noch mit mir redet.

»Guten Morgen, Schatz.« Flo sitzt oben auf der Treppe.

»Schatz? Bist Du mir nicht böse? Komm runter und drück mich.« Ich öffne die Arme. »Komm du rauf und erobere mich zurück.«

»Ja, Meister, für Dich alles, was Du verlangst.« Mein Herz pocht, mit seiner kurzen Aufforderung fängt er mich. Er dreht den Schalter meines Unterbewusstseins auf devot.

»Bei Nora wartet der Sisalstamm, ausziehen und ab mit dir.«

Gänsehaut vom Nacken abwärts bis zu den Knöcheln. Er fängt meine Seele, ohne eine Berührung. Ich bin für dich da, mache mit mir, was dir beliebt. Wortlos scheucht er mich nach oben.

»Arme hoch, du kennst deinen Platz.« Er legt mir die Handgelenkfesseln an, hebt mich und hakt den Karabiner ein.

»Ich gehöre und gehorche Ihnen, Meister.«

»In der Tat. Ich bringe dich zum Tanzen, Singen und Weinen. Lauf nicht weg, bin sofort zurück.«

Er verlässt mich. Was meint er damit? In meiner Einsamkeit bin ich frei, meinem Meister vertraue ich blind und erwarte freudig seine Rückkehr.

»Erkennst du diese Peitsche?«

»Ja, Meister, ich erfuhr ihre Wirkung.«

»Du hast gewusst, dass Laura mir nichts antut und sie unterstützt?«

»Ja, Meister. Das verzeihe ich mir nie im Leben.«

Eiskalt, mein Mann, ohne eine Regung eines Gesichtsmuskels umrundet er mich schweigend. Schauspielt er oder sollte ich mich sorgen? Er öffnet den Karabiner, hebt mich höher und der Haken rastet wieder ein. Ich hänge frei, er dreht meinen Körper zur Säule, legt einen Gürtel um Bauch und Pfahl. Ich ahne, was er plant. Ertragen oder um Gnade flehen, wie entscheide ich mich?

»Verzeihen brauchst du nicht, bereuen reicht.«

Er spielt, wie es im letzten Herbst Laura tat, mit mir. Er fordert nicht mehr, als ich in der Fassung bin, zu geben.

»Meister, fangen Sie an. Tanzen wir gemeinsam zum Rhythmus Ihrer Peitsche, Sie sind der Erste, der die Arie der Schreie meines Leidens vernimmt und dem mein Weinen der Hingabe gilt.«

»Du bist eine tapfere Sklavin, anders das Weichei vor zwölf Stunden an gleicher Stelle.«

»Nein, Meister, ich habe Angst.« Er schauspielert, ich bin beeindruckt. »Zögere nicht, ich habe Strafe verdient.«

»Heute bin ich dein Ankläger und Scharfrichter, du weißt, was dich erwartet?«

Déjà-vu mit Rollentausch. Ich erinnere mich, wie er seine Strafe für das Lesen meines Tagebuches ohne Widerworte durchlitten hatte.

»Es ist mir bewusst, Meister. Holen Sie den Stock, ich habe ihn verdient. Ich ließ Sie leichtfertig in dem Glauben, Ihnen würde Leid zugefügt.«

»Einverstanden, Unwürdige. Überspringen wir das Vorspiel und lassen die Peitsche weg.«

Ich schließe die Augen und hoffe auf Unterbrechung, bis der Stock einsatzbereit ist. Statt der Ruhe vernehme ich das charakteristische Geräusch des Bambus, das dem Blitzschlag des Schmerzes vorangeht. Mir entweicht ein Fiepen, ich ziehe mich zusammen und versuche, dem Schmerz zu entweichen. Gesang und Tanz, er hat es vorhergesagt. Zum Weinen reicht es nicht, der Hieb war nicht heftig, nur überraschend.

»Der Nächste.«

Wieder Zischen, Ziehen, Quieken und Zappeln, keine Tränen. Er demütigt mich, indem er mir zusieht, wie ich die Kontenance verliere. Der Treffer war hart, in mir steigt Furcht auf. Meine Hiebe auf seinen Po steigerten sich, ich lasse ihn gewähren, wie er mich.

»Drei!«

Gleiche Reihenfolge, die Begleiter Zischen, Ziehen, Stöhnen und Zucken sind zurück. Sie drängen sich in den Vordergrund meiner Wahrnehmung. Wir zelebrieren gemeinsam unsere Aufführung vom letzten Jahr. Ich hatte ihm vier Hiebe verpasst, es wartet ein weiterer auf mich.

»Vier.«

Dieser Hieb ist laut, aufdringlich und wird eine saftige Strieme hinterlassen. Er entfesselt den ersten Schrei des Morgens. Der Gürtel gibt mir keine Chance auszuweichen, mir läuft eine Träne über die Wange. Ich bereue, damals nicht die Kraft zu weiteren Schlägen aufgebracht zu haben. Flo hat für mich und unsere Zukunft gelitten, ich bin egoistischer, wünsche mir Hiebe für mich allein.

»Du bewegst dich anmutig zu meinem Takt, dein Schrei lieblicher als der Gesang der Sirenen und du weinst für mich. Ich liebe dich.«

»Ich liebe dich.«

Er löst den Gurt, lässt mich vom Haken und küsst mich so, wie ich ihn damals im Dungeon.

»Wenn ich mich recht entsinne, ziehen wir in die Dusche ins Spa um.«

»Erst vollenden wir meine gestrige Bestrafung.«

»Ich verstehe nicht, kann die Erklärung ein paar Küsse warten?«

»Hundert?«

»Für den Anfang akzeptabel.«

Wir knutschen und fummeln, je mehr wir küssen, umso weniger hat Flo an. Nebenbei erklärt er, an was er denkt.

»Das schaffe ich nicht. Laura hat eine Show abgeliefert, damit du Angst bekommst, es war ein geiler Anblick.«

»Die Show wirkte für mich aber sehr real.«

Plötzlich steht Laura in der Tür. »Nicht ganz schmerzfrei, aber es war kein richtiger Tritt. Miri hat recht, Flo, das lass lieber in deiner Fantasie. Entschuldigt die Unterbrechung, ich habe den spitzen Schrei gehört und wollte nachsehen, ob es ernst ist.«

Ich drehe mich um. »Das ist nicht geschminkt.«

»Fette rote Linie, du hast ordentlich zugelangt, Flo. Die bleibt ein paar Tage erhalten.«

»Nach deinem Schulterzucken war ich bereit, Lauras Kick in die Weichteile für dich hinzunehmen.«

»Wenn du meinst. Showtime.« Ehe er versteht, landet Lauras Knie in Flos Gehänge und er, japsend nach Luft, auf dem Boden. Eingerollt, wie ein Shrimp, fasst er sich schreiend in den Schritt.

»Nun? Verstehst du meine Warnung?«

»Bist du verrückt? Hast du dir heute Nacht die Birne weich gevögelt oder den Verstand versoffen?« Ich drehe mich und versuche, Laura an den Hals zu springen.

Flo hält mich zurück. »Reingelegt, Schatz. Revanche für die Angst, die du mir eingejagt hast. Laura hat mir gezeigt, wie ein gefakter Tritt überzeugend anzunehmen ist und ich gefahrlos falle.«

»Ihr Schweine, ihr dreckigen Schweine! Dafür bezahlt ihr, ich denke mir mit Nora was Fieses für euch aus.«

»Macht das allein aus, ich bin zu müde für einen Streit«, sagt sie und verschwindet.

In mir kocht Wut, zeige sie ihm jedoch nicht, dafür schießt mir eine Retourkutsche in den Sinn.

Wir hatten Jonas als Opfer für den Dreh am Sonntag auserkoren, der Publikumsmagnet der WG ändert das. Diese

Variation lässt meinen Mann auf den Boden der Tatsachen zurückfallen.

»Morgen bezahlst du, jetzt nimm mich und gib's mir, bevor ich es mir überlege und Leo wegschließe.«

»Bitte nicht wütend sein, ich bin in Zukunft artig wie ein Schmusekater.«

»Bewährung erteilt.« Weitere Argumente unterbindet Schatzi mit Küssen und Streicheln. Ich lasse ihn gewähren und er erfüllt die Hoffnung, sich nicht zu benehmen. Die ersten Finger spielen an der richtigen Stelle und überziehen mich mit einer Gänsehaut. Genau da, mach weiter, das Ziel ist mein Ziel.

Feuer frei

»Sind wir fertig? Stehen die Zutaten bereit? Die Kameras geladen? Jonas frisch geduscht? Hängt die Liebesschaukel?«

»Langsam, Nora, wir haben Zeit. Bevor es losgeht, erlösen wir Jonas, mein Florian hat es verdient, der Hauptdarsteller zu sein.«

»Das ist unfair«, antworten beide Männer gleichzeitig.

»Ich freue mich seit Freitag darauf, diese Erfahrung zu machen«, meckert Jonas.

»Mir ist das zu heftig, ich bin nicht so weit, es zu ertragen.«

»Weichei, du hast keine Ahnung. Woher weißt du das, du wirst es lieben. Ich kenne es von Pizzen und dem Morgen danach.« Laura kann sich ein Grinsen nicht verkneifen.

»Keine Diskussion, mein Flo hat Strafe verdient und Laura wiederholt es gerne an dir, Jonas.«

»Dann bin ich bei der Uraufführung nicht dabei und wir drehen zweimal. Die Zuschauer entscheiden, wer eindrucksvoller leidet.«

»Einverstanden. Ich mariniere Flo und Laura dich.«

»Machen wir es so.«

»Fragt mich jemand? Ich will nicht.«

»Nein, ich frage nicht, sondern beschließe. Auf ins Dungeon, ich bereite dich vor, Nora filmt. In der zweiten Runde ist Jonas dran.«

»Menno!«

Auf dem Weg meckert er vor sich hin. Knuffig, ich verspüre Mitleid.

»Flo, Schatz, ich bin mir sicher, wir schaffen das. Wir durchqueren diesen Tunnel und verfolgen hinterher Jonas' Auftritt im TV. Die neue Kamera hat WLAN.«

Wir schieben ihn, damit er ankommt. Premiere, er entkleidet sich nicht freiwillig, Nora und ich helfen nach. Schade, dass die Kamera nicht an ist, als Teaser ein Hingucker. Fünf Minuten später liegt er in der Liebesschaukel. Die Männer haben eine tolle Lösung gefunden, wie sie sich nicht herauswinden und in Maßen bewegungsfrei bleiben.

»Lässt du uns kurz allein?«

»Hol mich, wenn du fertig bist.«

Nora verlässt uns und ich knuddle meinen Ehemann.

»Deine letzte Chance abzubrechen. Gestern wusste ich, dass Laura dir nichts antut, in wenigen Minuten ist es anders, die Schmerzen werden echt sein. Ich verkörpere keine Ehefrau mit Mitleid, sondern die sadistische Herrin und du bist ihr Sklave, der bestraft wird. Die Welt sieht deinen Untergang, hört dich Wimmern und die Unfähigkeit, dich mir zu entziehen. Möchtest du aufhören? Du bist meinen Wünschen immer gefolgt, jetzt höre ich auf deine Entscheidung.«

»Ich habe gemischte Gefühle. Einmal angefangen, können wir nicht abbrechen. Habe ich die Kraft, es zu ertragen? Ich weiß es nicht. Spielen wir, gewinne oder versage ich, fifty-fifty. Hören wir auf, erfahre ich es nie. Meine Neugierde ist stärker, ich gebe mich auf, werde dein Sklave.«

»Die Entscheidung erfüllt mich mit Demut. Ich versuche, eine würdige Herrin zu sein.« Ich küsse ihn. »Danke für das Vertrauen, ich hoffe, diesem gewachsen zu sein.«

Wie abgestimmt, steckt Nora den Kopf durch die Tür. »Fangen wir an?«

»Wirf die Kamera an und bitte ohne Liveübertragung ins Wohnzimmer. Jonas soll nicht zusehen, es verdirbt ihm die Überraschung.«

»Knebeln wir ihn?«

»Schaffst du es ohne Verstummer?«, frage ich Flo.

»Keine Ahnung, Kompromiss? Nehmen wir einen der Miniknebel. Ist es zu heftig, hören die Zuschauer mehr Gestöhne und ich quatsche dir nicht in die Parade.«

Nora steht vor der Vitrine und entscheidet sich für eine Silikontrense. Flo nickt.

»Legen wir los. Miri, nicht aus der Rolle fallen. Der Film ist ein One-Shot. Take eins und Action.«

Mein Kommando, mit der Show zu beginnen. Ich ergreife das Tablett mit den vier Flacons und roten Einweghandschuhen, zeige es dem ungehorsamen Diener. »Diese vier feurigen Fläschchen lehren dich, in Zukunft meinen Wünschen zu folgen. Die drei sind Pflicht, die mit dem Teufelsbild ist Kür. Ich entscheide spontan, ob dir Gnade zuteilwird.«

Das Tablett stelle ich auf einen Tisch, den er überblickt, er sieht seine Schmerzen, bevor sie ihn überfallen.

»Fangen wir langsam an. Jeder Flacon brennt sich tiefer in deine Seele. Im Ersten sind fünftausend Scoville, im vierten muntere dreißigtausend.«

Er spielt überzeugend mit und bockt, versucht zu sprechen, die Trense übersetzt seine Worte, vermutlich Betteln, in Gestammel. Die Steilvorlage zum Einsteigen.

»Erdulde es wie ein Mann, dann bleibt die vierte Flasche heute Deko, nur Schwächlinge winseln um Gnade.«

Wirkt, sofort ist Ruhe. Feierlich lege ich, in seinem Sichtfeld, die Handschuhe an. Erste Schweißperlen auf seinem Körper zeigen mir, es ist echt, wir spielen nicht, wir leben.

»Deine Erziehung zu Gehorsamkeit beginnt.«

Ich zelebriere es, die erste Flasche zu greifen, sein Blick fixiert sie. Er sieht, wie ich sie aufdrehe und Tropfen aus der Pipette meine Handflächen benetzen.

»Zum Vorglühen und Eingewöhnen knete ich dir das Skrotum, Doppelwirkung, glühendes Drücken.«

Soweit es die Fesselung zulässt, schaut er an sich entlang, erlebt seine letzten schmerzfreien Sekunden. Ich bin ein böses Mädchen, extra langsam, damit er mehr davon hat. Wir wissen beide nicht, was uns erwartet. Er schaut mir in die Augen, zwinkert und legt den Kopf zurück. In diesem Moment haben die Schärfe und ich Körperkontakt, ein Gefühl wie ein erstes Mal. Ich erinnere mich, wie wir auf der Couch vor dem Fernseher gekuschelt haben und er versucht hat, seine Erektion zu verstecken, im Herbst 2019. Erfolglos, im Gegenteil, ich hatte meinen Mut zusammengekratzt und seinen Schwanz ausgepackt. Dieses Gefühl wiederholt sich heute, er zuckt zusammen.

»Dein Schwanz meldet sich mit Verhärtung, das ist keine Strafe. Machen wir weiter und marinieren den Ständer samt Eichel. Einen Extratropfen direkt hinein und einreiben, der steife Frechdachs freut sich zu früh.«

Wieder beobachtet er jede Bewegung meiner Hände. Als die Pipette über seinem Ständer stoppt, schließt er die Augen, atmet tief ein und erstarrt.

»Sei brav, Sklave. Ich will nichts von dir hören, leide stumm für mich.«

Die fünftausend Scoville entern ihn, wie befohlen lautlos. Seine Anspannung ist nicht zu übersehen, jeder Muskel in seinem Körper zittert. Erstaunlich schnell beruhigt er sich, im Gegensatz zu seinem Schwanz, der pulsiert.

»Sklave, du wirst geil. Das treibe ich dir aus. Versuchen wir, ob die zweite Stufe dir Wimmern und Weinen entlockt. Lass mich erleben, wie dein Widerstand bricht und du bereit bist, mir ewigen Gehorsam zu schwören.«

Die Worte wirken nicht wie beabsichtigt, sein Ständer sabbert, er ist scharf. Spontan ändere ich den Drehplan und lecke ihm den Schaft entlang mit einem Schmatzer auf die Spitze. Würzig, nicht hitzig, kein Wunder, dass er geil ist. Wir hätten vorher genauer recherchieren sollen.

»Gleiches Ritual, vom Sack den Schwanz hinauf, mit neuer Schärfestufe.«

Er bleibt gelassen. Das Capsaicin braucht lange Sekunden und schlägt dann erbarmungslos zu. Seine Reaktionen sind wie zuvor, nicht aus vorauseilender Angst, zu erkennen, dass die Erektion verschwindet.

»Gut, nicht wahr? Ich wusste, du enttäuscht mich nicht. Fehlt die innere Anwendung. Bereit?«

Hektisch schüttelt er den Kopf, sabbert am Knebel vorbei, stöhnt und versucht, sich zu wehren.

»Höre ich da Zustimmung? Fein, schau zu.«

Er starrt die zweite Pipette an, wie sie, frisch geladen, ihr Ziel sucht. Er durchlebt echte Angst, die feuchte Stirn und sein hechelndes Stöhnen bezeugen es. Der Tropfen landet und Flo verstummt, spannt seinen Körper an. Er ist so tapfer für mich. Ich beweise ihm, dass er nicht allein leidet, lecke die Eichel. Oha, das zwirbelt, die Schärfe erreicht mein Limit. Wie überstehen wir die nächste Runde? Mir glüht die Zungenspitze, eine winzige Fläche, und ich gebe auf. Wie ergeht es ihm? Sein Gehirn muss signalisieren, er stehe unterhalb des Bauchnabels in Flammen.

Ich reiße mich zusammen. »Halb so wild. Lektion drei feierst du, versprochen.«

Mein Schatz zeigt Panik, heftige Gegenwehr, ohne Chance auf Erlösung. Ich verringere die Belastung, ein Tropfen reicht, um ihn einzucremen. Dafür lasse ich mir Zeit, wichse seinen schlaffen Schwanz. Ich befürchte, Leo wäre froh, ins Gefängnis zurückzudürfen. Später. Ich finde Gefallen an diesem Spiel, das Finale wartet.

»Ich bin stolz auf dich, du hast dich ausgeliefert. Du ahnst es, ich erlasse uns den Tropfen nicht. Wir schaffen es gemeinsam. Ich hatte in diesem Raum den Rat erhalten, nicht gegen die Schmerzen zu kämpfen. Lass nicht zu, dass sie dich übernehmen.«

Mein Schatzi nickt, versucht zu sprechen, es klingt wie »für dich«.

»Schau zu, ich wünsche, dass du siehst, was passiert. Schreie, fluche, weine und zittere, alles, was du brauchst, um es zu ertragen. Schaust du weg oder schließt die Augen, wartet die letzte Flasche auf uns. Verstanden?«

Heftiges Nicken.

Mit zwei Fingern öffne ich seine Glans und halte die Pipette exakt darüber. Flo weint, traut sich aber nicht, die Augen zu schließen. Gefühlvoll drücke ich das Gummi, lasse den Tropfen wachsen. Wir sehen uns in die Augen und der flüssige Feuerball fällt. Statt gegen zu anzukämpfen, stöhnt er und lässt den Blick nicht von seiner Schwanzspitze. Ich massiere ihm den Schwanz und wieder ändere ich den Drehplan. Statt des Kusses nehme ich seinen geschundenen Kleinen in den Mund und nuckle daran. Ich kann es nicht erwarten, in dem Video seinen Geschichtsausdruck zu erleben. Wie bei ihm, übernimmt die Schärfe mein Inneres, verdrängt den voyeuristischen Wunsch und ersetzt ihn durch den, aufzuhören. Mein Mund brennt, was habe ich ihm angetan? Manche Spiele blieben besser in der Fantasie.

»Cut, ihr habt genug gelitten.« Nora rettet sie Situation, ich bin nicht in der Lage zu stoppen. »Danke, Schwester. Ich habe verdrängt, dass ich die Oberhand habe.«

»Befreien wir Flo, erlösen ihn von der Schärfe, indem wir sein Gehänge in Sonnenblumenöl baden, Capsaicin ist fettlöslich.« Nora steht mit der Flasche Öl neben mir.

»Ich erledige das, bespreche mit Laura, was du gefilmt hast und kläre, ob Jonas zu der gleichen Hingabe fähig ist.«

Sie stimmt mit einer Handgeste zu und verlässt uns.

»Komm her, mein Schatz, ich befreie dich von der Trense und lass dich frei. Ich habe dir Schlimmstes angetan, das mache ich nie wieder gut.« Zum Glück sind die Trense und Körperschnallen mit Panikverschlüssen versehen, ich hätte mich dreimal verheddert, bin nicht Herrin meiner Sinne.

»Ruhig, Darling. Alles gut, ich wollte es und war mir bewusst, was es mit mir, mit uns, macht.« Er küsst mich. »Du hast ein scharfes Mündchen, Sweetheart«. Er wartet keine Reaktion ab, sondern küsst mit Zunge.

Die erste Kusspause nutze ich. »Wie hast du meine Folter an dir ausgehalten?«

»Schwere Frage. Hatte ich eine Wahl? Dein Rat, die Schmerzen anzunehmen und keinen Widerstand zu leisten, hat funktioniert. Du bedeutest mir alles und das hat am meisten geholfen.«

»Lass dich knuddeln, Schatz. Teilen wir das Erlebnis. Halte mich für wahnsinnig, wir verschwinden im Bett und du fickst mich, dein gewürzter Freund steht bereit.«

»Du bist verrückt, das verglüht dich.«

»Das soll es, ich bestehe darauf.«

»Eindeutig verrückt. Komm, wir schleichen uns an den anderen vorbei.«

26.09.2021

Hallo Filo,

der Sonntag, nein, das ganze Wochenende war das bewegendste meines bisherigen Lebens. Dem Universum fällt in Zukunft nichts mehr ein, um das zu toppen.

Am Freitag haben wir den Jungs gezeigt, wer im Haus das Sagen hat, am Samstag hat mich Flo, mit Lauras Hilfe, auf das glatteste Eis geführt, was zu finden war, und ich fiel drauf rein. Meine Strieme wechselt die Farben, gefühlt stündlich. Ich überlege, wie ich meinen Schatz überrede, nachzulegen. Ich fühle mich in der Rolle als O, bin seine masochistische Dienerin, mit einer, eigentlich sind es zwei, kleinen Ausnahmen, kannst du dir denken, oder Filo? Ist ein Spleen von mir.

In dem Bericht fehlt was, keine Ahnung, wie ich es erkläre. Behältst du es für dich, beichte ich. Flo und ich haben ein Tunnelspiel probiert. Er hat mir am Ende leidgetan, ich habe ihn gebeten, mich auf die Reise mitzunehmen. In mir lodert ein Feuer, welches mir heute Nacht den Schlaf raubt.

Was meinst du, du verstehst nicht? Gut, deine perverse Freundin hat seine Männlichkeit mit Chiliöl eingerieben und abgelutscht. Beim anschließenden Kutschen stupste sein Schwanz an und brachte mich auf den dummen Gedanken, mit ihm zu schlafen, so von wegen geteiltem Leid. Er hat versucht, es mir auszureden, ich habe drauf bestanden.

Unter »normalen« Umständen hätte ich ihm eine gescheuert, ihn abgestochen und im Garten vergraben, es hat fürchterlich gebrannt. Ich habe ihn gelassen und vorgespielt, wie ich abgehe. Ja, für ihn habe ich das Flittchen gemimt, verklag mich, Filo. Schlimmer als das Brennen im Schritt ist das Ziehen im Hinterkopf. Der Erfinder des schlechten Gewissens lacht noch heute.

Hilfst du mir, ihm zu beichten, dass ich den Orgasmus vorgetäuscht habe? Bisher war ich immer ehrlich zu ihm und wenn nur er gekommen ist, war es trotzdem schöner Sex. Fühlst du dich auch leer und schuldig?

Stimmt, ich gehe rüber, wecke ihn und bitte um Verzeihung. Du hast recht. Danke, Filo. Was würde ich ohne dich anstellen?

Schlaf schön,

Bussi, Miri.

Beichten

»Schläfst du, Schatz?« Blöde Frage, wenn ich ihn mit Kuscheln wecke.

»Nein, bin wach, döse und denke nach.«

»Teilst du deine Gedanken mit mir?«

»Ich habe eine Sache zu beichten.«

»Ich auch. Ich fange an.«

»Ich verzeihe dir, selbst wenn du den Weihnachtsmann ermordest hast.«

»Ach du, kein Slapstick, bitte. Ich sage es dir direkt heraus. Beim Poppen habe ich vorgespielt, wie geil du bist und dir vorgemacht, ich komme. Dein Penis hat gebrannt wie ein Lockenstab auf Speed und ich habe es nicht übers Herz gebracht, es dir zu sagen und dich zu stoppen.«

Er nimmt meinen Kopf in die Hände, blickt mich an. »Versprich mir, dass du das nie wiederholst. Nie wieder schweigst du, wenn dir beim Sex etwas missfällt, hast du verstanden?« Er drückt mich und schweigt.

»Ja, ich verspreche es uns.«

Ein Kuss besiegelt den Pakt.

»Was bedrückt dich?«

»Ich traue mich nicht.«

»Trau dich, ich beiße nur, wenn du drauf bestehst.«

»Willst du die Wahrheit hören, warum ich dem Flammenspiel zugestimmt habe?«

»Weil es meine Idee war, dich gegen Jonas zu tauschen?«

»Das war nicht der Grund, ich hatte ein schlechtes Gewissen und gehofft, es verschwindet dabei.«

»Wo hast du dir das eingefangen?«

»Freitag, nach dem Sex mit Laura. Alles, was wir im Haus bisher erlebt haben, haben wir zusammen gemacht. Laura und ich haben es wie die Karnickel getrieben, es hat mir Spaß gemacht und ich habe, aus Geilheit nicht eine Sekunde an dich gedacht. Jonas hat mir am Morgen erzählt, dass du dich zurückgehalten hast und er nur mit Nora geschlafen hat. Es war kein Partnertausch, ich bin dir fremdgegangen.«

»Auweia, ehrliche Antwort ohne Lüge?«

»Ja, Schatz – wenn ich noch Schatz sagen darf.«

»Der Reihe nach. Das Wichtigste zuerst: Du bist nicht fremdgegangen und du bist mein Schatz für immer. Wir fünf waren uns einig und einverstanden. Ich freue mich, dass du Spaß hattest, ich hatte meinen. Nora hatte Nachholbedarf, Jonas hat ordentlich geschindert und …« Ich stocke.

»Hilft es dir, den Satz zu beenden, wenn ich dich arg dolle umarme?«

»Eine Umarmung hilft in jeder Lebenslage. Nachdem Nora befriedigt war, hatte sie die Idee, Jonas einen Blowjob zu schenken, weil Laura selten den Mund einsetzt. Ich habe keinen Schimmer, woher ich das habe, sie hat befohlen: ›Blase ihn.‹, und ich folgte. Wie bei dir habe ich gehorcht. Danach war Jonas für eine weitere Nummer nicht mehr zu begeistern. Ihn hätten wir überredet, Kleinjonas war anderer Meinung.«

»Ist nicht wahr.« Flo legt ein breites Grinsen auf. »Ich habe es bei Laura zweimal geschafft und die restliche Nacht hat sie meine Fingerfertigkeit genossen.«

»Sachte, Brauner, Sex ist kein Wettbewerb. Weil die beiden eingeschlummert sind, bin ich auf die Couch umgezogen. Den Rest kennst du.«

»Darf ich weiter beichten?«

»Wenn wir in Schwung sind, ich habe auch noch was. Du fängst an.«

»Du bist mir nicht sauer, wenn ich die Wahrheit sage?«

»Nein, Laura und Jonas sind hundertprozentig ehrlich zueinander. Nebenbei, ohne diese Ehrlichkeit würde ich drei Katzen haben und du ein Schweigegelübde ablegen.«

»Na gut, wehe du lachst.«

»Niemals.«

»Du erinnerst dich, wie wir Nora und dich im Bett erwischt haben?«

»Ja, ich sagte, wir haben geschlafen, es ist nicht passiert.«

»Hast du erwähnt, ein- oder zweimal. Das meine ich nicht, du hattest mich vorher an Laura verborgt.«

»Ich war eifersüchtig, grundlos, wie ich jetzt weiß. Worauf willst du hinaus?«

»Dann unterbrich mich nicht ständig.«

»In Ordnung, rutsch rauf, ich mache es wie deine Sarah.«

»Glühst du nicht genug?«

»Ruhe auf den billigen Plätzen.« Mit einem Lächeln lege ich mir seinen Leo an die Lippen. Was würde Sigmund mit seiner Zigarre dazu sagen? Was hat in den letzten beiden Jahren die Synapsen in mir verpolt, dass ich gerne einen Schwanz im Mund habe? Den Anstoß hat mir Laura gegeben, beim ersten Besuch im Dungeon denke ich. Mein Gaumen brennt, mein Mann hat ein scharfes Teil.

»Wo waren wir? Laura hat sich mit Jonas doggy vergnügt und mich nicht aufgeschlossen, was schwierig war, weil der Käfig zu eng für einen Steifen ist.«

Deshalb trägst du ihn, denke ich mir mit einem Lächeln.

»Nach einer Weile wollte sie beim Poppen von mir geleckt werden und ich bin unter sie gerutscht. Nach einigen Versuchen haben wir die richtige Position gefunden. Es war komisch, wehe du unterbrichst. Ständig hatte ich neben Lauras Knubbel die Eichel von Jonas an der Zunge. Nicht lachen, ich fand es geil und seither würde ich gerne -«

»Ich muss unterbrechen, sonst platze ich. Du willst sagen, du denkst nach, wie sich ein Schwanz, Jonas' Schwanz, anfühlt?«

»Ja«, er wird rot, seine Verlegenheit zeigt sich unmittelbar, die Erektion verschwindet. »Und schmeckt.«

»Ich mag Sex mit Frauen, warum sollte ich es komisch finden, wenn du einen Mann vernaschst? Ich sehe da eine Herausforderung, Jonas hält sich für einen Kampfhetero.«

»Woher weißt du? Vergiss die Frage – von Laura, ihr erzählt euch alles.«

»Jein, ich erzähle nicht alles von uns und sie wird genauso ihre Geheimnisse haben. Fangen wir im Privaten mit ein paar Trockenübungen an.«

»Womit fangen wir an?«

»Ich hatte euch beide in der Hand, im Mund und in der Lulu. Traust du dir zu, mir bei einem Schwanzvergleich zuzuhören?«

»Komme ich besser dabei weg?«

Ich quittiere diese Frage mit einem Klaps auf den Hinterkopf. »Männer, ihr seid alle gleich. Penis ist Penis, da ist keiner besser oder schlechter, lediglich anders.«

»Das gibt Nachsitzen bei Prof. Dr. von Ähren, Schatz, du sollst deinen Ehemann nicht schlagen. Starte den Vergleich, ich lausche dir.«

»Fangen wir mit dem Äußerlichen an. Jonas' Schwanz ist länger, deiner dicker. Ich rede von meinen Erfahrungen, Jonas ist mir beim Sex, wenn er nicht aufpasste an den Muttermund gestoßen, das ist schmerzhaft. Das passiert dir nicht und ich fühle mich mit dir ausgefüllter. Anfänglich ging Jonas mit seinem besser um, du hast aufgeholt, Learning by Doing, bei der Lehrerin ist es kein Wunder. Geruch und Geschmack sind schwer zu vergleichen, das ist im wahrsten Sinne Geschmackssache. Frisch gewaschen ist ein Schwanz im Mund wie ein Finger, neutral. Ich hab ihn lieber mit herber, männlicher Duftnote, rrr …«

»Verstehe, berichte weiter.«

»Weißt du, wie Sperma schmeckt?«

»Nur in der Theorie, unterschiedlich, habe ich gelesen.«

»Stimmt, du bist salziger als Jonas, dafür ist dein Aroma schneller verflogen. Die Konsistenz kennst du aus eigener Erfahrung, die schwankt. Bei dir kommt alles zwischen pastösem Brei und plätscherndem Saft, in variablen Mengen. Jonas steht dem in nichts nach. Ist die Hitze in Leo die Tage verschwunden, erweitern wir deinen Horizont.«

»Wie meinst du das? An Leo komme ich nicht ran, weiß Gott, ich habe es versucht.«

»Wenn das möglich wäre, würde die Hälfte der Männerwelt nie eine Frau suchen.« Ich kann mir ein breites Grinsen nicht verkneifen.

»Das ist nicht wahr, fingerst du an mir, ist es geiler, als wenn ich das selbst mache, dann ist das mündlich ähnlich.«

»Sei ehrlich, stelle ich dich vor die Wahl, ein Jahr täglich poppen oder alternativ jeden Abend einen Gutenachtblowjob, wie entscheidest du? Entweder oder. Beides geht nicht.«

»Die Frage ist nicht fair.«

»Ich will eine Antwort, von Fairness war keine Rede.«

»Jeden Abend blasen, aber was hättest du davon?«

»Du hast begabte Finger, die ich gerne ausnutze, deine Zunge ist genauso nicht ohne. Wenn ich einen Stich brauche, frage ich Laura, ob sie mir Jonas leiht. Andererseits, ein Jahr ist mir zu lange, ich habe mich an deine Künste gewöhnt, sie würden mir fehlen.«

»Einen Monat?« Er setzt seinen Dackelblick auf.

»Ab Oktober, da beenden wir das Jahr mit drei Herausforderungen.«

»Mit was?«

»OOO, NNN und DDD.«

»Klar, den NNN kenne ich, was ist der Rest?«

»Ich erkläre es dir. Der Oktober ist der OOO, Oralsex only October. Wir befriedigen uns mündlich, so oft es der andere wünscht.«

»Heißt das, ich verlange und du bläst? Geil, ich füttre dich ab.«

»Sachte, das ist bilateral. Ich sage und du leckst.«

»Richtig geil. Weiter, von dem NNN halte ich nichts.«

»Das schaffst du, der Käfig hilft dir.«

»Wer hält dich ab, dir Erleichterung zu verschaffen?«

»Du wirst mir vertrauen müssen. Tust du doch, Schatz?«

»Bedingungslos. Was ist DDD?«

»Das ist der Kontrast zum No Nut November. Der Destroy Dick December. Kurz gesagt, du onanierst täglich so oft, wie der Tag es vorschreibt. Ich feiere Heiligabend allein, wenn du vierundzwanzigmal spritzen willst, hast du alle Hände voll zu tun.«

»Verrückt, du verbringst zu viel Zeit im Internet, mir reicht die Oktober-Challenge.«

Je länger die Unterhaltung wird, desto offener ist sie. So habe ich mir das die letzten zwanzig Jahre immer vorgestellt. Einen Mann zum glücklichen Rumalbern.

»Zunächst kostest du dich selbst.«

»Das habe ich versucht und mich nie überwunden. Vor dem Orgasmus stellte ich mir das geil vor, nachher klappte es nie.«

»Sieh an, das hast du verschwiegen. Berichte mir später, was du als Jungfrau in den letzten dreißig Jahren alles getrieben hast.«

»Was ein Mann anstellt, wenn seine Traumfrau unerreichbar ist. Warum sollte ich es jetzt schaffen?«

»Weil wir einen Löffel nutzen und ich nachhelfe.«

»Habe ich probiert und mich nie überwunden.«

»Die Universalfernbedienung überzeugt dich. Am besten starten wir gemeinsam, was denkst du über einen langen Zungenkuss nach einem Blowjob?«

»Einverstanden, das senkt die Einstiegsschwelle.«

»Hast du die anfänglichen Hürden hinter dir, schwebt mir ein Spiel vor, wie wir weiter experimentieren. Lass dich überraschen, ich bespreche das mit Laura und Nora.«

»Na toll, du verrätst es ihnen.«

»Vertrau mir, ich werde das Kind schaukeln. Deine Aufgabe ist, im entscheidenden Augenblick mitzuspielen.«

»Ob ich den erkenne?«

»Wenn mein Plan aufgeht, wirst du es lieben. Ich organisiere uns einen Dildo aus der Sammlung zum Üben, zwinker.«

»Du bist versauter, als es deine kecke Nase erahnen lässt. Du bist dran mit deiner Beichte. Was hast du auf dem Herzen?«

»Eine Kleinigkeit, die du im Handumdrehen erledigst. Ich wünsche mir ein Dutzend dieser Streifen auf dem Popo. Wir denken uns vorher was für den flotten Marlène-Käfer aus, der steht unter Naturschutz.«

»Du meinst, ich schwinge den Stock erneut? Den letzten Treffer hast du kaum ertragen und wünschst nun zwölf?«

»Ja! Wenn der Streifen«, ich zeige auf sein Werk, »weg ist, bin ich bereit, für dich zu leiden. Wir beide, ohne Kamera oder Zuschauer, kein stupides Draufhauen, wir feiern es. Denk dir ein Szenario aus, wie wir uns einander hingeben und ich am Ende die Trophäen des Schmerzes trage. Keine Fünfminutennummer, wir reservieren den Dungeon für den Nachmittag.«

»Was denken die anderen dann über uns?«

»Was sie denken wollen, lass sie ruhig. Wir haben uns. Jonas hat seine Gefühle beschrieben, ich empfinde ähnlich. Er erblüht bei schmerzenden Hoden in seiner inneren Welt, bei mir ist der Popo der Triggerpunkt. Diese Bitte des gestreiften Arsches ist eine egoistische, du bist das Werkzeug, das ich für diese Auszeit benutze und dem ich vertraue.«

»Was du dir wünscht. Bin ich dem gewachsen?«

»Ich trage den Beweis auf mir. Das Ziel hattest du vor Augen, nächste Mal rennst du nicht durch den Parcours, sondern schlenderst, streifst und weichst vom Kurs ab. Der Dungeon bietet reiche Auswahl an Hilfsmitteln, mir die Zeit zwischen zwei Hieben lang werden zu lassen. Deiner perversen Cousine waren alle Erlebnisse nicht stark genug.«

»Meine Ehefrau wird auf Arbeit stehen und nachts auf dem Bauch schlafen, weil ihr der Hintern brennt.«

»Die Cousine ist eifersüchtig auf deine Gattin.«

»Zufällig sind beide anwesend und rotzfrech. Es ist förderlich, wenn jede von ihnen zwölf Striemen erhält.«

»Du hast das Prinzip verinnerlicht, mein Schatz. Ick freu mir wie Bolle.«

Session

Mein Schatz hat organisiert, woher hatte er die Zeit? Die Gelegenheit ist günstig, Laura, Nora und Jonas schmeißen eine Party, ihr Geschäft nimmt Fahrt auf.

Flo weckt mich, freitags verschlafe ich gerne, statt mit Knutschern, auf die harte Tour: mit Licht und frischer Luft. »Überraschung, es ist vorbereitet, ich hatte Nachhilfe bei Laura, das Spielzimmer ist eingerichtet und ich habe ein extra stabiles Wundpflaster. Die Erfüllung deines Wunsches fängt im Pool bei einem Glas Sekt an, setzt sich entspannend fort und gipfelt in deiner Arie. Damit mein Plan aufgeht, habe ich verbotenerweise den Reserveschlüssel benutzt. Schlimm?«

Zu seinem Glück hat er einen Becher meines Lieblingskaffees bereitet, stark wie ich ihn mag, Latte macchiato mit doppeltem Espresso als Basis. Die Milch geschäumt, mit einer Prise Zimt. »Es sei dir verziehen.«

»Einen kräftigen Schluck, abgerundet mit einem Puddingcrossaint und du bist startklar.«

»Sofort?« In der Magengegend formt sich ein Knoten, Gummiknie und zitternde Hände übernehmen mich. In den vergangenen Monaten habe ich die oberflächlichen Behandlungen geliebt, heute ist es ernst. Die Masochistische habe ich überzeugend dargestellt und den Schmerz genossen, wenn auch nie ohne Fangnetz.

»Ja, es ist dein Tag, wir haben Zeit bis in den Abend, eine Menge Unsinn anzustellen.«

Er hat leicht reden, sein Popo bleibt rosa. Vorfreude mischt sich mit Angst vor meiner Courage. Ich bin maximal bereit, im Bett zu bleiben.

»Trödeln hilft dir nicht, ich trage dich, wenn es sein muss.«

»Menno, quetsch dich lieber ran und wir fummeln.«

»Bekommst du kalte Füße? Nicht tragisch, der Pool wärmt dich. Los, hoch!«

Mein Schatz zieht mich aus dem Bett, in Richtung Spa. Holla, was ist hier passiert? Nicht das triste Neonlicht, sondern überall stehen Teelichter, der Pool blubbert, die Luft erfüllt mit einem Hauch Lavendel und Vanille, Rosenblätter verstreut, lecker Asti trinkbereit im Champagnerkühler. Er hat die Massagebank aufgebaut, alles geplant, bis in Detail.

»Hüpf aus dem Hoodie, brause dich ab und steige zu mir in den Pool.«

Diese romantische Seite meines Mannes ist neu. Warte, sind da Erdbeeren und meine Lieblingsschoki? Diverse ätherische

Öle auf der Massagebank und ein extra flauschiger Bademantel? Ich bekomme das Gefühl nicht los, da ist mehr im Busch.

»Wo bleibst du? Dein Schmusebär ist einsam.«

»Ich eile. Du hast schwere Geschütze aufgefahren, die Frauenherzen höher schlagen lassen.«

Er steht im Pool, führt mich um den Rand zu den Stufen, geleitet mich wie seine Prinzessin zur Krönung.

»Nur dein Herz, Schatzi. Ziehen wir nachher um, wünsche ich dich tiefenentspannt.«

»Die Ziellinie hast du erreicht. Ich bin glücklich und freue mich auf das Kommende.«

»Asti?«

»Ich bitte darum, zu Asti sage ich nie nein. Vergesse die Rotbeerlein nicht.«

Er füttert mich mit einer Beere, ein Déjà-vu. Mir drücken die Tränendrüsen raus, was in ihnen steckt.

»Habe ich was falsch gemacht?«

»Nein, ich! Heute vor zwei Jahren haben wir uns mit Weintrauben zu Tee gefüttert, auf meiner Klappcouch. Ich habe es vergessen.« Der Tränenfluss reißt nicht ab.

»Ach du, das war die Generalprobe, die ich gründlich versemmelt habe. Der echte Jahrestag ist der 23.12., mit dem Startschuss auf meinem Popo für unser Glück.«

»Einverstanden. Ich knüpfe Erinnerungsknoten ins Taschentuch, wir feiern unsere Entdeckung in Zukunft doppelt.«

»Folgerichtig bist du heute die scharfe Cousine, die ich heimlich angeschmachtet habe.«

»Ja, mein Held. Ändern wir das Skript, nicht Kuscheln und schüchternes Fummeln, ich lasse den unterfickten Cousin ran.«

»Versaute Worte für ein süßes Näschen. Der Notgeile nutzt diese Hilflosigkeit aus.«

»Wehe nicht, ich schmelze alle Schlüssel ein, wenn du dir keine Mühe gibst.«

»Challenge accepted. Dich ereilt heute Nacht der Schlaf der befriedigten Gezüchtigten.«

»Dünnes Eis und weit aus dem Fenster gelehnt. Warte ab, diese eins sechzig kosten dich Kraft. Aus der Nummer kommst du nicht wieder raus. Wo bleibt das nächste Stück Schoki?«

»Mund auf, Augen zu!«

Schmunzelnd folge ich und er legt mir eine Praline auf die Zunge. Ich habe mit was anderem gerechnet. »Das Poolkuscheln gefällt mir, mit dem ergänzenden Verwöhnprogramm verbringen wir in Zukunft regelmäßig einen Nachmittag. Den nächsten Wohlfühlnachmittag bereite ich vor. Dieser Tag legt die Messlatte weit nach oben, schwer zu toppen.«

»Kuscheln ist nicht olympisch, haben wir uns, ist jedes Date das beste.«

»Deine Haut fühlt sich bereit an, weich und glatt. Genug Sekt für den Vormittag. Dusch dich ab, kurz abtrocknen und rauf auf die Liege.«

»Langsam, erst wächst ein Superkuss rüber.«

Küssen kann er, das heiße Zungenspiel ist entschieden zu kurz, die Massage gleicht es locker aus. Wo hat er diese Technik her? Gibt es ein Massageportal im Internet, bei dem man virtuell Muskelkneten lernt? Ich bin zwischenzeitlich weggeschlummert. Tiefenentspannt erinnere ich mich nicht an die Umdrehanweisung. Wenn ich die Eifersucht in den Griff bekomme, schicke ich ihn zur Umschulung zum Masseur. Mit den begabten Händchen stehen die Frauen Schlange.

»Wehe, du fasst sie an.« Ich schrecke aus dem Tagtraum hoch.

Verunsichert zieht er seine Hände von meinem Busen. »Wie bitte, die beiden knuddle ich sonst regelmäßig. War ich zu grob?«

»Entschuldige Bärchi, setz die Liebkosung ruhig fort, ich war in Gedanken.«

»Lässt du mich teilhaben?«

»Ich habe fantasiert, ob du den richtigen Beruf hast.«

»Ich denke. Das habe ich studiert und es macht Spaß. Der Verdienst ist für die reduzierten Stunden angemessen.«

»Deine Finger sind für mehr geeignet, als dafür, langweilige Kalkulationstabellen zu tippen. In meiner Fantasie warst du der Therapeut der Reichen und Schönen.«

»Ah, ich verstehe, Massage mit Happy End, daher der Aufschrei.«

»So in etwa. Schluss mit quasseln, dein Girly ist unentspannt.«

»Aye Ma'am.«

Sein Talent, mich mit zartem Streicheln ins Traumland zu befördern, ist neu. Das lasse ich ihn anwenden, wenn mich Grübeln am Einschlafen hindert.

»Du bist startklar. Körper und Geist sind entspannt. Dreh dich um, ich bringe den Käferschutz an.« Flo holt mich aus dem Dämmerschlaf. Er hat recht, ich habe keine Angst mehr. Er hat es bewiesen, er ist Herr der Lage und weiß, was er tut.

»Nicht erschrecken, das Reinigungsmittel ist kalt. Damit entferne ich das Öl von der Stelle, dann klebt das Pflaster fester.«

»Ja, Dr. Florian.« Hey, Doktorspiele fehlen in unserem Repertoire. Notiz an mich: *Szenario entwickeln!*

Mein Mann spielt auf mir wie auf einem Instrument. Die Noten liegen bereit, das Orchester wartet, ich bin die Sopranistin. Ein Jahr verheiratet, anderthalb verlobt und bekannt seit Kindertagen, in wenigen Minuten gebe ich mich ihm bedingungslos hin. Ich bin glücklich.

Ich brauche nichts selbst zu machen, er hilft mir auf, wickelt mich in den Bademantel und wo zum Geier kommen diese Kuschelhausschuhe her?

»Folge mir, mon petit chou.«

Was ist nu los? Lernt ein Mann Französisch durch französisch? Diese Art des Sprachtrainings ist neu, es würde sich durchsetzen.

Vor der Tür zum Spielzimmer stoppt er. »Warte, ich habe dich nach der Hochzeit nicht über die Schwelle getragen. Hinter dieser Tür besiegeln wir unsere Verbindung für immer. Lass dich hochnehmen.«

Gentleman, er trägt – wuchtet – mich durch die Tür, Corona hat den Bauchspeck einen klitzekleinen Hauch vermehrt. Unsere nonverbale Kommunikation funktioniert, ich verstehe seine Körpersprache und die angedeuteten Gesten. Der Bock hat eine Erweiterung, ich stehe nicht vornübergebeugt, sondern knie auf zwei bequemen Beinleisten. Die Fixierung sah bei meinen Opfern lockerer aus, es ist kaum Spielraum, um auszuweichen. Abschließend legt er mir die Silikontrense an, die er trug. Das ist kein Zufall – er hat alles durchgeplant.

»Mein erster Gedanke war, einen Ballknebel an dir zu nutzen. Du hast mich erlebt, die Trense hindert am Sprechen, nicht am verzweifelten Winseln und Schreien. Dieses ist die letzte Chance, abzubrechen. Ich bin nicht sauer oder enttäuscht, wenn dich der Mut verlässt. Ich trage dich ins Bett und wir poppen uns windelweich. Ich bestehe auf ein eindeutiges Zeichen, nicke oder schüttle den Kopf.«

Ohne eine Sekunde nachzudenken, nicke ich und hoffe, die nächsten Stunden zu fühlen, wie Jonas es beschrieben hat.

»Danke, Schatz.«

Er erkundet meinen Körper, lässt die Finger streifen. Es gibt keine Stelle meiner Haut, die er in der Vergangenheit nicht berührt hat. In Erwartung auf das Kommende fühlt es sich ungewohnt, neu und erotisch an. Ich schließe die Augen, meine Gefühlswelt übernimmt.

Ferien

Sommer 2003 in Dänemark. Ein längst vergessener Geruch weckt Erinnerungen an alte Erlebnisse. Ich war glücklich in diesem Sommer. In Gedanken riecht es nach Meer, Sonnenschein und Sand. Ich bin in meiner heilen Welt, bevor Flo angefangen hat, mich zu züchtigen. Seine Fingerkuppen schweben an mir entlang. Einzelne Bilder fliegen mir durch den Kopf, wir liegen am Meer in der Sonne. Er besteht drauf, meinen Rücken einzucremen, ich dachte, er will mich begrabbeln. Ich habe nicht reagiert ... war ich dumm, er war verliebt. Wie am Strand kribbelt es im Bauch. Hat Flo heimlich hypnotisieren gelernt? Ich lasse ihn gewähren, er massiert mich von den Schulterblättern bis zu den Knöcheln, rauf und runter. Wie damals liege ich da, traue mich nicht zu einer Bewegung und genieße ihn. Im Gegensatz zu der verklemmten Strandmiri lässt die heutige Miri sich fallen und lebt ihre Lust. Ein ziehender Schmerz holt mich aus der Vergangenheit, er fängt an.

»Eins. Wo warst du die letzten Minuten? Deine Rückseite glüht rot und du genießt es wie eine Massage.«

Was meint er mit glühen? Er gibt mir keine Chance nachzudenken, die Gerte trifft eine Fußsohle. Das war nicht ausgemacht, versohl mir den Po, lass mich für dich leiden. Die Trense übersetzt den Protest in Gestammel. Flo zeigt sich unbeeindruckt, Hieb um Hieb trifft die Sohlen, dosiert und aushaltbar. Statt zu protestieren, spazieren wir Hand in Hand, damit ich nicht stolpere, hat der Schlingel mir weisgemacht, am Kieselsteinstrand. Ich habe nicht reagiert ... war ich dumm, er war verliebt. Mein Magen kribbelt. Sechs Wochen Nordsee haben wir verstreichen lassen, er hat nichts gesagt und ich war zu blind, um die Zeichen zu erkennen.

Ein neuer Einschlag ruft mich aus dem Urlaub.

»Zwei!«

Mein ganzer Körper versucht sich, zu entziehen. Wohin? Die Millimeter an Freiheit, die mir geblieben sind, helfen nicht. Ich schreie den Schmerz heraus. Mir fallen Jonas' Worte ein, als Laura mich geschlagen hat.

Entspann dich, lass es geschehen. Kämpf nicht gegen sie an, sie spürt es. Deine Erregung wird dir helfen, zu genießen.

Flo spürt es. Wie lange hat Laura ihn unterrichtet? Der schmerzende Popo fühlt sich an wie damals am Strand. Er hat mir ein Eis spendiert und die naive Miri setzte sich auf eine Steinbank. Die war sauheiß. Wie schafft Flo es, diese speziellen Episoden in mir zu wecken. Ich sehe, wie ich fluchend ins Wasser stürze. Mein Softeis landete im Sand, ich am Flennen: kein Eis und roter Popo. Er hat sich zu mir gesetzt, mir seine Waffel und einen Bussi geschenkt. Ich habe nicht reagiert, war ich dumm … er war verliebt. Das Kribbeln lässt nicht nach.

»Sechs.«

Wie lange habe ich im Wasser gesessen? Wir waren bei zwei. Ich bin zurück im Heute, zuckend, schreiend und am Heulen. Er schlägt hart, gleichmäßig und ohne Gnade. Tu was Flo, zeig mir, was ich von dem Sommer verdrängt habe. Hier erfahre ich Leid, hier möchte ich nicht sein. Er fährt das Tempo zurück, ich in den Urlaub. Strömender Regen, Flo und ich langweilen uns. Der Fernseher funktioniert nicht, liegt wohl am Wetter. Er liest einen Stapel Comics, ich ein Geschichtsbuch. Ohne Vorwarnung ein Blitz und den lautesten Donner, den ich je gehört habe. Das Buch fliegt in die Ecke, ich springe ihm in die Arme. Er drückt mich, ich zittere am ganzen Körper. Das Gewitter tobt über unseren Köpfen, er hält mich und streichelt mir die Haare. Ich habe nicht reagiert … war ich dumm, er war verliebt.

»Elf!«

Gleite ich ab? War das Gewitter eine Metapher des Unterbewusstseins? Jeder Donner eine Strieme? Flo als Tröster, wie es sein soll. Hier und heute mache ich alles wieder wett. Ich bin für ihn da, meinen verliebten Cousin und besten Ehemann. Mein Bürotisch ist höhenverstellbar, tobe dich aus, Schatz. Bin ich die nächste Woche nicht in der Lage zu sitzen, ist das die Bitte um Verzeihung, für die Dummheit, nein Ignoranz, deiner jungen Cousine.

»Zwölf!«

Er groovt sich ein, ich schreie mir die Gurke aus dem Leib, die Trense hindert mich am Fluchen. Das Dutzend ist voll, der Stock tobt weiterhin auf mir. Morgen bin ich heiser. Um ihm die Arbeit an mir zu erleichtern, reise ich ab, lasse den geschundenen Körper für Flos Spaß zurück. Die Ferien warten nicht.

»Tapfer durchgehalten. Geliefert wie bestellt, zwölf Streifen. Ich nehme die Trense ab, halt still. Zum Abschluss behandle ich deine Heckpartie mit Salbe.«

Statt zu reagieren, schluchze ich in mich hinein. Was ist? Ist es vorbei? Wie das Ende des Sommers 2003, Flo und ich auf der Rückbank. Er hat einen fetten Sonnenbrand im Gesicht, ich necke ihn mit »Krebsschnute« und er knurrt: »Wer hat vergessen, mir das Gesicht einzucremen?« Ich hatte die Chance verpasst, ihn zu berühren, zu ertasten und zu erfahren. Verschwendete Sommerferien ... war ich dumm, ich war verliebt.

»Was meinst du mit Abschluss? Im Pool den geilen Stecher markieren und jetzt die willige Cousine links liegen lassen. Sei froh, dass deine Fernbedienung außer Reichweite ist.«

»Du hast eine Stunde gelitten, das reicht für heute.«

»Von wegen, du hast alte Erinnerungen geweckt, die mir erhalten bleiben, der Po ist in ein paar Tagen wieder hinsetzbereit. Ran und befriedige dich.«

09.10.2021

Hallo Filo,

gestern habe ich dich nicht ignoriert, sondern war nicht in der Lage, dir zu schreiben. Männe hat mich ausschlafen lassen, mit Kaffee und Croissant geweckt und ins Spa entführt. Ein romantischer Einstieg in meinen speziellen Tag. Du erinnerst dich, ich hatte die Idee, mir Striemen verpassen zu lassen. Nicht zwölfmal draufkloppen, sondern in einen Erlebnistag eingebettet.

Er hat den Spakeller in eine heiße Wohlfühloase mit Teelichtermeer, Pralinen und Asti verwandelt. Wir waren nicht Mann und Frau, sondern ich seine willige Cousine, wir haben im Pool geknutscht, gefummelt und auf der Massageliege hat er mich verflüssigt, dahinschmelzen lassen. In ihm steckt ein begnadeter Masseur.

Vor dem Dungeon trug er mich über die Schwelle, nach der Hochzeit haben wir dieses Symbol glatt vergessen.

Der Tag war eine einzige Highlight-Kette, jeder Stepp besser als der vorherige. Da lachte die Katze, ich meine Miri. Über den Bock geschnallt bin ich in die Vergangenheit gestolpert. Ich muss rausbekommen, wie er das angestellt hat, die Hälfte der Playtime war ich abwesend, im Urlaub mit Cousin in Dänemark. Ich erfuhr, warum wir uns nicht fanden. Wir waren beide ineinander verliebt, zu dumm und schüchtern, es zu erkennen. Keiner hat sich den ersten Schritt zugetraut.

Obwohl ich die Session verträumt habe, hat er gearbeitet. Ich schreibe im Stehen, wenn du verstehst, langes Sitzen klappt bisher nicht, die Stimme ist belegt. Er hat mir eine Überraschung versprochen, ich bin gespannt für drei.

Das Beste zum Schluss, spitz die Eselsohren, Filo. Ich hatte keine Ahnung, wie geil wehrlos ausgelieferter Sex ist. Mein

Plan sah vor, ihm eine Auszeit vom Käfig zu gestatten, das Ergebnis war sensationell. Ich bin abgegangen wie Schmidts Katze.

Bussi, Miri.

Nach dem Eintrag in meinem Tagebuch bin ich zurück ins Bett und den Samstag haben wir mit kuscheln, schlafen und eincremen verbracht. Die dutzend Striemen leuchten in Nuancen zwischen blau, violett und grün, ich liebe es. Flo kümmert sich liebevoll um mich, er wirkt, als plage ihn Reue.

»Na, Bärchi, wie geht es dir? Gestern war der beste Tag ever und du siehst traurig aus.«

»Ich war fies brutal zu dir.«

»Ja, ich weiß. So habe ich mir das gewünscht. Du hast als Erster im Haus meine Grenze gefunden und erweitert. Du hast ein Talent, unglaublich. Ich freue mich auf die nächste Runde.«

»Du hast für meinen Spaß gelitten, arme Maus.«

»Habe ich. Nicht erschrecken, ich hätte mehr ertragen. Du warst toll! Verrätst du mir den Trick, der mich in unseren Sommerurlaub versetzt hat?«

»Welchen Urlaub? Ich verstehe nicht.«

»Ich habe gesehen, wie du mich am Strand mit Sonnenmilch eingerieben hast, wir im Kies gelaufen sind, das Eis in den Sand gefallen ist, das heftige Gewitter und unsere Heimreise wiedererlebt.«

»Das erklärt, warum du zwischendrin geschrien und gleichzeitig regungslos dalagst. Den Auslöser kann ich dir nicht nennen.«

»Menno, lesen wir nächste Woche mein Tagebuch und ergründen, wieso ich verklemmt war. Du warst den Sommer in mich verliebt und ich habe es nicht bemerkt, stimmt's?«

»Seit dem Urlaub verliebt über beide Ohren. Ich habe bis zu dem ersten Textnachrichtenchat nie geglaubt, dass die Liebe erwidert wird.«

»Sexting ist heiß, oder? Warum haben wir aufgehört? Schick mir öfter was Versautes aufs Handy. Hast du dem Chat angesehen, wie verklemmt ich war?«

»Nicht wirklich, war ich besser? Ich hab den Chatromeo gegeben und in Wirklichkeit war ich die eiserne Jungfrau.«

»Es hat funktioniert, wir sind zusammen.«

»Ich hab's! Du hast die Kamera im Folterzimmer nicht bemerkt, oder?«

»Kamera? Hast du Ferkel uns dabei gefilmt?«

»Ja, für uns beide. Die Aufnahme kommt nie ins Internet. Ich wollte sie schneiden und dir schenken, sehen wir uns den Anfang der Rohfassung an. Schau dir meine Handlungen an, wenn es einen Trigger gibt, finden wir ihn. Erinnerst du dich, wann die Erlebnisse aufgekommen sind?«

»Ja, du hast mich gestreichelt, vor dem ersten Hieb bin ich abgereist. Geniale Idee, hol das Pad – und Film ab.«

»Liegt bereit. Ich wollte loslegen, nachdem du eingeschlafen bist. Dein Plan hat eine Schwachstelle, ich habe dich nicht gestreichelt. Du warst fixiert und ich habe deinen Körper mit Schlägen überzogen.«

»Echt? Du hast mir mit Zärtlichkeit eine Gänsehaut verpasst. Mysteriös, zeig mir die Aufnahme.«

In den ersten Sekunden kämpfe ich damit, mir ein Lachen zu verkneifen. Flo wuchtet mich durch die Tür, hach, wann öffnen die Fitnessstudios wieder? Die Fesselszene verläuft exakt wie in meiner Erinnerung. Nach dem Anlegen der Trense gleitet er mir über Rücken und ohne Pause beginnt er locker aus der Rechten mit der Gerte Hiebe zu verteilen. Das war das Streicheln?

»Mach auf Stopp. Hast du was gesehen? Kurz vorher verschwinde ich an den Strand.«

»Nö, alles ist, wie ich es in Erinnerung habe.«

»Auf Anfang und wenn wir das bis morgen früh ansehen, ich muss es wissen.«

Nach der dritten Wiederholung stellt sich keine Besserung ein. Wir finden es nicht.

»Vorschlag, eine letzte Runde und dann schlafen wir, nach dem Morgenkaffee sind wir aufmerksamer.«

»Gut, du achtest auf mich und ich fixiere deine Handlungen.«

Auch mehrmals ist die Szene lustig, wie er mit meinem Gewicht kämpft … nicht ablenken lassen!

»Das ist es, es ist nicht zu übersehen. Ich bin gleich zurück.« Wie elektrisiert springe ich aus dem Bett und Flo schaut verdaddelt. Ich flitze in den Playroom, treffe auf Jonas, der für Ordnung sorgt. Er mustert mich mit einem Grinsen.

»Ich bin nackt, schau später. Wo ist die gelbe Flasche, die in dem Regal an der Tür stand?«

»Die ist im Müll. Die lag zerbrochen neben der Tür.«

»Gib her, ist eilig.«

»Ich verstehe kein Wort, warte, ich ziehe sie aus dem Abfall. Hier die Kappe, die Flasche suche ich noch.«

»Reicht und danke. Du hast was gut.«

Beim Rausgehen höre ich ein: »Respekt, geil gestreifter Popo!« Sekunden später werfe ich mich aufs Bett, ein Fehler, es schmerzt heftig.

»Schließ die Augen und riech. Nicht schummeln.« Ich halte ihm den Deckel vor die Nase.

»Das ist Sonnencreme, dein Bouquet aus dem Urlaub.«

»Schau, du hast recht.«

»Ich habe die nicht benutzt, woher kam der Duft?«

»Du hast die Flasche mit meinen Füßen vom Regal geschubst und beim Zuziehen der Tür ausgequetscht. In der Hitze des Gefechtes haben wir es nicht bemerkt. Gib mir das Pad.«

Ich spule bis zu der Stelle vor und wir sehen, wie ein paar

Spritzer auf der Lüftung landen.

»Du hast vorher die Heizung hochgedreht, damit ich nicht friere und dadurch den Duft in der Luft vernebelt. Entspannung, Magenkribbeln, Berührungen am Rücken in Verbindung mit dem Geruch der Sonnencreme und mein Unterbewusstsein hat auf den geheimen Start unserer Liebe zurückgespult.«

»Ich Unsensibler habe den Duft nicht bemerkt.«

»War nicht besser, ohne das Video hätten wir es nie erkannt. Jonas räumt unsere Hinterlassenschaften auf.«

»Ich habe ihn um den Gefallen gebeten, um mehr Zeit für dich zu haben.«

17.10.2021

Hallo Filo,

die letzte Woche hatte ich jede Menge Arbeit und war zu schlapp für dich.

Detektivin Miri hat den Fall gelöst, ich habe mit Flo das Video von unserem Nachmittag angesehen. Es war der Duft des Sommers, der die Erinnerungen geweckt hat. Flo hat meine Folter gefilmt und ich habe die Beweise entdeckt. Morgen frage ich ihn, ob er diese Stunde von Nora bearbeiten lässt und wir sie im Internet zeigen. Ich lasse die Welt an dem Erlebnis teilhaben.

Der Samstag war toll, heute geht es mir nicht berauschend. Ich glaube, ich hätte gestern nicht ausschließlich Fruchtgummis mit Chips futtern und weniger Kaffee trinken sollen. Ich war zweimal reiern und es fühlt sich an, als würde da noch mehr rauswollen.

Ich koche mir einen Magentee und verbringe den Nachmittag im Bett.

Bussi, Miri.

»Kräutertee und eine Wärmflasche? Du wirst mir nicht krank, oder?« Laura erwischt mich in der Küche.

»Im Magen geht es rund. Der Junkfood-Samstag war nicht die beste Idee. Warum sind die Gummiviecher so lecker? Die Chips und der Kaffee haben es nicht besser gemacht.«

»Du vergisst den Berg Schokostückchen, den du dir reingeschoben hast. Euer Sextape hat mich in den Bann gezogen, als ich zugriff, war die Schüssel leer.«

»Ich weiß, ich konnte das Naschen nicht kontrollieren.«

»Geh vor, ich folge dir mit der Flasche. Sind die Striemen verheilt?«

»Ein Hauch ist geblieben, Dr. Flo hat mich fürsorgend behandelt.«

»Darf ich sehen? Ich begreife allmählich, warum Flo die Handhabung des Bambusstockes extra ausführlich gezeigt bekommen wollte.«

»Kuschelst du dich ran? Was hat er gefragt?«

»Rutsch ein Stück. Er hat sich erklären lassen, wie die Schlagstärke zu dosieren ist. Ich vermutete, damit er dich nicht verletzt.«

»Im Gegenteil, ich bat ihn um die zwölf Striemen, eingebettet in einen Tag der Entspannung, das heiße Ende hat du gesehen. Im Spa hat er mir einen Schwips verpasst und mich, bis es quietscht, verwöhnt.«

»Jonas liegt mir in den Ohren, wieso er nicht über den Bock geschnallt wurde.«

»Erfüllen wir ihm den Wunsch, wenn er von Flo verdroschen und vernascht werden mag, warum nicht?«

»Ich glaube, er meint das anders. Ich soll die Gerte schwingen. Ich weiß nicht, ob ich das schaffe. Bisher habe ich seine Grenzen respektiert.«

»Umarme mich, ich weiß, wie wir zwei Fliegen, nein drei, mit einer Klappe schlagen.«

»Echt? Das baldowern wir später aus, du bist kuschelig und dein Magen braucht Entspannung.«

Morgendämmerung

»Silentium, Silentium!« Ich eröffne die Versammlung. Wie üblich ist die Rasselbande schwer zu bremsen.

»Silentium? Die gebildete Dame von Welt spricht. Sie hat recht, es stehen Entscheidungen an, bitte versucht es fünf Minuten mit Konzentration.«

»Danke, Nora. Fängst du mit den Eckdaten an?«

»Ich fasse zusammen. Seit zwei Jahren sind wir online und haben etwa zweieinhalbtausend Abonnenten, Einnahmen aus den beiden Büchern, die Akademiekurse verkaufen sich prächtig, die Wäschesparte schwächelt. Entweder ist der Markt gesättigt oder wir haben den Bogen bisher nicht raus, selbst der Marlène-Käfer krabbelt besser über den Ladentisch. Habe ich was vergessen, Miri?«

»Passt, die finanzielle Lage ist entspannt, das Haus ist nicht unter den Hammer gekommen, meine Wohnung ist bezahlt, Flo hat einen Job gefunden und Anfragen nach Veranstaltungen trudeln ein.«

»Wir haben Corona überstanden, gesund und nicht insolvent. Ohne eure Hilfe wären Jonas und ich obdachlos.«

»Quatsch, egal was passiert wäre, wir hätten euch bei uns in die Bude gequetscht.«

»Danke. Die zwei Jahre haben uns gelehrt, sich nie auf ein finanzielles Standbein zu verlassen, sondern einen Plan B in der Schublade zu haben.«

»Wenden wir uns dem eigentlichen Grund dieses Treffens zu. Was macht unser Filmstudio in Zukunft? Das alte Leben erobert seinen Platz zurück. Flo an drei, bei mir vier Tagen die Woche, ihr drei seid an den Wochenenden unterwegs und die

Vorbereitungen für gebuchte Feiern verschlingen eure restliche Zeit.«

»Ist der Schwung raus? An der Lust liegt es nicht, mir macht es Spaß, wie beim ersten Dreh.«

»Wie bei mir, Laura. Ich glaube, wir bringen zu wenig Zeit für neue Inhalte auf. Im letzten Monat haben wir einen Tag die Woche zusammengesessen und Szenen erfunden und umgesetzt.«

»Das spiegelt sich in den Abozahlen wieder, sie sind rückläufig«, nennt es Nora beim Namen.

»Die richtige Herausforderung steht erst vor der Tür. Bisher war ich kein Opfer mehr, was ist nach der Geburt?«

»Ein Dilemma. Marlène ist Zuschauermagnet und im Cast nicht beliebig austauschbar.«

»Jonas hat recht. Ich bin nach der Babypause in der Theorie wieder voll einsetzbar, mir schwirrt einiges durch den Kopf. Alles dreht sich um das Thema, wie ich, nein wir, Phoebe – ich hoffe auf ein Mädchen – da raushalten. Wenn sie eingeschult wird und die Mitschüler rausbekommen, dass ihre Mutter nackt im Internet zu sehen ist, kann sie einpacken.«

»Hören wir auf?«, fragt Flo.

»Das ist die Frage. Ich habe jede Minute genossen, mit und ohne Kamera. Aufhören ist keine Option, stures Weitermachen genauso nicht, früher oder später nagt der Zahn der Zeit und wer bezahlt für den Anblick alter Schachteln? Wann ist der richtige Zeitpunkt für den Absprung?«

»Normal, nie. Das Baby in dir ändert alles.«

»Lasst da jemanden mit Lösungsideen ran.«

»Wen denn, Flo?«, frage ich keck. »Kennst du da jemanden?«

»Er hat dich geschwängert. Hört zu, wir erfinden Marlène neu.«

»Ach ja, du stellst deine Frau aufs Abstellgleis, war klar«, spiele ich die Beleidigte und drehe ihm den Rücken zu. »Erst ein

Kind reinschieben und dann abservieren, dir ziehe ich mit den Alimenten jeden Cent aus der Tasche.«

»Quatsch, anders. Du bleibst mein Herzblatt, wir lassen die Rolle der Marlène auslaufen und bauen eine neue Figur auf.«

»Mister Snake wird nicht begeistert sein.«

»Unsere Frage für die Zukunft lautet nicht: ›Wie hätte es Marlène gespielt?‹, sondern im Gegenteil welche Highlights der neue Charakter zeigt.«

»Klingt plausibel. Ich frage mich, wie an eine Mitspielerin kommen? Eine Annonce ›Suche SM-Darstellerin‹ stelle ich mir schwierig vor. Wer sich da meldet, ist Profi und abgebrüht.«

»Darf ich den Dialog unterbrechen?« Jonas meldet sich zu Wort. »Wir haben alles hier. Nora ist bisher kaum aufgetreten, sie versteckt sich ständig hinter ihren Objektiven. Das ändern wir, Flo war ihr Assistent an der Kamera, wir befördern ihn.«

»Ich wusste, ihr merkt es irgendwann.«

»Komm, du hast von uns den kleinsten Filmanteil. Keine Kritik, es hat sich eingespielt. Im nächsten Video bist du unsere Hauptdarstellerin.«

»Okay, Miri, ich bitte um einen echten Straßenfeger zum Start, woran sich das Publikum lange erinnert.«

»Da hat der weltbeste Ehemann die nächste Idee. Bisher haben unsere Videos schmerzhafte oder unangenehme Quälereien gezeigt. Für Nora drehen wir den Spieß um, bespaßen und verwöhnen sie.«

»Das verstehe ich nicht«, antwortet Nora.

»Du wirst es. Ich erkläre, wie mir das vorschwebt. Nora darf ich dich bitten, die Runde zu verlassen? Du bist Mittelpunkt, es bereitet dir mehr Gänsehaut, wenn du ahnungslos bist. Nicht in dein Zimmer, das ist zu hellhörig.«

»Ist es heftig? Muss ich mir Gedanken machen?«

»Nicht die Bohne, du wirst es lieben und einen Hauch hassen.«

»Einverstanden, ich schaue in meiner Wohnung nach dem Rechten. Bis später, und macht nichts, was euch peinlich wäre, es einem Notarzt zu erklären.«

Die nächste Stunde diskutieren wir den Vorschlag mit den Details. Das Equipment ist vorhanden, der Playroom erhält eine Anpassung, die die Männer im Anschluss problemlos umsetzen. Zusammengefasst filmen wir heute Abend eine neue Erfahrung, die niemand von uns bisher erlebt hat. Ein Novum ist der Drehplan, die erste professionelle Produktion. Nach zähem Ringen entscheiden wir uns dafür, die Geschichte erzählt sich besser, wenn die Handlungsreihenfolge klar ist.

Showtime

Florian, der frisch beförderte Kameramann, hat gleich die Regie mitübernommen und ist in seinem Element.

»Meine Kamera ist geladen und mit leerer Speicherkarte bestückt, sind die stationären Kameras einsatzbereit und filmen?«

»Jupp!«

»Ist das Set fertig?«

»Startklar.«

»Temperaturcheck, friert jemand?«

Einhelliges Abwinken.

»Nora, offene Fragen?«

»Keine, bin Vanessa, vergessen? Ich freue mich.«

»Warte vor der Tür. Miri, du hast die Rolle drauf?«

»Nicht Miri, die nächsten Stunden bin ich Marlène und die hat ihren Text gelernt.«

»Jonas, warte draußen, deine Frau holt dich.«

»Konzentration und Action!«

Ich starte das Intro. »Hallo, Fangemeinde. Begrüßen wir die heutige Hauptdarstellerin. Stammkunden kennen Vanessa, die neuen Besucher lernen sie lieben.«

Laura alias Sanné geleitet Vanessa ins Séparée auf den Thron. In dem Mini sieht sie umwerfend aus, damit verdreht sie einigen männlichen Zuschauern den Kopf und die Frauen unter unseren Kunden werden neidvoll auf das kommende Erlebnis schauen. So geil bekleidet habe ich sie nie erlebt, schwarz vom Scheitel bis zur Sohle. High-Heel-Sandalen mit Lederriemchen, einen Minirock, ein Nichts als Stoff, bauchfrei, einen funkelnden Stein im Bauchnabel, schmale Seidenbändchen geschnürt, wie ein Bustier und als i-Tüpfelchen ein Lederhalsband mit Öse. »Willkomme Vanessa. Wie fühlst du dich?«, frage ich.

»Danke, ich freue mich auf die nächsten Stunden.«

»Dein Outfit gefällt mir, es ist umwerfend, zeig dich unseren Zuschauern.«

Sie steht auf, dreht Pirouetten. Bei der zweiten Umdrehung stoppt sie, präsentiert ihre Heckpartie.

»Nichts drunter, ich hoffe, dir gefällt die Aussicht.«

»Fantastisch! Was vermutest du, was dich erwartet?«

»Ein neuartiges Erlebnis. Wenn ich mich umschaue, sieht es aus wie immer.«

»Stimmt, deine Aufgabe ist es, uns zu genießen. Das Andreaskreuz hat eine Funktion, die du bisher nicht erlebt hast.«

»Bevor wir losgehen, bestätige, dass du dich freiwillig Jonas und Florian auslieferst und mich wie Sanné ohne Hemmungen genießen wirst.«

»Freiwillig – ich kann es nicht erwarten.«

»Sanné, führ unseren Star zu ihrem Erlebnisplatz und bereite sie vor.«

Vanessa lässt sich zu dem Kreuz geleiten, das Oberteil auszuziehen und sich, wie bisher die Männer, fesseln. Die beiden zelebrieren die Vorbereitung, mit einer Menge an zärtlichen Berührungen. Das war nicht geplant und sorgt bei mir für Kribbeln, Frauen wissen sich zu erfreuen.

Mein Einsatz, Flo schwenkt durch die Szene, filmt das scharfe Marlène-Bunny, wie es sich für den Penisknebel mit dem Loch aus dem Sortiment entscheidet. Die Szene weckt Erinnerungen an Spiele mit mir, dieser penisförmige Schmeichler hatte mich bei zwei berührenden Sessions verstummt.

»Vanessa, dieser Knebel gastiert in dir und dämmt dein Quietschen. Mund auf.«

»Ja, Marlène.« Sie öffnet den Mund und lässt mich gewähren.

»Der Silikonschwanz ist kurz, um dich nicht zu belästigen und ausreichend dick, Protest zu verhindern. Ich spreche aus Erfahrung. Gleichzeitig verhindert er Kopfbewegungen, ich klipse ihn an der Kopfstütze fest.« Eine spitzenbesetzte weiße Augenbinde rundet die Vorbereitungen ab.

Ich laufe um unser hilfloses Opfer herum, Finger gleiten über ihre Haut, Flos Kamera folgt. Sie versucht, sich zu entziehen, die Fesseln halten sie in Position. In Gedanken durchlebe ich beide Seiten, Vanessa das unwissende Opfer und mich die Schicksalsbringerin. Ich vermute, sie hadert wie ich damals, mit sich und hofft, dass es beginnt.

Mit einer Handbewegung deute ich auf die Geknebelte. »Sanné, übernehmen Sie Ihr Opfer.« Unser Spielzeug zuckt zusammen, es wird ernst. Sie liegt meilenweit daneben.

»Es wird ihr und mir ein Vergnügen sein.«

Florian filmt Sanné, die sich mit einem heißen Striptease Vanessa vornimmt. Das Publikum wird es lieben, ich beneide beide.

Die Zärtlichkeit erweckt den Eindruck, dass die Akteurinnen die Kamera, Flo und mich ausblenden. Sanné ist in ihrem Element und verwöhnt ihr Opfer, wie ich bei dem Kitzel-Video,

Vanessa entspannt. So sieht zufriedenes Lächeln durch einen Knebel aus. Dieses Gefühl erlebte ich in mir, mit der Chance mich fallen zu lassen und zu genießen.

Sanné verwöhnt die wehrlose Vanessa, die die Aufmerksamkeiten aufnimmt wie eine Verdurstende am Wasserspender. Sie ist solo, ob sie Nachholbedarf hat? In einer Stunde ist sie befriedigt, Flos Idee funktioniert.

Enttarnt

»Was hast du angestellt? Der Chef will dich sprechen.«

Maria, die Assistentin des Geschäftsführers, überfällt mich am Telefon.

»Ich habe keinen blassen Schimmer. Der Monatsschluss ist durch, die Vorplanung des nächsten Halbjahres für das Meeting ist vorbereitet.«

»Um zehn Uhr im Besprechungsraum. Er ist guter Laune und wird nicht mit dir schimpfen. Komm gleich hoch, wir trinken vorher einen Kaffee.«

»Bis gleich.«

In letzter Zeit hatte ich deutlich mehr zu tun, ich glaube nicht, dass in dem Abschluss was falsch ist, das Controlling hätte die Nachfrage gestellt. Ich lege auf dem Weg einen Stopp zum Spülen meiner Glückstasse ein, mit der geht nichts schief.

»Hallo, Miriam, bist du gerannt?«

»Bin über die Treppe, wenn der Chef ruft, eilt man und euer Vollautomat besser, ihr habt richtige Milch für die Latte. Huschen wir in die Küche, meine Tasse wartet auf Füllung, heute bitte einen Fencheltee.«

»Du weißt, dass du rauf kommen und dich bedienen darfst, die Maschine ist für alle offen, du kennst den Alten, der sieht das locker. Moment, Tee? Na gut, öfter mal was Neues.«

Maria ist die gute Seele der Etage, ein Geschäftsführer ist nur so erfolgreich wie sein Vorzimmer. Das erklärt, warum es unsere Firma mit einem dicken Plus aus Corona geschafft hat. Wir haben alle eine Bonuszahlung erhalten.

Wir stehen in der Küche und plaudern, da läuft Herr Bach vorbei.

»Prima, Sie sind hier, Frau Korn. Bringst du das bitte in mein Büro, Maria, und von dort die Unterschriftenmappe in den Konferenzraum. Stefan soll in zwanzig Minuten nachkommen, nicht früher.«

Er drückt ihr einen Stapel Briefe in die Hand. Herr Bach macht jeden Tag seinen Rundgang durch die Werkstätten und holt sich die Post vom Pförtner selbst ab. Ich glaube, das ist Tradition bei ihm, er hält Kontakt zu seinen Arbeitern. Warum lädt er die einfache Buchhalterin zur Audienz, zusätzlich mit dem Prokuristen, der die Finanzen leitet?

Er führt mich mit Small Talk über das Wetter der letzten Tage in den Besprechungsraum.

»Suchen Sie sich einen Platz aus. Meine Empfehlung ist das andere Ende des Tisches, die Aussicht von dort ist phänomenal, ich entspanne hier, wenn ich eine Ablenkung vom Geschäft suche.«

Er hat recht, die Sicht über die Stadt und das grüne Umland ist noch besser als der Balkonblick von meiner Wohnung. Es wird ernst, ich bin nervös und so blassweiß wie einst die Prinzessin im Märchen. »Seien Sie nicht angespannt, Frau Korn. Es warten keine Standpauken oder die Entlassungspapiere auf Sie.«

»Warum bin ich dann hier?«

Maria unterbricht und reicht die gewünschte Mappe rein. Beim Rausgehen klopft sie mir, wenn ich es nicht besser wüsste, anerkennend auf die Schulter.

»Berechtige Frage. Ich fasse mich kurz. Sie haben von Stefan in letzter Zeit Mehrarbeit erhalten, manche harte Nuss. Das war in voller Absicht, ein Test. In zwei Jahren tritt der Leiter unserer Buchhaltung den Ruhestand an und ich möchte Sie zu seiner Nachfolgerin aufbauen. Sie leisten hervorragende Arbeit und haben die Zusatzaufgaben der letzten Wochen mit Bravour gemeistert. Normalerweise wären Sie in einem halben Jahr bereit, den Posten anzutreten, Ihre Schwangerschaft verlängert es jedoch. Verstehen Sie mich nicht falsch, gönnen Sie sich und dem Baby die Elternzeit, die Sie brauchen. Wir warten auf Sie.«

Zum Glück liegen Servietten auf dem Tisch, mir kullern Tränen. Gestern haben Flo und ich besprochen, wie wir in Zukunft beruflich weitermachen, wenn Phoebe da ist. Eben wer eine Auszeit nimmt, ohne den Job zu riskieren und heute dieses Angebot.

»Nicht weinen, ich bin schlecht im Trösten, bitte. Egal, wie Sie sich entscheiden, Ihren Job behalten Sie und wenn ich ihren Arbeitsplatz persönlich warmhalte.«

»Ich bin nah am Wasser gebaut, das passiert von allein, wenn mir was zu Herzen geht.«

»Eines habe ich zu ergänzen, das bekämen Sie auf Ihrem zukünftigen Posten ohnehin raus. Ich betone, dass mir Ihre Leistungen lange vor Corona aufgefallen sind und ich Sie als Chefin der Buchhaltung im Auge hatte.«

»Ich danke Ihnen, aber ich verstehe nicht.«

»Ich habe Ihnen und dem Treiben in der WG von Anfang zugeschaut, mein Nick ist Mister Snake.«

Meine Gesichtsfarbe, weiß wie Schnee, wandelt sich schlagartig auf Rot wie Blut – ist das peinlich. Der Boden soll aufgehen oder ein Komet die Erde durchbohren, Hauptsache ich verschwinde.

»Mit der Reaktion habe ich gerechnet und vorher lange mit mir gerungen, ob ich es verheimliche. Sie hätten das Konto früher oder später in den Büchern gefunden, es ist nicht astrein, die Firma zahlen zu lassen, aber sie gehört mir. Meine Wahl für Sie hängt nicht von dem ab, was Sie die letzten beiden Jahre gefilmt haben, obwohl es schwer zu glauben ist. Ich würde es mir nicht abnehmen.«

Hat der Komet Verspätung, reist er mit der Bahn an? Sonnenschein, keine Wolke am Himmel und nichts deutet auf Weltuntergang. Wie weggeblasen ist die hart erarbeitete Selbstsicherheit. Am besten kündige ich, ziehe nach Neuseeland und greife den Plan wieder auf, Alpakas zu züchten.

»Mir ist klar, Ihnen fehlen die Worte ... wenn Sie es wünschen, schaue ich nie wieder zu. Ich habe es keinem erzählt, sie laufen weiterhin beruhigt durch die Gänge. Kompliziert, ich verstehe Sie. Ein Vorschlag: Sie machen Feierabend und beraten mit Ihrem Mann das Angebot. Wir reden nie wieder über das Haus, einverstanden? Gleich kommt Stefan und erklärt Ihnen das Angebot. Bleiben Sie sitzen, ich fange ihn draußen ab.«

Herr Bach verschwindet, ich starre in die Leere des Himmels. Er ist blau, nie macht das Universum, was erwartet wird, kein Sturm, Erdbeben oder Großfeuer, es bleibt die Alternative, mich der Situation zu stellen. Laura hatte eine Maske angeboten, mir fallen meine Worte wieder ein: »Ich bin bereit für den finalen Schritt, keine Maske.« Ich war und werde bereit sein, mir war und ist bewusst, dass die Welt zusieht. Ich warte nicht ab, bis Chefchen zurück ist und öffne die Tür.

»Kommen Sie rein, wenn Sie im Gang stehen, ändert sich nichts.«

Er nimmt Platz und wir schauen beide zum Horizont.

»Erinnern Sie sich an Ihren ersten Auftritt bei uns? Sie sind mitten in einer Besprechung in mein Büro geplatzt und haben gefragt, wer in der Bude die Praktikanten einstellt.«

»Sie haben mich nicht vor die Tür gesetzt, obwohl dieser Duttfisch, Ihre Sekretärin, ich glaube, sie hieß Schneider, hinter mir in Schnappatmung verfiel.«

»Es war ihr vorletztes Jahr vor der Rente und Sie haben die Gute ausgetrickst, als Erste, solange sie mein Vorzimmer bewacht hat. Ich habe das Leuchten in Ihren Augen wahrgenommen, Ihren Ehrgeiz bewundert, das Ziel, Ihr Praktikum zu erreichen.«

»Haben Sie mich zur Strafe für Frau Schneider als Schülerpraktikantin eingestellt, weil Sie ihr Büro nicht bewacht hat?«

»Nein, die Entscheidung hat die Personalabteilung getroffen. Ich habe denen verklickert, sie sollen eine passende Aufgabe für Sie finden. Frau Schneider war, trotz oder wegen Ihres ersten Auftretens, von Ihnen begeistert. Sie war diejenige, die mir ein Jahr später Ihre Bewerbung um den Ausbildungsplatz untergeschoben hat. Wir beide haben auf Sie aufgepasst.«

»Die Geschichte der Schülerin, die es bis zu Ihnen ins Büro geschafft hat, war wochenlang Gesprächsthema. Später in der Ausbildung habe ich Ihnen die haarigen Aufgaben zugeschoben, mit Erfolg«, ergänzt der Prokurist. Ich habe nicht mitbekommen, wie er zu uns in den Besprechungsraum gekommen ist.

»Das hat mir regelmäßig Wochenendarbeit beschert und ich habe es gerne gemacht.«

»Dieser Fleiß hat Ihnen die Urkunde als Jahrgangsbeste eingebracht.«

Der Konferenzraum füllt sich: meine Abteilungsleiterin, Stefan, Maria und Herr Bach – arbeitet heute keiner? Es fehlen ein paar Horsd'œuvre und alkoholfreie Cocktails und die Party stiege.

»Ich brauche keine Bedenkzeit, ich akzeptiere Ihren Vorschlag. Es ist nicht relevant, was Sie miterlebt haben, ich stehe dazu, schauen Sie in Zukunft weiter.«

»Was meinst du?«, fragt Maria.

»Ich weihe dich im Anschluss ein.«

»Wie ausgetauscht. Vor einem Augenblick haben Sie keine zwei Worte rausbekommen und nun die Gelassenheit in Person. Sie sind die richtige Wahl für den Posten, Sie bringen den Laden auf Vordermann.«

»Ich danke für die Vorschusslorbeeren und versuche, dem Anspruch gerecht zu werden.«

»Alle wieder an die Arbeit und Sie ab in den Feierabend, versprochen ist versprochen.« Herr Bach spricht ein Machtwort.

Auf dem Rückweg quetscht Maria mich aus. Ich beschreibe ihr in Kurzform das Haus, offen und gelassen, als würde ich die Grundregeln des Buchens zitieren.

»Das ist ein Ding! *Das Weihnachtsglück* hast du geschrieben? Ich habe es verschlungen und in jeder Zeile mitgefiebert. Das Ende ist ein Cliffhanger, oder? Planst Du zu schreiben, wie es weitergeht? Marlène und Miriam, ich hätte es ahnen können und wenn ich platze, ich behalte es für mich, Ehrenwort. Nicht sauer sein, ich google Marlène heute Abend.«

»Du wirst staunen. Ich schenke dir morgen eine signierte Weihnachtsglückausgabe. Von *Nordsee mit Sarah* habe ich leider keine Belegexemplare mehr.«

»Das habe ich bisher nicht gelesen und werde es nachholen. Ist es ähnlich spannend?«

»Ist ein anderes Genre, Florian hat es geschrieben. Wir haben unter meinem Namen publiziert.«

Am Fahrstuhl verabschiedet sie sich mit Knuddeln bei mir. »Bis morgen, ich freue mich für dich, du hast den Job verdient.«

»Woher weißt du? Stimmt, du tippst die Korrespondenz selbst, oder?«

Sie nickt, während die Fahrstuhltür sich schließt.

Sechser

Am nächsten Morgen wartet statt Arbeit Maria auf mich.

»Hi, Miriam.« Sie stürmt an meinen Schreibtisch. »Ich platze vor Neugierde und Neid.«

»Guten Morgen. Du siehst nach einer durchzechten Nacht aus. Hast du schon einen Kaffee intus?«

»Jaja, nicht ablenken. Ist das echt, was ich gefunden habe?«

»Setz dich und der Reihe nach. Wovon redest du? Zuerst die versprochene signierte Ausgabe. Wir haben alle unterschrieben. Das Herzchen ist von mir.«

»Ich habe die halbe Nacht am Laptop verbracht und dir zugesehen. Am Wochenende hechle ich den Rest von euch durch und *Nordsee mit Sarah* habe ich heute vorm Aufstehen angefangen. Ich würde mit Sarah tauschen.«

»Langsam. Es freut mich, dass es dir gefällt. Wehe, du erzählst es jemanden, das ruiniert meinen tadellosen Ruf.«

»Verstehe, hier lammfromm und im Internet die Sau rauslassen. Woher willst du wissen, dass nicht mehr aus der Firma zuschauen und in welchen Spinden dein Marlène-Käfer krabbelt?«

»Erinnere mich nicht. Beim Start habe ich mich bewusst gegen die Maske entschieden. Weißt du was? Leg das Buch weg, konzentriere dich auf die Arbeit, wir trinken nachher einen Tee und quatschen.«

»Einen Cocktail im *Maisys*? Welchen Drink hat dir dein Zukünftiger spendiert?«

»Einen Aperol. Die Idee gefällt mir, da war ich lange nicht mehr. Sie haben leckere alkoholfreie Varianten. Haben die Corona überlebt?«

»Ja. Die Bar war eine Zeitlang geschlossen, sie haben mit einem neuen Motto wiedereröffnet. Stimmt, du bist schwanger. Lieber eine Eisdiele mit Spaghettieis?«

»Mit Eis fängst du mich. Hol mich ab, wenn du oben fertig bist; bleibt es sonnig, sitzen wir im Wintergarten.«

Zum Glück ist die Etage um diese Uhrzeit verwaist. Nicht auszudenken, wenn einer gelauscht hätte. Mit einem Tee bewaffnet zeige ich den Belegen und Rechnungen, wer die Hosen an hat. Buchen lenkt mich davon ab, nachzugrübeln. Ob die Kollegen in Zukunft anders reagieren? In zwei Jahren bin ich ihre Chefin, zumindest habe ich beschlossen, in dem Büro zu bleiben, oben ist die Aussicht besser, hier der Zusammenhalt der Abteilung. Der Wurm ist drin, nicht mal das stupide Erfassen der heutigen Eingangsrechnungen lenkt ab. In Gedanken spiele ich durch, wie meine Mailsignatur mit ›Leiterin der Buchhaltung‹ aussähe. Diese Tasse ist zu klein, ständig ist der Tee alle. Ich pendle zwischen Büro, Küche und Toilette, was rein geht, will später wieder raus.

Maria erwischt mich bei einer Runde am Wasserkocher. »Bist du startklar?«

»So früh? Es ist erst Mittag durch.«

»Halb vier, wo warst du mit deinen Gedanken? Pack ein, die Belege sind morgen nicht verschwunden, der Sonnenschein draußen hält nicht ewig.«

»Überredet. Ich sperre den Computer und ab zum Softeis.«

»Dänisches, ich bin im Bilde. Ich zeige dir meinen Geheimtipp.«

Maria hat nicht untertrieben. Als Connaisseuse soften Eises ist es mir ein Rätsel, wie es dieses Café geschafft hat, sich vor mir zu verstecken.

»Ist das lecker, hier esse ich in Zukunft öfter.«

»Ich bin im Sommer Stammgast. In der Erdbeersaison holst du mich nur mit einer Rettungsschere hier raus, so geil schmeckt das Eis.«

»Wo bitte isst du die Kalorien hin? Ich genieße ein Eis und die Waage hat einen Lachanfall. Sag nicht, du gehst jeden Tag joggen.«

»Schwimmen, zweimal die Woche und ich reite.«

»Dieses versaute Hobby sieht man dir nicht an. Wo angelst du dir die Fitnessmänner?«

»Ich besitze ein Pferd, ich glaube, ich finde nie einen passenden Partner.«

»Ging mir ähnlich. Du hast die Anleitung gelesen, wie einfach es war, mir den Traummann zu angeln.«

»Ich habe keinen Cousin oder eine Mädelsrunde. Schlag es gar nicht erst vor, ein One-Night-Stand kommt nicht infrage.«

»Den Frauenabend beleben wir wieder. Laura, Nora, Sarah, du und ich. Als Fünferrunde rocken wir das Dorf.«

»Meinst du, ich passe in die Runde?«

»Wie Faust auf Auge. Wir weichen ab, du hattest heute früh Fragen ohne Ende.«

»Die haben sich vermehrt. Herr Bach ist in Frankfurt zur Messe, sturmfreies Büro und ich habe die Zeit mit Patrick an der Nordsee verbracht. Ich brauche einen Mann mit Whirlpool, ich bin eifersüchtig auf eine Romanfigur.«

»Aus eigener Erfahrung: Sex im Pool klingt geiler, als es ist.«

»Wieso, in deinen Videos sieht das voll scharf aus.«

»Du hast keine Ahnung, was wir alles rausgeschnitten haben, bis man das Ziel erreicht, die Szene echt wirken zu lassen.«

»Ist das Video von den Striemen auf deinem Po oder das der blauen Hoden wenigstens authentisch? Du wirst rot, Volltreffer, oder?«

»Die Striemen waren echt, wie die Schmerzen, die es dafür gebraucht hat. Ich habe jede Sekunde genossen.«

»Und das andere Video?«

»Fast echt. Nora hat die kurzen Szenen rausgeschnitten, bei denen sie verwackelt hat.«

»Da dachte ich sofort an Schauspielerei, dein Mann hat sich freiwillig hingelegt?«

»Hat er – wie Jonas. Steht alles im *Weihnachtsglück*.«

»Ich habe es gelesen, nicht geglaubt und mir dennoch gewünscht, das live zu erleben.«

»Du bist nicht die Einzige. Hast du die Kommentare gelesen? Warte, du hast das Video komplett gesehen? Das ist hinter einer Bezahlschranke.«

»Ja, ich habe euch gestern Nacht abonniert. Die Bemerkungen unter dem Video sind von Männern, die hinhalten wollen, mir reicht der Platz in der Loge. Nachher ist die Kurzfilmreihe an der Reihe, der Vorspann ist heiß.«

»Halt fünf Minuten inne, die Filme laufen dir nicht weg, du schläfst diese Nacht durch.«

»Menno, ich entdecke, dass ich nicht allein mit meinem Feti..., ähm, Fantasien bin.«

»Wo Pornos in jedem Genre frei im Internet stehen, wundert mich das ... stopp, habe ich das richtig verstanden? Welchen Fetisch hast du?«

»Verplappert. Pornos sind langweilig, das Meiste ist öde, und zuschauen nicht befriedigend.«

»Du lenkst ab, raus mit der Sprache.«

»Nach dem nächsten Eis fahren wir zu mir und ich zeige es dir. Keine Angst, ich bin keine Psychopatin.«

»Dann los, bis wir im Auto sind, ist das Eis intus. Ich schreibe Flo eine Nachricht, dass es später wird.«

24.11.2021

Hallo Filo,

ich komme von Maria heim. Sie ist der neuste Abonnent unserer WG. Ich kenne jetzt zwei Menschen persönlich, die für unsere Auftritte bezahlen und Fans sind. Sie hat mir ihren Fetisch gezeigt: Latex. Auf die Idee sind wir nie gekommen, ein dankbarer Absatzmarkt.

Das Material ist erregend, glatt, mit kalter Wärme. Ich habe sie eingeladen, unsere Beraterin in dem Themenbereich zu werden. Im Hinterkopf brütet die Idee, ihr den Wunsch zu erfüllen, Zuschauerin zu sein, wenn ich eine Gelegenheit finde, Flo zu fragen, ob er mitspielt.

Es läuft, die Sorgen der letzten Wochen lösen sich in Luft auf. Entgegen aller Schwarzmalerei bin ich schwanger. Bevor du fragst: von Flo. Die Schwimmer von Jonas hatte ich das vergangene halbe Jahr nur im Mund. Nach der Babypause ist der Job sicher, inklusive Beförderung. Flo ist in Babystimmung, jeden Tag hat er neue Ideen, was das Baby braucht, das wird eine Luxusgöre – smile.

In gut zwei Jahren steht der Rückzug in das alte Leben an. Hier ist es zu eng für drei. Gestern Abend haben wir uns geeinigt, in Zukunft weiter miteinander zu spielen und Filme zu produzieren, als Hobby – zum Geldverdienen ist es nicht mehr notwendig.

Ich glaube, ich habe Ersatz für die Rolle der Marlène gefunden, in Maria steckt ungehobenes Potential. Die einzige Herausforderung ist ein Pseudonym für sie zu finden. Julia gefiele mir und ob sie oder die anderen mitmachen, ich bin dafür. Das Team erweitert sich zu einem Sechserpasch, bis ich langsam in den Hintergrund trete.

Bis morgen, treue Freundin, ich geselle mich auf einen Apfelsaft zu den anderen.

Bussi, Miri.

Recycling

»Da bist du ja. Deine Nachricht war mysteriös, was hat die Chefsekretärin dir gezeigt?« Flo empfängt mich mit einer Umarmung.

»Haltet euch fest: Maria ist ein echter Fan von uns. Sie hat mein Buch gelesen und ist dabei, die *Nordsee* zu verschlingen. Sie hat uns gestern Nacht abonniert und ist begeistert.«

»Ein zahlender Kunde mehr, perfekt. Das hättet ihr genauso im Büro bequatschen können.«

»Stimmt, aber sie hat keinen Teil ihrer heißen Sammlung an Latexkleidung auf Arbeit getragen. Es fühlt sich geil an. Warum haben wir nie dran gedacht, es in unsere Filme einzubauen?«

»Ich bin sicher, wir kratzen bisher nur an der Oberfläche der Sexerlebnisse. Du strahlst über beide Ohren, du denkst weiter, oder?«

»Ich war so frei, sie für Sonntag einzuladen, um uns Stücke ihrer Kollektion zu präsentieren.«

»Modenschau? Hat sie scharfe Kurven? Ich bin dabei.«

»Ach Jonas, sind dir die drei Ladys nicht ausreichend?«

»An euch kenne ich jeden Zentimeter und keiner davon war in Gummi gekleidet.«

Laura greift ihren Mann in den Schritt. »War ja klar: steif. Ich höre eine Entschuldigung.«

»Spiel weiter, du hast ein begabtes Händchen. Was kann ich dafür, wenn er seinen eigenen Kopf hat? Ich habe mir vorgestellt, wie ihr in Latex aussieht.«

»Die Männer sind einverstanden«, ergänzt Flo. »Die Show lasse ich mir nicht entgehen.«

»Ich rufe an und frage, ob sie schon Samstag Lust hat, da haben wir mehr Zeit. Gegenstimmen?«

»Einverstanden, Schwester. Du bist überzeugt, die Männer scharf, ich neugierig und du Laura?«

»Bin kein Spielverderber, ich mache mit. Ihr Männer behaltet eure Finger und Verhärtungen an euch, klar?«

»Bist du eifersüchtig? Dafür besteht kein Grund, du weißt, ich schaue herum und spiele an dir.«

»Dann wird Kleinjonas nichts gegen ein paar Tage Einzelhaft haben?«

»Nicht die Bohne.«

»Bin gleich zurück und du ziehst blank.«

»Gleich? Auweia. Erlaubst du mir vorher einen Abgang?«

»Fünf Minuten Handbetrieb sind genehmigt.«

»Das schaffst du, Schatz, du bist talentiert.«

»Du verstehst das falsch, selbst ist der Mann.«

»Öde.«

»Deine Zeit läuft, mein Mann, meine Regeln. Wo willst du hin?«

»Ins Bad, die Zeit nutzen, was denkst du?«

»Nope, in der Runde. Sei froh, dass keine Kamera bereit liegt und sau zum Schluss das Sofa nicht so ein.«

»Vergiss es.«

»Dann bleibst du bis Sonntag geladen, vier Minuten.«

»Fies. Ich mache es ja, wehe, ihr schaut.«

Wir drei Mädels starren gebannt auf Jonas' Schritt, er lässt die Hose fallen. Faszinierend, bisher habe ich keinem Mann beim Masturbieren zugeschaut, Flo und ich hatten es vor, haben es regelmäßig verpeilt. Es ist lustig, verzogenes Gesicht und hektische Bewegungen aus dem Handgelenk. Die Technik merke ich mir, das sieht weniger anstrengend aus als meine Methode, den ganzen Unterarm zu schwingen. Jonas wichst gleichmäßig, keine Anzeichen erkennbar, wann er kommt.

»Drei Minuten«, Laura holt mich aus den Gedanken.

»Freu dich Flo, ist er fertig, bist du der Nächste«, feixe ich.

»Keinesfalls.«

»Kannste glauben«, mit einem Lächeln widme ich meine Aufmerksamkeit Jonas' Aktivitäten. Das Bild hat sich nicht geändert, lockeres Rubbeln aus der Hand, sein Arm liegt auf der Seite, entspannte Methode. Im Ganzen langweilig, ich hatte mehr erhofft.

»Passiert bei dir genauso wenig?«, frage ich flüsternd.

»Ja, warum sollte ich mehr machen? Es ist effektiv und führt zum Ziel. Die Aktion findet in Gedanken statt. Schau hin, er kommt.«

Flos Vorahnung ist richtig, Jonas spritzt wenige Sekunden später.

»Warum macht er weiter, er ist doch gekommen?«

»Warte, er hört in zwanzig Sekunden auf.«

Wieder richtig, woher weiß er ... Miri, denkst du langsam. Flo hat lebenslang seine Technik verfeinert und übt bestimmt noch heute heimlich.

»Geile Vorstellung, Jonas. Ich wusste, du kannst nicht widerstehen. Ich hole den Käfig, du wäschst dich.«

Die beiden verschwinden die Treppe rauf.

»Meinst du, die kommen heute wieder runter?«

»Nö, wir bleiben zu dritt. Flo, du bist dran, zeige mir und deiner Frau, was du in den Jahren als Single täglich trainiert hast.«

»Vergiss es! Ihr versucht, es nachzumachen. Jonas hat gezeigt, wie es perfekt geht. Ihr habt die ganze Nacht zum Üben.«

»Gegenvorschlag. Du zeigst uns deine Technik und wenn dein strammer Bursche anschließend noch kann, probiere ich es.« Sie wendet sich an mich: »Erlaubst du, Schwesterlein?«

»Klar, Nora. Wir teilen ihn, geschwisterlich. Zieh dich aus, Flo, ich hole den Schlüssel.«

Als ich zurückkehre, ist Nora dabei, sich den Käfig und den darin gefangenen Penis näher anzuschauen.

»Die Käfighaltung bei Männern ist besser als ihr Ruf, sieht schmuck aus. Freier Zugriff auf den Hoden und der Schwanz stört nicht beim Spielen.«

»Muss ich wirklich vor euch beiden wichsen?«

»Er hat recht, warum nur vor uns?« Ich zücke mein Handy. »Das neue Teil hat eine super Kamera, da bleibt nichts verborgen. Die Welt freut sich, zu sehen, wie du dich vor uns befriedigst.«

»Spinnt ihr? Niemals, das ist peinlich.«

»Gib mir den Schlüssel, Miri.«

»Hier, wozu?«

Sie hält den Schlüssel Flo vor die Nase und wedelt. »Ich habe beide Exemplare und lasse dich erst frei, wenn du bereit bist. Überleg es dir, morgen lege ich die Messlatte höher. Vor uns, deine Frau filmt oder ab morgen als Livestream in die Welt. Den heutigen Film bearbeite ich und schneide dein Gesicht raus, live zeigen wir jedes Detail.«

»Das ist gemein, Miri, tu was.«

»Ach Schatzi, was ist dabei, würge kurz die Schlange und gut ist.« Ich drehe mich und flüstere ihm zu: »Ich hole einen Löffel und wir lassen Nora stauen wie du schluckst, dafür ohne Video. Heute Nacht bleibt Leo draußen. Wenn du magst, fall über mich her, wenn dir nach ist.«

Mit ungläubigem Blick nickt er.

»Hey, nicht tuscheln.«

»Ehegattengeheimnis. Warte, ich hole Zubehör und habe Flo versprochen, das Handy wegzulassen. Schließ ihn auf und bringe Leo auf Stand.«

Nora wird staunen, Flo hat ohne Feilschen zugestimmt, sich anzufassen und zu versuchen zu schlucken. Erst bockt er und ist jetzt gewillt, sein versautes Geheimnis preiszugeben, ich bin erstaunt. Der Löffel vom Salatbesteck passt, Flo ist rattig und randvoll.

»Leg los, Schatz.«

Nora und ich schauen ihm gebannt zu. Wir betrachten seinen Ständer nicht zum ersten Mal, bisher hat er in uns tolle Dienste geleistet. Zögerlich greift er ihn, die Methode ähnelt der von Jonas, kurze Bewegungen aus dem Handgelenk.

»Kein Wunder, dass es anstrengend ist, einem Mann einen runterzuholen. Ich habe den ganzen Unterarm bewegt«, stellt Nora fest.

»Erstaunlich, nicht wahr? Bisher ist nur Flo in den Genuss meiner Handfähigkeiten gekommen. Schau dir an, wie seine Eier wackeln, er bewegt die Schwanzhaut anders, als ich es machen würde.«

»Die Show führt er morgen erneut vor und wir üben.«

»Wenn ihr dazwischenredet, werde ich nie fertig, heizt mir lieber ein.«

»Stell dich nicht an, du bist ein Handarbeitsprofi, seit Jahrzehnten.« Ich kann mir ein Grinsen nicht verkneifen.

»Nicht hilfreich.«

»Liefere ab, Schatz, und ich gestatte Leo eine Woche Tagesfreizeit.«

Diese Ansage wirkt, er intensiviert seine Bewegungen und drückt stärker zu, spannend.

»Miri, Löffel, sofort.«

»Was?«, Nora schaut verwundert.

»Er kommt, das Highlight zum Schluss.«

Ich halte den Löffel an seine Eichel. Im Gegensatz zu dem Vulkanausbruch bei Jonas fließt es bei Flo langsamer, es landet alles im Löffel. »Was wird das? Erinnere mich daran, in Zukunft hier keinen Salat mehr zu essen.«

»Ach du, der Geschirrspüler regelt das. Flo und ich haben bisher nach Blowjobs mit Zungenküssen geübt, das hier ist Premiere. Weit aufmachen, wir schonen die Umwelt und recyceln.« Ich führe den Löffel an seinen Mund, mit der anderen Hand umfasse ich seinen Hoden. Er zögert.

»Mund auf, sonst helfe ich nach«, ermahne ich ihn. Eine Druckerhöhung an der Fernbedienung und er gehorcht. »Nicht schlucken, nur genießen. Verstanden?«

»Das ist ein Ding. Recht haste, die Kerle sollten ihre Produkte öfter selbst beseitigen.«

»Dir beichte ich es. Er wollte probieren, wie es mit einem Mann ist und wir üben, bis es sich ergibt.«

Flo schaut entsetzt und schüttelt mit vollem Mund den Kopf, ich vermute, es ist ihm peinlich, wie ich alles ausplaudere.

»Keine Panik, Schatz. Schlucke, wenn du bereit bist und hör zu. Ich brauche deine Hilfe, Nora. Flo möchte wissen, wie sich Jonas' Penis anfühlt und schmeckt. Ich habe keinen Schimmer, wie wir das anstellen, Jonas hält sich für einen Hundertprozent-Hetero.« »Das ist simpel, wir holen Laura ins Boot. Ist sie bereit, uns ihren Gatten zu borgen, habe ich eine Idee, wie wir das umsetzen.«

»Flo, überwinde dich, ich helfe dir gerne mit Nachdruck. Wenn Nora ihren Plan erklärt hat, erwarte ich einen leeren Mund und sensationellen Kuss. Schlucken ist nicht schlimm, vertrau mir, ich habe Erfahrungen mit deinen Ergüssen. Wir hören, Schwesterlein.«

»Wir erzählen Jonas, du hast Lust, ihm die Eier zu bearbeiten. Liegt er fixiert da, erklärst du, dass es dir mehr Spaß macht, wenn er nicht erregt ist und ohne Adrenalin leidet. Ein oder zwei Blowjobs reichen, ihn zu entladen. Stimmt er zu, setzen wir ihm Maske und Kopfhörer auf, spielen Musik ein und holen Flo ins Dungeon. Ist dein Mann fertig mit Blasen, übernimmst du und verpasst Jonas die dicksten Klötze, die er je hatte. Laura und ich genießen die Show vom Thron aus.«

»Geiler Plan. Meint ihr, er merkt nicht, dass es nicht Miris Mund ist?«, fragt Flo.

»Brav geschluckt, Schatz. Wie hat es geschmeckt? Keine Angst, Nora und Laura lenken Jonas mit Streicheleinheiten und Küssen ab und Mund ist Mund.«

»Soso, machen wir das?«

»Ja, ich zähle auf euch.«

»Ich auch, obwohl es mir peinlich sein wird, dass alle mein Geheimnis erfahren. Bevor ich es vergesse, mein Sperma schmeckt langweilig, mit cremiger, versalzener Konsistenz.«

»Wir sind uns einig? Ich weihe Laura ein und du überlegst dir, wie du Jonas zu den Eierspielen einlädst.«

»Setzen wir das Projekt nächstes Wochenende um, morgen haben wir Maria zu Besuch.«

»Da war ja was, das habe ich glatt verdrängt.«

»Logisch, du hattest kein Blut zum Denken. Verschwinden wir in der Kiste, ich probiere, ob ich es schaffte, deinen schrumpeligen Burschen zu reanimieren und dann gib es mir ordentlich.«

»War klar, die arme Nora schläft ohne Mann ein. Lasst mich weiter an der Hornhaut am Zeigefinger arbeiten.«

»Flo befriedigt mich ein oder zwei Runden, ich schicke ihn dann zu dir und du quetschst seinen Kumpel endgültig aus. Rückgabe ist morgen nach Plünderung der Morgenlatte, auf die ist Verlass.«

»Hallo, fragt mich keiner? Ich bin gekommen, reicht mir für heute.«

»Uns nicht«, antworte ich. »Hauptsache, du zeigst Härte.«

»Du teilst ihn mit mir, Miri? Das ist lieb. Meinst du, Flo hält das durch?«

»Finden wir es heraus. Die Anschaffung der engen Cockringe lohnt sich, da verfällt keine Erektion mehr.«

»Die schmerzen nach ein paar Minuten.«

»Macht nichts, mir reichen zehn. Du liegst, die Arbeit übernehme ich.«

»Du sagst es, Nora. Die Stellung, wenn ich in die Richtung seiner Füße aufsattle, gefällt mir. Sein Sack ist Halteknauf, greif beherzt zu und du hast zu kämpfen, nicht abgeworfen zu werden wie beim Rodeo.«

»Ab mit euch beiden und beeilt euch, diese Lady braucht Zucker.«

»Untervögelt? Nimm den Stecher mit, ich teste, ob Leon nach knappen zwei Jahren Schubladendasein noch mit mir redet.«

»Die mechanischen Buben sind mit frischen Batterien zufrieden und werkeln emsig. Flo, such dir einen Ring aus und geh vor. Ich habe eine Frage an deine Frau.«

Flo verschwindet mit einem frechen Grinsen.

»Bist du dir sicher? Dein Mann hat gleich Sex mit mir, hast du keine Eifersucht in der Magengrube? Nebenbei, weitere Babys sind nicht zu erwarten, ich nehme die Pille.«

»Hab Spaß und poppe dich wund. Im Nachttisch habe ich eine Stiege Batterien, ich komme auf meine Kosten.«

»Nach dem Frühstück liefere ich ihn bei dir ab, ausgelaugt und eingeschlossen.«

»Ausgesaugt meinst du.«

»Frechdachs, ich werde sehen, was passiert. Schlaf gut.«

Weg ist sie. Ich überlege, Filo ein paar Zeilen anzuvertrauen. Insgeheim bin ich froh, dass Nora mir Flo diese Nacht abgenommen hat, ich vertrage eine Extramütze Schlaf, Leon wird mich ins Traumland vibrieren. Filo bitte ich später um Verständnis, das sie umsonst wartet.

Einsteigerin

Ausgeschlafen und energiegeladen stehe ich am nächsten Morgen unter der Dusche.

»Bin zurück, Schatz.«

Flo steht in der Tür und peilt. Die Glaswand hat Vorteile, ich bin abgebraust, er begutachtet mich in voller Pracht.

»Lust, mir den Feinschliff zu verpassen? Ein paar Körperteile sind arg schmutzig.«

»Geile Idee, aber darf ich dir zusehen, ich bin fertig. Nora hat nicht genug bekommen und heute früh Nachschlag gefordert. Wenn ich bei Marias Latexshow nicht schlummern will, brauche ich ein paar Stunden Regeneration.«

»Kein Ding, so ging es mir gestern Abend. Ich bin ins Bett gefallen und war sofort weg. Schlafe, ich wecke dich.«

Er macht eine Geste des Dankes und verschwindet in Richtung Bettchen. Die Chance nutze ich für mich und pflege meinen Körper. Wenn Maria uns zeigt, was sie zu bieten hat, bin ich die Frau in der Runde, die die zweitmeisten Blicke abgreift. Maniküre mit passend zur Unterwäsche lackierten Nägeln, so packt Flo mich anschließend mit einem Wow–Erlebnis aus.

Zwei Stunden Wohlfühlbehandlung und ich bin bereit für einen Erlebnistag. Ich schleiche an dem schnarchenden Flo vorbei nach unten.

»Wie war der Abend? Für simples Einsperren und Trockenlegen eines Schwanzes wart ihr lange oben.«

»Hast du ernsthaft angenommen, wir kommen wieder zurück? Ich habe mir meinen Jonas als Toyboy gegönnt, nach scharfen Dauerorgasmen schläft es sich doppelt tief. Habt ihr Flo überredet, für euch zu masturbieren?«

»Perverseste Show aller Zeiten«, Nora setzt sich zu uns. »Gibt es Kaffee? Dein Flo hat eine Ausdauer, anstrengend, sage ich dir. Als wenn er die Nacht nicht genug Sex abgegriffen hatte, gelüstete es ihm nach einem Morgenblowjob.«

»Mir hat der Nimmersatt erzählt, du bist über ihn hergefallen und er braucht Erholungsschlaf. Hast du seinen Wunsch erfüllt?«

»Aus Bequemlichkeit, das ist schneller erledigt, als alternativ eine Nummer.«

»Das erklärt, warum Flo, kaum daheim, ins Bett gefallen ist. Schließen wir ihn ein, bevor sich im Schritt erneut Leben zeigt. Ist Jonas bereit, der Modeschau hilflos zuzusehen?«

»Ist er und nicht begeistert. Er hat mir einen Monat erlaubt.«

»Wie hast du ihn überzeugt?«

»Sie hat angeordnet, das Vorrecht meiner Ehefrau. Nicht ablenken, warum war Flos Selbstbefriedigung pervers?« Jonas setzt sich zu uns.

»Darf ich berichten, Miri, bitte?«

»Gerne. Dein Glück, dass der Käfig angelegt ist, sonst würde ich sehen wollen, wie er meinem Flo nacheifert.«

»Raus mit der Sprache, was war an seinem Wichsen besonders?«, drängelt Jonas.

»Höret und staunet. Flo war bockig und hat sich von Miri umstimmen lassen. Spoileralarm, ihr solltet heute das Intensivprogramm des Geschirrspülers wählen. Flo hat sich routiniert gerubbelt, ähnliche Technik wie deine, locker aus dem Handgelenk. Ist das bei euren Solonummern normal, dass nicht zu erkennen ist, wann ihr spritzt? Flo hat mittenmang befohlen: ›Miri, Löffel!‹ Ja, genauso fragend habe ich dreingeschaut. Sie hat seinen Erguss aufgefangen und unserer versauter laufender Meter hat Flo sich selber kosten lassen, Futterluke auf und rein. Er sollte nicht schlucken, sondern sich genießen.«

»Welcher Löffel war es? Den entsorgen wir. Das hast du dir ausgedacht, ist das ekelig.« Jonas bekommt den Mund nicht zu.

»Sieh an, der geile Herr liebt es, geblasen zu werden und findet sein Sperma ekelig? Sieht da noch jemand die Diskrepanz?«

»Das ist was anderes.«

»Klar und was? Jetzt erst recht. Ist dein Zauberstab in Freiheit, setze ich dich auf Eiweißdiät, du lernst deinen Genuss zu schätzen, zur Not helfe ich nach.«

»Schmink dir das ab, bäh.«

»Kein Thema, ich habe Zeit und lasse deinen Lümmel erst frei, wenn du mich anbettelst, dich zu probieren.«

»Das ist gemein, du leckst dich ja auch nicht selbst.«

»Wie soll das gehen? Die anderen Ladys haben meine Zunge genossen und ich fanden es geil.«

»Solange ich mich nicht selbst …«

»Nicht nötig, ich rufe Flo. Miri stellst du ihn zur Verfügung?«

»Ehrenwort. Ihr Männer habt uns zugesehen, wir drehen den Spieß um. Ich will sehen« antworte ich, zu Jonas' Missfallen.

»Niemals, ich mache nur mit Frauen rum.«

»Schatz, bevor du wieder eine von uns genießt, verwöhnst du Flo, ich bin da Miris Meinung. Wir brunchen und erfreuen uns an dem Anblick sich liebender Männer.«

»Halblang, Laura, ich fände es geil, zu sehen, wie Jonas schluckt. Nicht toll ist es unter Zwang, mag er nicht, dann nicht. Mein Flo war neugierig und ich habe ihm diesen Wunsch erfüllt. Vielleicht war es einmaliger Versuch, vielleicht probiert er es erneut – seine Entscheidung.«

»Stimmt, ich lasse dich vom Haken und gebe dir Unterstützung bei zukünftigen Bemühungen, falls du die Meinung änderst.«

»Danke, Miri. Du hast was gut bei mir. Ich überlege es mir. Laura, rechne nicht damit.«

»Einen Wunsch hätte ich, ist nicht schlimm, wenn du ablehnst.«

»Verrate ihn mir.«

»Laura muss genauso einverstanden sein. Die letzte Zeit habe ich an Flo gespielt, er ist ein dankbares Opfer, wir haben viel voneinander gelernt.«

»Was treibt sich in deinen Gedanken um, beste Freundin?«

»Flo erfüllt mir meine Wünsche, auch die, die ihm nicht gefallen. Er lässt mich an seine Bällchen, widerwillig, er fährt auf andere Schmerzen ab. Stellst du mir Jonas zur Verfügung, wie im Spätsommer 2019, auf dem Kreuz, mit Maske, Knebel und Ohrstöpsel? Wir drei Frauen und er als Opfer. Er findet seine innere Blumenwiese und ich einen Kerl, der freiwillig zu meiner Unterhaltung leidet.«

»Ich bin einverstanden und du Jonas? Bisher hast du mich genossen, weißt, was dich erwartet. Ich habe Miri an Flo erlebt, sie ist konsequenter und mit mehr Elan dabei. Sie hat sich nur aus Mitleid und Liebe zu Flo bremsen lassen. Du bist ihr Spielzeug, ein Stück Fleisch, das unter ihrer Folter leidet. Ich bleibe in deiner Nähe, passe auf und bin mir sicher, sie hebt dich auf ein neues Schmerzlevel.«

»Perfekte Zusammenfassung, Laura«, antworte ich, bevor Jonas zu Wort kommt.

»Verstehe ich das richtig? Du wünschst mich als Opfer, um dich ohne Gewissensbisse auszutoben?«

»Ja, zur Befriedigung meiner sadistischen Ader. Nicht, wie bisher, nur mit dem Paddel, mein Repertoire ist gewachsen. Wenn ich mir wünschen darf, lassen wir den Knebel weg, ich arbeite an dir und dein Schreien, Fluchen, Betteln und Winseln bestärkt mich, nicht aufzuhören. Laura achtet auf dich, Nora auf mich und Flo filmt.«

»Ich bin mir nicht sicher, Hodenspiele geilen mich auf, in einem klar definierten Rahmen unter Beachtung meiner Grenzen.«

»Habe ich dich bisher an dein Limit gebracht? Du hast nach jeder Session betont, dass mehr gegangen wäre.«

»Das stimmt. Davor, dabei und danach sind verschiedene Paar Schuhe. Bin ich sicher, der Schmerz ist vorbei, verblasst die Erinnerung und es bleibt ein Echo der Lust, welches zu leise ist, zurück. Mittendrin kann es, bis auf die Momente der inneren Emigration, nicht früh genug aufhören. Das Schwierigste ist die Entscheidung davor. Die Geilheit kämpft mit der Furcht um die Vorherrschaft. Bei dir, Laura, lohnt es sich, der Lustgewinn im Anschluss ist größer, als die Angst vor den Schmerzen. Bei Miri bin ich nicht sicher, ob die Lust den Kampf gegen die Dunkelheit meiner Agonie gewinnt. Ich bin einverstanden, solange du da bist, Laura, mich umarmst und Kraft spendest, die Qualen zu ertragen.«

»Ich umsorge dich, halte dir Hand und Seele, wir meistern Miri.«

Aus der Perspektive habe ich das nie betrachtet. Er hat Recht, ein solches Vorher-Dabei-Danach-Gefühl hatte ich bei der Session der zwölf Striemen erlebt. Erst Ungewissheit, dann Schmerzen, die ich verflucht habe und am Ende das Gefühl der Hingabe und Erfüllung, gepaart mit Stolz, es überstanden zu haben. Jetzt schwirrt der unerfüllbare Wunsch nach mehr im Kopf.

»Danke, Jonas. Ich bespreche es mit Laura, gehe mit ihr meine Gedanken durch, lege fest, was ich dir zumute und welche Behandlungen im Reich der Fantasie bleiben. Wenn es so weit ist, werde ich sie bitten, dich auszuliefern. Einverstanden?«

»Ich werde bereit sein, mit Lauras Hilfe, die Folter zu ertragen, besser, sie zu genießen.«

»Wir sind vom ersten Thema abgewichen. Ich würde gerne sehen, wie du deinen Erguss im Mund hast.« Nora bringt uns die Rahmenhandlung in Erinnerung. »Wenn es dir gefällt, biete ich an, das Abzapfen zu übernehmen.«

»Bevor ich zusage, woher weiß ich, ob du talentiert bist?«

»Dein Vorteil, wenn ich es nicht schaffe. Ohne Orgasmus nichts zum Schlucken.«

»Ich gehe einen Löffel holen oder brauchen wir die Suppenkelle?«

»Ein Teelöffel reicht, ich habe heute Nacht wenig übrig gelassen.«

»Ein Tropfen ist keine Herausforderung. Also, Jonas?«

»Damit sich das lohnt, nutze ich es schamlos aus.«

»Was meinst du?«

»Nora holt mir einen runter, Miri krault meinen Sack und Laura knutscht mich ab.«

»Ausnahmsweise bin ich zärtlich zu deinen Jungs.«

»Küssen schadet nie, ich wärme die Speisekammer vor«, bestätigt Laura.

»Gut, ich würge die Schlange. Bei meinem Talent nutzen wir die Kelle.«

»Ein Problem sehe ich, die schwedischen Gardinen.«

»Ich habe den Schlüssel am Handgelenk. Willst du wirklich?«

»Klar, drei heiße Frauen verwöhnen mich, da fällt der Haken an der Sache nicht ins Gewicht.«

»Macht ihn nackig, ich wasche den Löffel ab. Fangt nicht ohne mich an.« Ich verschwinde in der Küche und treffe auf Flo. Er deutet mit dem Zeigefinger an, zu schweigen.

»Ich stehe hier eine Weile und lausche«, flüstert er. »Darf ich heimlich zusehen, wie ihr Jonas befummelt?«

Ich nicke, gebe ihm einen Kuss, spüle den Löffel und düse zurück ins Wohnzimmer. Nora hat für einen Steifen gesorgt und streichelt die Eichel, Laura liegt in seinen Armen und sie knutschen.

»Hey, ihr solltet warten. Rutsch ein Stück, damit ich beidhändig heranreiche. Langsam, Nora, so habe ich mehr Zeit zum Erforschen.«

»Du brauchst nicht aufhören, wenn ich komme. Ich genieße deine sanften Finger gerne länger, bevor ich lerne, welche Schmerzen sie auslösen.«

»Nicht reden: küssen.« Laura gibt den Startschuss.

Wir leben knapp zwei Jahre im Haus zusammen, bisher hatte ich einmal die Gelegenheit, Jonas ungestört zu erforschen, an Flo kenne ich jede Hautzelle. ›Pass auf Miri, nicht zu grob, er soll genießen, damit Nora mehr rausholt‹, gebe ich mir in Gedanken die Anweisung und beobachte Nora. Sie hält sich an den Vorschlag das Tempo nicht zu steigern. Im Augenwinkel bemerke ich Flo in der Tür stehen. Mir kommt eine Idee und deute eine Gehweggeste in seine Richtung, er versteht.

»Pause, ich habe eine Idee.«

»Was heißt Pause? Ich bin fast so weit, menno.«

»Ändern wir die Handlung. Was hältst du davon, nicht selbst zu schlucken und anstelle dafür einen Blowjob abzugreifen? Als Bonus erlebst du eine willige Zunge an deinen Eiern.«

»Was ihr wollt, macht weiter.«

»Versprichst du, nicht einzugreifen, wenn es dir komisch vorkommt? Okay?«

»Blasen ist nie komisch. Wer von euch legt los?«

»Sage ich erst, wenn du zustimmst. Die beiden Freunde«, ich kraule ihm den Sack, »sind bei dem Spiel Noras Schleckbällchen.«

»Sage ich die ganze Zeit, macht, bin einverstanden.«

Ich schmunzle mit dem breitesten Grinsen, welches ich je aufgesetzt habe. »Wir sind uns einig. Nora leckt dir die Eier und Flo ist der Bläser.«

Jonas setzt zum Protest an, Laura stoppt ihn. »Versprochen ist versprochen. Schließ die Augen, zurücklehnen und küssen.«

»Wo bleibst du Flo? Trau dich.«

Er schaut um die Ecke, purpurrot angelaufen. Ich nicke ihm aufmunternd zu, Nora streichelt wieder, Flo nähert sich.

»Setz dich«, fordere ich ihn auf. Er nimmt Platz und ich die Kontrolle. »Wir schaffen das, lass dich leiten.« Nora hält den Penis in Flos Richtung, ich greife locker in sein Haar und schiebe ihn an die Eichel. »Entspannen, Augen zu und Mund auf.« Er zeigt keinen Widerstand und Nora reibt die Schwanzspitze an seinen Lippen. Bevor ich den Druck auf seinen Kopf erhöhe, fängt er an, lässt den Schwanz in den Mund gleiten.

»Wird es dir zu viel, übernehme ich für dich. Du siehst mit Ständer im Mund heiß aus.«

Er brummt und drückt meine Hand gegen seinen Hinterkopf. Ich hoffe, ich deute die Geste in seinem Sinne und wiederhole, wie Laura mit meinem Kopf auf Jonas Ständer gearbeitet hatte.

»Scharf. Hilf deinem Mann. Ich rutsche runter und übernehme das Anhängsel.«

Zu dritt befriedigen wir Jonas. Er ist erstaunlich entspannt geblieben, als ich Flo zu Sprache brachte. Warum sollte er meckern, Flo hatte recht, Mund ist Mund. Und der ist, wie meiner damals, jungfräulich unberührt. Hält Jonas sich zurück? Es ist ihm nicht anzumerken, wie weit er ist. Hat er statt eines Pokerface einen Pokerständer? Die Fragen beantwortet er selbst. Laura ist vom Küssen zum Knabbern einer Brustwarze gewechselt und er stöhnt.

»Gleich kommt er, nicht gegen wehren und runter damit, sonst verschluckst du dich«, gebe ich Flo den Expertinnentipp. Sekunden später geht es bei Jonas los, er zuckt und Flo zappelt. Ich halte ihn in Position, symbolisch ohne Zwang, er könnte jederzeit abbrechen. Erst nachdem Jonas sich beruhigt, lasse ich Flo frei, er reagiert nicht wie erwartet, sondern nuckelt.

»Kannst du dich nicht von ihm trennen?« »Sieht danach aus, wir haben bei deinem Mann eine neue Ader gefunden.«

»Quatsch, lasst den Mann lutschen, es ist geil, wenn es nach dem Happy End nicht sofort stoppt. Er weiß, was einem Mann gefällt.«

Wir schauen uns entgeistert an und beobachten still die Szene.

Eine Minute später breche ich das Schweigen. »Warum sagt ihr uns das nicht? Mir würde die Nachspielzeit gefallen.«

»Weil ich mich nie getraut habe«, antwortet Flo.

»Ich auch nicht, du magst Oralsex nicht und da wollte ich dich nicht verunsichern«, ergänzt Jonas.

»Feiglinge«, antworten Nora und Laura gleichzeitig.

»Meine Meinung. Du hast unzählige Blowies genossen und nie überwunden, mich um eine Verlängerung zu bitten? Was verschweigst du sonst beim Sex?«

»Das gilt auch für dich, Jonas. Morgen peinliche Befragung im Dungeon, wenn du verstehst. Du bist dran, zeige mir, wie ich dich in Zukunft blasen soll.«

»Nein!«

»Nein? Die Antwort hörst du von mir, falls du wieder geierst. Ich blase dich erst, wenn du es mir vorgemacht hast.«

»Das ist gemein.«

»Ich fand es geil, wenn du bereit bist, sage mir vorher Bescheid, ich sammle ein paar Tage für dich.« Flo gießt genussvoll Öl ins Feuer.

»Na gut, beide Männer stramm stehen, es ist Einschluss. In zwei Stunden steht Maria vor der Tür und der Cooldown hilft euch. Zieht euch sexy an und schafft Platz für den Catwalk. Miri, Nora, wir verschwinden im Spa und wehe, ihr Geier peept.«

Wir erobern den Keller, duschen gemeinsam und springen in den Pool. Der ist in fünf Minuten einsatzbereit, wir haben im Herbst beschlossen, den Strom für einen Dauerbetrieb zu bezahlen.

»Der Pool wartet auf uns, zum Entspannen und Reden. Die letzten beiden Tage haben Potential für nächtelanges Quatschen.« Nora geht voran in den Pool.

»Klärt mich jemand auf, was oben passiert ist und warum Flo ohne Gegenwehr mitgemacht hat?« Laura schaut uns fragend an.

»Ich fange an. Du erinnerst dich, wie ich dir Flo ausgeliehen hatte? Er sollte lecken, während Jonas dich doggy fickte, er hat es mir plastisch geschildert. Da ist Flo der Floh ins Ohr gesprungen, zu probieren, wie ein Mann schmeckt. Nach dem Wochenende mit den Faketritten haben wir uns Sexfantasien gebeichtet. Mein Wunsch waren die Striemen, seiner Jonas im Mund zu haben. Ich habe ihm zur Probe einen Blowjob mit anschließendem Zungenkuss gegeben und versprochen, eine Situation zu finden, in der er probiert. Heute war Zufall, hat perfekt gepasst. Beim Holen des Löffels habe ich ihn in der Küche beim Spannen ertappt.«

»Verstehe. Gestern Abend hast du deinem Mann eine eigene Kostprobe gegeben?«

»Hat sie und mich damit total angemacht, ähnlich wie vor einer Viertelstunde. Eure notgeilen Kerle waren die ersten Männer, die ich außerhalb eines Pornos bei französisch sah.«

»Wie bist du drauf gekommen, dich an Jonas' Eiern zu vergreifen?«

»Das war unser erster Plan. Er sah vor, Jonas' Geilheit vor der Folter deutlich zu senken.«

»Verstehe, das wäre Flos Aufgabe gewesen?«

»Ja, jetzt schwebt es mir anders vor.«

»Flo hat sich seinen Wunsch erfüllt, reicht ihm die Erfahrung, lassen wir es dabei. Das heißt nicht, dass ich den Spaß an Jonas' Glocken missen möchte, wenn du mich ranlässt.«

»Ich habe dich an Flo erlebt und glaube, du bist dir bewusst, was schmerzhaft und unbedenklich für die Gonaden des Mannes ist. Du hast recht, oft hinderte mich Mitleid, seine Grenzen zu erreichen.«

»Ich tausche das Paddel gegen einen Kochlöffel, den ich an Flo ausprobiert habe. Die Trefferfläche ist punktueller, der Schmerz ist, laut Flo, intensiver. Wir haben an der Schlagstärke gefeilt und eine Technik für mich entwickelt, länger durchzuhalten. Geringerer Kraftaufwand, der Arm ermüdet nicht und die Qualen sind ähnlich zu denen vom Holzpaddel.«

»Geiler Fortbildungskurs für Ehefrauen, die ihre Gatten beim Seitensprung ertappt haben und auf Rache aus sind. Du stellst beide Werkzeuge vor, demonstrierst die Wirkung und dozierst über die Vor- und Nachteile von Paddel und Löffel.«

»Warte ab, wir haben Schlaginstrumente aus Leder probiert, beim Vergleichen von Riemen und gepolstertes Lederpaddel Erstaunliches entdeckt. Bei den bisherigen Versuchen an stramm abgebundenen Hoden störte uns, dass die Haut schnell überreizte und es kleinere Verletzungen oder Risse gab. In dem Film zeige ich eine simple, aber effektive Methode, das zu verhindern.«

»Warum hat die Evolution diese dünne Hautschicht angebracht? Spielverderber, diese Natur. Welche Lösung habt ihr entwickelt?«

»Tücher, es war die Idee von Flo. Wir haben verschiedene probiert, am besten funktionierten Leinentuch und Badelaken.«

Nora unterbricht meinen Redeschwall. »Sicherheitsverpackt in dickem Stoff. Was bringt das?«

»Genau mein erster Gedanke, der Sack eingewickelt wie ein Kopf im Sturzhelm beim Radeln. Im Gegenteil, der Stoff leitet den Aufschlag ungemildert in die Eier weiter, je nach Stoffdicke mit unterschiedlicher Wirkung. Flo hat es mir ausführlich beschrieben. Ohne umhüllenden Schutz teilt sich der Schmerz auf und der auf der Haut überdeckt den in den Eiern. Bereits das dünne Küchentuch verschiebt den Schmerz fast vollständig in die Hoden. Je dicker der Mantel um den Sack, desto dumpfer und anhaltender ist das Gefühl.«

»Spannend, du hast dich in eine Expertin in Sachen Frauenspaß und Männerleid entwickelt.«

»Reden ist der Schlüssel zur Erkenntnis. Wir tauschen unsere Erfahrungen aus und experimentieren. Die Tücherwirkung hat Flo mir vorgeführt.«

»Wie denn, ohne Gehänge?«, schmunzelt Nora.

»Stock auf Po, eine Seite abgedeckt, die andere nackig. Es ist schwer vergleichbar, weil im Po nichts ist, das ähnlich schmerzempfindlich ist, wie die Eier, das Prinzip ist übertragbar. Eine Pobacke mit roten Streifen, die andere zartrosa, die Behandlungszeit verdoppelt sich.«

»Das wird ein cineastisches Fest. Dozentin Marlène und ihre Vorlesungen. Erst einen Vortrag, trocken und sachlich, dann demonstrieren wir den Zuschauern die Praxis. Du zeigst deine Schlagtechniken mit unterschiedlichen Utensilien und Polsterungen. Wir befragen das Opfer, lassen es berichten und zum Finale leidet Jonas eine Stunde vor laufender Kamera.« Nora ist die Produzentin auf den Leib geschneidert. Sie greift meine Idee auf und optimiert sie.

»Das ist besser, als meine Idee ihn zu missbrauchen. Die Anatomiestunde verkauft sich nach über einem Jahr weiterhin prächtig, die ›Hoden im Glück‹-Reihe setzen wir mit diesem Highlight fort.«

»Ich versuche, Jonas zu überzeugen mitzuspielen, bei dieser Filmreihe findet er erstmalig seine Grenzen.«

»Vergessen wir nicht, es sind zwei Männer im Haus, die die geballte Frauenpower spüren sollen. Jonas' Lieblingsbehandlung kennen wir, bei Flo bin ich nicht sicher. Ich frage ihn, was er gerne erleben würde, wenn du ihn in die Mangel nimmst. Da drehen wie einen weiteren Akademiefilm. Die ganze Reihe nennen wir ›Lehrstunden des Schmerzes‹.« »Das klingt nach einem geldeinbringenden Männertausch«, ergänzt Nora. »Das bringt mich auf die Idee, eine Kollektion ›Das Haus‹ mit dem

Marlène-Käfer als Logo auf den Markt zu bringen: Schlaginstrumente aller Art, Bondage-Utensilien, Kostüme, Wäsche und was wir weiter in den Filmen benutzt haben.«

»Hat eine von euch eine Vorstellung, ob und wie wir den Latexfetisch von Maria einbauen?«

»Nicht die Bohne. Wir stehen nicht unter Druck, haben heute einen lustigen Abend, der Rest ergibt sich.«

»Sehe ich auch so. Ich bin gespannt, was sie uns zeigen wird. Siehst du von dir aus die Uhr?«

»Warte. Auweia, kurz vor dreiviertel vier. Wir sind über eine Stunde im Pool, wohin ist die Zeit verschwunden?«

»Bei der Befriedung meines geilen Fetisches, den Familienjuwelen«, antworte ich lachend.

»Hoch, abduschen, Schwimmhäute abstreifen, trockenlegen und restaurieren, wir haben knappe zwanzig Minuten.«

Ich fliege aus dem Pool zur Kleiderstange in unserem Atelier, ich höre Flo sich räkeln. »Raus aus den Federn und anziehen, Maria ist jeden Augenblick da.«

»Mehr hast du selber nicht an«, feixt er.

»Mein Outfit liegt bereit, ich habe vorgeplant.«

»Die knappen Teile auf dem Schreibtisch? Hot.«

»Ja, traust du dir das Black-Tie-Kostüm, von unserem ersten Auftritt, zu?«

»Er schaut raus, das ist peinlich.«

»Ach was, Maria hat dich in den Videos nackt gesehen, was soll's?«

»Einverstanden, wenn du den Bunnybürzel trägst.«

»Gebongt. Die anderen staunen Bauklötze. Zieh dich an, wir warten, bis Maria geklingelt hat und im Haus ist.«

Flo, der Gentleman, ist ein scharfer Anblick. Mit der Ausrede, sein Höschen auf korrekten Sitz zu überprüfen, fingere ich an Leo. Der reagiert, wie gehofft, mit Versteifung.

»Sachte, Schatz. Ohne Abgang steht er die nächste Zeit in der Landschaft rum und sabbert.«

»Das ist der Plan. Zeige unserem Gast, wie scharf du sie findest. Ich sorge dafür, dass du erregt bleibst.«

»Wie sieht sie aus? Lohnt sich der Aufwand?«

»Halben Kopf größer als ich, braune Haare, mit Rotstich, bis zu den Schulterblättern, mehr Oberweite als Laura und mit ähnlich sexy Röllchen wie ich. Das Beste ist ihr Lächeln, gefolgt von ihrer lustigen Art und den dunkelblauen Augen.«

»Und da traust du dich, ihr meinen Zipfel auf dem Silbertablett anzubieten? Keine Angst, dass -«

»Muss ich Angst haben?«

Er läuft rot an und druckst: »Sachte, ich schaue, mehr nicht.«

»Laura liebt es, ich komme auf den Geschmack. Alles gut, ich wollte dich in Verlegenheit bringen. Kurze Warnung, greifst du dir je eine Frau oder seit Neustem einen Mann, ohne meine Zustimmung, kastriere ich dich. Frage nach, ich bin einem Dreier nicht abgeneigt.«

»Das ist keine Diskussionsgrundlage, sondern elementar. Ist es legal meinen Namen in einem Satz mit dem Wort Seitensprung zu verwenden?«

»Knuffelchen, gesellen wir uns zu den anderen.«

Ich gehe vor, ziehe Flo an Leo ins Wohnzimmer. Acht Augen starren uns an, es ist wie bei der Gartenparty, ich breche erneut ein Tabu und fühle mich sauwohl.

»Hallo, Miriam, habe ich bei der Einladung etwas überhört? Das scharfe Auftreten toppe ich nie.«

»Willkommen im Haus der Albernheiten und gepflegten Sünden. Ich freue mich, dich zu sehen und auf deine Präsentation.«

»Der Koffer ist im Auto.«

»Jonas, gehst du? Flo ist zu nackt und die Damen zu schwach für schwere Garderobe.«

»Immer ich, her mit dem Schlüssel. Im Kofferraum?«

Maria nickt, reicht ihm die Autoschlüssel. Flo zeigt Wirkung, sie lässt ihn nicht aus den Augen.

»Sie ist schnuckelig«, flüstert mir Flo zu.

»Habe ich dir versprochen, dein pulsierender Lümmel lügt nicht, du findest sie toll.«

»Die Verkleidung von euch war in den Videos schon sehenswert, in natura ist sie die Wucht in Tüten, knapper, als es in den Filmen wirkt.« Maria beschreibt ihre ersten Eindrücke und umrundet Flo. »Holt Handschellen, sonst garantiere ich für nichts.«

»Warum das denn? Anfassen ist bei uns erlaubt und gewünscht, du hast es gesehen«, ermuntere ich sie.

»Ach? Ich bin eingesperrt und unser Dauerhäftling hängt raus?« Jonas schaut wütend aus.

»Die Käfige sind nicht Show fürs Netz?«

»Nö, ich trage meinen regelmäßig. Die letzten Stunden war er abgelegt, morgen werde ich ihn für Miri wieder anziehen. Bei Jonas ist es anders, er ist ein Weichei und hat einen Monat verordnet bekommen.«

»Ihr seid cool.«

»Was meinst du, wie verklemmt wir bei den ersten Fotos waren. Magst du ein Glas Asti und eine Besichtigung der Folterkammer und des Spas?«

»Ich habe darauf gehofft. Darf ich echt sehen, wo ihr das meiste filmt?«

»Folge mir, es wartet eine exklusive Privatführung auf dich«, bietet Flo sich an.

Ich zeige ein verschmitztes Lächeln. In Flo hat Maria ihren ersten Anhänger und ich bin nicht eifersüchtig, sondern vertraue ihm, ihren Reizen zu widerstehen.

»Wir beide? Allein?«

»Flo beißt nicht und ist mit jedem Winkel des Hauses vertraut.«

»Sollte man meinen«, ergänzt Laura. »Wir haben oben eine Kammer für spezielle Zwecke.«

Ich schaue sie ungläubig an, Jonas wird rot. »Flo führt unseren Gast rum und ihr weiht Nora und mich in die unbekannte Ecke ein.«

»Halbe Stunde und dann wieder hier?«

»Lasst euch Zeit, im Dungeon ist viel zu entdecken. Ich erinnere mich gerne an meinen ersten Besuch.«

Die beiden schnappen sich Gläser, die Flasche Asti und verschwinden um die Ecke. Mein Plan geht auf, sie passt perfekt in das Haus. Später werde ich sie nach ihrer Vergangenheit und Erlebnissen mit dem Latex ausfragen.

»Weg sind sie, was hast du da angedeutet?«

»Es war Jonas' Idee, sie einzurichten. Wir haben es uns nicht getraut, euch zu zeigen, obwohl wir es uns vorgenommen hatten. Deine Andeutung war die ideale Steilvorlage. Jonas, traust du dich, es den Mädels zu zeigen?«

»Ist voll peinlich.«

»Damit ist es doppelt interessant.« Nora ist die Neugierde anzumerken.

»Vorschlag. Du führst Nora vor, was oben neu ist, Laura und ich bleiben hier. Wenn es Nora aus den Socken haut, zeigst du es mir die nächsten Tage.«

»Einverstanden. Gehen wir hoch. Wehe du meckerst.«

»Was machen wir so lange?«, fragt Laura.

»Mach den Fernseher an, die Kamera steht drüben und ich habe die Fernbedienung hier. Wir beobachten, wie Flo versucht, Maria auszuweichen.«

»Flo passt auf sich auf.«

»Sicher, ich bin gespannt, wie Maria reagiert. Was meinst du, warum ich sie mit meinem fast nackten Mann losschicke. Sie ist so unbezwungen, ich glaube, sie ist der perfekte Marlène-Ersatz.«

»Lass uns schauen.« Sie schaltet den Fernseher ein und wir erleben, wie Flo ihr eine Peitsche erklärt.

»Die wirkt martialisch, ist aber harmlos. Selbst bei einem heftigen Schlag verteilt sich die Kraft auf viele Enden. Die sind aus weichem Leder, nicht dehnbar und zahm. Willst du probieren?«

Er beugt sich nach vorne und zieht den Stoff der engen Badehose zwischen die Backen. Maria holt aus und stellt sich ähnlich an, wie ich bei meinen ersten Hieben. Flo zuckt nicht mal.

»Laura unterrichtet dich, wenn dich glühende Popos interessieren.«

»Ihr spielt in echt? Miriam hat mir gesagt, dass es keine Show ist, ihr leidet wirklich.«

»Wir haben in keinen Film was vorgespielt.« Er hängt die Peitsche zurück und greift sich einen der Bambusstöcke. »Die gibt es im Baumarkt für einen Euro und die leisten hervorragende Dienste. Einer der Oschis hat an Miri die zwölf Striemen verursacht.«

»Was ist mit dem Holzpaddel?«

»Du meinst die Eierschläge? Echt und eine der extremsten Qualen, die ich in dem Raum ertragen habe.«

»Freiwillig?«

»Klingt seltsam, aber ja. Miri hat einen Hodenspleen, sie spielt gerne an meinen, zärtlich oder kräftig. Ich genieße es, sie sieht dabei zufrieden aus und wenn sie mich bittet, lasse ich mich von ihr fixieren und bearbeiten. Ich halte sie aus, weil sie Spaß hat, hinterher ist kuscheln mit ihr schöner.«

»Kuscheln ist eine Metapher für Sex?«

»Nein, kuscheln ist kuscheln.«

»Die Welt ist neu für mich. Ich liebe Latexkleidung und bin regelmäßig auf Conventions, bisher habe ich nur die devote Ader in mir entdeckt.«

»Gehorsam? Miri möchte dich in unsere Runde integrieren, ich glaube, du passt zu uns.«

»Probiere es aus.«

»Ich verstehe nicht.«

Maria kniet nieder und senkt den Kopf. Er schaut sie stumm an.

»Es wird spannend, warten wir, wie Flo reagiert«, kommentiere ich.

»Willst du eingreifen?«

»Nein, er ist auf dem richtigen Weg, entweder sind wir zu sechst oder ich habe es in Zukunft auf Arbeit schwer.«

»Schau, es tut sich was, Flo bricht sein Schweigen.«

»Küss mich.«

Maria hebt ihren Kopf an, zögert, leckt ihre Oberlippe und nähert sich Flo.

»Ich glaube, wir haben genug gesehen, Flo ist Herr der Lage.« Laura schaltet den Fernseher aus.

»Hey, es gibt Sehenswertes und du schaltest ab. Flo kostet die Situation aus, Maria wollte sich die Filmreihe ansehen. Was meinst du, macht sie es, wie es das Drehbuch vorgesehen hat? Warum braucht dein Mann oben so lange? Ist da viel in der Kammer zu zeigen?«

»Die ist fast leer. Ich befürchte, Jonas hat Nora überredet, es zu probieren.«

»Ich bleibe unwissend, los, huschen wir dazu.«

»Das ist keine gute Idee. Ich weihe dich später ein.«

»Menno, dann schalten wir zu Flo und seinen Versuchen.«

»Bist du misstrauisch? Du brauchst keine Angst haben, dass nebenan was passiert. Ich musste Flo beim Partnertausch zum Sex zwingen, sonst wäre da nichts gelaufen.«

»Echt? Er hat erzählt, dass du ihn ordentlich rangenommen hast.«

»Habe ich, mit Nachhilfe.«

»Die Universalfernbedienung?«

»Jupp. Damit erreicht jede Frau, was ihr vorschwebt.« »Ja, ich liebe es, auf diese Weise meinen Willen durchzusetzen. Das Geilste ist, Flo gibt manchmal nicht nach und provoziert mich, kräftiger zu drücken.«

»Ich erinnere mich an den Gesichtsausdruck, den du bei dem ersten Besuch im Dungeon gezeigt hast. Von Beginn an hast du den Mund nicht zu bekommen und bist vor zur Kante des Throns gerutscht. Du hast nicht eine Sekunde seine Eier und das Paddel aus den Augen gelassen. Genauso schaust du heute drein, wenn ein Gehänge in Sicht ist. Du hast einen fulminanten Fetisch entwickelt.«

»Ja und ich liebe es. Ohne Aufwand bereite ich einem Mann Freude und im nächsten Augenblick liegt er als zuckender, bettelnder Shrimp vor mir. Nicht zu vergessen, was das anhängende Stückchen Fleisch in mir an Gefühlen auslöst. Ich bin dafür, dass wir die Modeschau starten, ich kann die Reaktion der Männer nicht abwarten.«

»Schnapp dir den Koffer und wir tigern rüber. Das Spa zeigen wir Maria später. Der Pool ist für alle zu eng, abwechselnd mit der Sauna und der Dusche, haben wir alle Platz.«

»Und Männermangel.«

»Ach was, reicht. Wir verdonnern die Kerle dazu, sich einzuteilen.«

»Und falls Maria nicht mitmacht, bleibt mehr für uns. Sie hat die Nordsee gelesen und schwärmt davon, Sarah zu sein.«

»Dann zeigt Flo ihr seine Fingerfertigkeit und serviert ihr Poolorgasmen.«

An der Tür zu klopfen, hilft nicht, die ist isoliert. Wir platzen unangekündigt in die Szene. Maria hat sich über den Bock gelehnt und Flo hält die Anfängerpeitsche.

»Macht weiter, wir bleiben stumm und beobachten.«

»Du hast deine Frau gehört, zeige mir die Wirkung der Peitsche und verdiene dir den nächsten Kuss.« Maria lächelt.

»Schau, Lippenstift an der Eichel«, flüstere ich Laura ins Ohr. »Wir haben unsere Mitspielerin gefunden.«

»Vertraue Flo, wir ziehen uns zurück.«

Ich nicke und wir verlassen die beiden. Im Wohnzimmer warten Jonas und Nora auf uns.

»Na ihr? Du hast Nora das neue Gerät nicht nur gezeigt, oder? Wie hast du sie überredet?«

»Das brauchte er nicht. Er hat gefragt und ich hatte Druck. Zuerst war es merkwürdig, aber der Perverse«, sie pikst Jonas in die Rippen, »hat artig mitgespielt.«

»Weiht mich einer ein?«

»Wenn sich die Situation ergibt, erfährst du, was da vor sich ging.«

»Fies, Jonas, echt fies. Dafür werft ihr euch in knappe Kostüme, ich hole uns eine neue Flasche Asti und für mich Bananensaft.«

»Ananas für Flo«, bestellt Nora mit einem Lachen. »Jonas braucht keine Geschmacksverbesserung, er ist weggeschlossen.«

»Das ist unfair.«

»Das ist das Leben, Jonas. Du kennst die Bedingung für die vorzeitige Entlassung deines Schwanzes.«

»Bin ich einverstanden, darf ich nachher im Pool mitferkeln?«

»Ja, Schatz. Wir kostümieren uns und du entscheidest dich.«

Ich grüble auf dem Weg in den Vorratskeller, welche Bedingung Laura gestellt hat. Banane, Ananas und Asti, alles steht griffbereit und ist gut gekühlt. Es geht nichts über Vorratshaltung. Ich streichle mir über den Bauch. »Du hast ein aufregendes Leben, Phoebe, noch bevor du draußen bist.«

Flo kommt aus dem Spielzimmer, als ich gerade allen einschenke.

»Na, gefallen dir fremde Lippen am Ständer?«

»Deine sind weicher. Woher weißt du?«

»Laura und ich haben euch zugeschaut, die Kamera steht drüben. Sie hat vor dir gekniet. Leider hat Laura abgeschaltet, ich hätte gerne weiter gespannt. Der entscheidende Beweis ist der Lippenstift am Dödel.«

»War ein Kuss, na ja zwei, den anderen Kontakt genoss Leo, nachdem ihr wieder verschwunden seid.«

»Alles gut, Schatz. Es war mein Plan, sie zu locken. Sieht geil aus, ich glaube, ich trage in Zukunft öfters beim Schlafengehen roten Lippenstift. Ich hoffte, sie springt drauf an, wenn ich dich fast nackt mit ihr losschicke, habe nicht gerechnet, dass es so schnell passiert. Du bist ein scharfer Frauenschwarm. Wo hast du sie gelassen? Zum Bewusstlospoppen war die Zeit zu knapp.«

»Sie zieht ihr erstes Outfit an und mehr als der Test, ob sie gehorsam dient, ist nicht passiert.«

»Das ändert sich, heute Abend. Deine Aufgabe wird es, vier Mädels im Pool zu befriedigen.«

»Nicht gleichzeitig, oder? Das schaffe ich nicht.«

Mit einem Lächeln wechsle ich das Thema. »Nehmt Platz und jemand sucht passende Musik aus, ich bin gleich wieder da.«

Vorsichtig stecke ich einen Kopf durch die Tür zu Maria, sie ist fertig umgezogen.

»Du siehst umwerfend aus, zum Anknabbern.«

Sie nickt stumm und dreht sich weg.

»Was hast du? Ist es dir unangenehm, wenn eine Frau dich ansieht und heiß findet?«

»Nein, ich finde es toll. In der Latexszene wirst du von anderen Frauen eher angezickt. Du bist nicht sauer, weil ich …«

»Weil du, kaum hier, Flos Ständer geküsst hast? Iwo, nicht die Spur.«

»Echt? Im *Weihnachtsglück* klang das anders. Wo ist die Eifersucht hin?«

»Die ist Vertrauen gewichen. Ich habe gehofft, du wirst Mitglied unserer Gruppe und glaube mir, du erlebst mehr, als eine geküsste Eichel.«

»Wie schaffst du es, offen und unbekümmert zu reden?«

»Tu ich nicht, fühle meinen Herzschlag.« Ich greife ihre Hand und lege sie mir auf die Brust. Statt zu reagieren, schaut sie mir unsicher in die Augen. »Du spürst den Puls besser, wenn du knetest«, fordere ich sie auf, hoffend, dass sie den Wink versteht, den Herzschlag fühlt sie da nicht. Sie zögert, mit zitternder Hand. Ich nehme ihr die Entscheidung ab, »mein Herzschlag ist später genauso weich, zeigen wir den Anderen, wie scharf du in Gummi aussiehst.« »Danke, ich versuche es, in das dritte Outfit komme ich nicht ohne Hilfe.«

»Du wirst im Pool Gelegenheit haben, zuzugreifen. Zum Ankleiden schicke ich dir Flo, deine Lippen haben es gespürt, er steht auf deinen Body.«

»Ich bin nackt, um es anzulegen, hilfst du mir nicht besser? Was meinst du mit Pool? Ich habe keinen Badeanzug mit.«

»Perfekt, der Whirlpool ist nackig anregender.«

»Hilft es, wenn ich Flo den Käfig anlege?«

»Würdest du?«

»Klar, dafür ist der Cage da. Ich setze mich rüber und in einer Minute folgst du, ich freue mich auf den Blick der Männer, wenn sie dich sehen. Überlege dir, ob du Flo oder mich als Garderobier lieber hast.« Mit einem aufmunternden Nicken verlasse ich den Dungeon.

»Geht es los?« Jonas kann es nicht abwarten.

»Dein frecher kleiner Freund ist ungeduldig«, schmunzle ich.

»Ich habe ihn freigelassen, Jonas hat sich entschieden. Er eifert Flo nach und liefert seine persönliche französische Demonstration ab.«

»Nicht ausplaudern, Maria soll nichts wissen.«

Zu spät, sie steht bereit, wir haben ihr Erscheinen nicht mitbekommen, alle Aufmerksamkeit hat Jonas für sich beansprucht.

»Echt? Wann? Darf ich zusehen?«

»Du bist eingeladen.« Sie klopft Jonas auf die Schulter. »Er behauptet immer, wie locker er ist. Das ist die Gelegenheit, es der Welt zu beweisen.«

»Peinlich«, antworten die Männer synchron.

»Stellt euch nicht an, was denkt unser Gast von uns? Erst große Töne spucken und dann kneifen?«

»Ich schau weg, ich hatte nicht vor, jemanden in Verlegenheit zu bringen. Wie schafft ihr diese Offenheit?«

»Routine, der Start war holprig ohne Ende. Ich habe bei den ersten Fotos mehr gezittert, als der Rest zusammen. Später ist mir bewusst geworden, dass es nichts an mir gibt, das die Welt in der Vergangenheit an anderen Frauen im Internet nicht gesehen hätte. Es ist die verklemmte Moralvorstellung, die du hinter jeder Ecke vorgeführt bekommst. Hast du das verstanden, ist es dir egal, ob jemand, der dich nackt sieht, rot anläuft, es ist nicht mehr schwer, offen zu sein.«

»Nicht reden, zeig uns, wie du dich in dem Teil bewegst und anfühlst.« Nora bringt es auf den Punkt. »Du siehst verdammt scharf aus, wie hast du es geschafft, dich bisher vor mir zu verstecken?«

»Bin verklemmt, hilfst du mir beim Umkleiden?«

»Ich folge dir auffällig.«

»Langsam, zuerst tasten wir unseren Gast ab. An dir wirkt Latex wie eine Haut, bisher habe ich sowas nie in echt gesehen oder angefasst«, staunt Jonas.

»Lasst uns probieren«, fordere ich auf.

»Es fühlt sich glatt an. Das Material verbirgt jede Unebenheit, die Oberfläche ist weich wie ein Babypopo. Spürst du Berührungen und Streicheleinheiten?«

»Ja und anders als auf nackter Haut. Dieser Body ist dünn, ein viertel Millimeter, und ist extra für mich maßgeschneidert worden. Jeden Strich auf der Oberfläche spüre ich direkt. An der richtigen Stelle berührt, komme ich besser als nackig.«

»Sieh an, weiß jemand, welche Stärke Kondome haben? Männer behaupten, sie fühlen nichts mit den Dingern«, fragt Nora verblüfft.

»Ausreden, glaubt mir. Dieser Body ist fünfmal dicker als Verhüterlis und es dringt jeder Stups an die Haut.«

»Safer Sex ist wichtig, ohne Gummi ist aber geiler«, kommentiert Jonas.

»Hast dir je einer mit Gummihandschuhen einen runtergeholt? Du willst danach nie wieder anders. Bei Handschuhen ist es nicht tragisch, Massageöl zu benutzen, die landen im Müll. Die Suits sind pflegeintensiv, ich rechne damit, morgen den ganzen Vormittag mit der gründlichen Reinigung zu verbringen.«

»Echt? Warum sagst du das nicht vorher? Schauen wir uns deine Teile nur an. Darf ich dich anfassen?«

»Ich bestehe darauf.«

Nora drückt, nein quetscht, sich an Marias Rücken, ihre Finger schlängeln über den Latex.

»Geile Showeinlage«, flüstert mir Flo ins Ohr.

»Pssst, nicht unterbrechen, da bahnt sich ein ONS an und wir sind Zeugen. Das ist kein Fühlen und Erfahren des Materials, sie überprüft, ob Maria jede zärtliche Bewegung merkt. Schau, sie haben die Augen geschlossen und reiben sich aneinander, sie genießen.«

Flo nickt und geiert. Angekuschelt flüstert er zurück: »Eine Dauererektion ist unangenehm, massiert du sie weg?«

»Sparen wir sie auf, Jonas ist bereit uns zu zeigen, wie er mündlich ist.«

27.11.2021

Hallo Filo,

Erfolg auf ganzer Linie. Maria passt; wir zu ihr und sie zu uns. Das Haus füllt sich. Schwesterchen hat sich den Neuzugang geschnappt und Flo sich seinen Schwanzwunsch erfüllt.

Was meinst du mit der Reihe nach, Filo? Okay, für dich fasse ich zusammen.

Du brauchst dir nicht mehr die Buchstaben zerbrechen, wie wir es anstellen, Flo hatte Jonas im Mund. Ich frage ihn beim Morgenduschen aus, wie es für ihn war, zwinker. Weil ich Flo geholfen habe, sich zu überwinden, habe ich nicht alles gesehen und bin neidisch, ich hätte gerne selbst, du verstehst? Halte dich fest, treue Freundin, Jonas unser hundertprozentiger Ich-fasse-keinen-Mann-an-Macho, hat für Freigang seines Schwanzes versprochen, es ebenfalls zu probieren. Die nächsten Tage werden spannend, Laura hat angekündigt, sanft nachzuhelfen, echt überzeugt ist Jonas nicht.

Themenwechsel, Nora und Maria. Unser Gast hat Flo zwar Lippenstift auf die Vorhaut geküsst, wie es aussieht, ist sie aber eher an Frauen interessiert.

Ja, echt, sie hatte Leo an oder zwischen den Lippen und ich habe sie nicht geviertelt. Tief in mir keimt der Wunsch, einen Abend Cuckquean zu sein. Ach komm, Filo, heute bist du langsam. Ich fantasiere, zu erleben, wie Flo es mit einer Gruppe Frauen treibt und ich tatenlos zusehe. Wenn Corona die Segel streicht, lasse ich nach der Geburt Nora ein Wochenende auf Phoebe aufpassen und lade Flo in einen Swingerclub ein. Er wird staunen. Egal, ist eine Fantasie, ich traue mich nicht, Flo zu bitten. Wie meinst du, Filo? Ja, ist gut, versprochen, ich bin ehrlich und frage ihn, wenn der Moment passt.

Weiter, ich schweife ab. Nach der Modeschau, die eher eine Peepshow war, Nora testete ausgiebig, wie Latex sich anfühlt, hat Maria den Mut aufgebracht, zu Flo und mir in den Blubberpool zu steigen – nackt. Der Knaller, Flo hat versucht, sie zu verwöhnen, wie Patrick Sarah, aber erfolglos. Erst habe ich vermutet, Maria sei zu nervös, ich hatte sie ja überrumpelt, mit uns Spaß zu haben, Pustekuchen, kaum hat Nora Flos Platz eingenommen, ist Maria wie eine Rakete mit Überdruck gestartet. Sie hat sich dabei an Flo festgehalten. Er hat mich zwischendrin gebeten, ihm die Brustwarzen zu zwirbeln, damit er nicht ins Becken ejakuliert. Drei Kubikmeter Wasser zu tauschen ist teuer, treue Freundin.

Abends ist Maria nicht heimgefahren, Nora hat sie in ein Catsuit gesteckt und abgeschleppt. Ich höre ihnen zu, Nora hat recht, ihr Bett i st schräg über unserem.

Pause, Filo, ich lege mich zu Flo, wir lauschen den heißen Lesben da oben gemeinsam.

Bussi, Miri.

»Na, neue Geheimnisse deinem Tagebuch anvertraut? Komme ich vorteilhaft weg?«

»Haufenweise Peinlichkeiten, dein mündlicher Einsatz oder erfolgloser Versuch bei Maria Höhepunkte zu schenken, zum Beispiel.«

»Filo petzt nicht, Filo verurteilt nicht, der Vorteil eines Tagebuches.«

»Jetzt höre ich jedes Detail von dir und Maria im Dungeon.«

»Welche, du hast zugesehen und den Lippenstift begutachtet.«

»Aber nicht gesehen, wie sie …«

»Mausi. Es war wie ein Schmatzer auf die Wange. Komm her, du hast tief«, er stupst mir auf die Brust, »im Herzen Angst. Brauchst du nicht, echt.«

»Danke, Schatz. Ich fürchte mich, allein zu sein. Weißt du, es ist nicht relevant, ob du dich an irgendeiner Frau aufgeilst oder sie sich an dir, deinen Körper würde ich teilen, deine Seele gebe ich nicht kampflos auf.«

»Die habe ich dir Weihnachten 2019 geschenkt, auf ewig, rückst du sie nicht raus, bleibe ich dein.«

Statt zu antworten, lege ich mich an meinen Seelenverwandten und überschütte ihn mit Küssen und knuddle ihn anschließend.

»Löffelchen schlafen? Arm um mich, Hand an die Brust und einschlafen.«

»Heiern? Schade …«

»Ja, du bleibst geladen für Jonas.«

»Bis er sich das überlegt, keinen Sex? Dann poppen wir erst wieder im Altenheim.«

»Das glaube ich nicht, Laura sorgt dafür, dass er sein Versprechen einlöst.«

»Optimistin. Oben ist Action, bei der geilen Soundkulisse kann ich nicht schlafen.«

»Du bist eine Nervensäge, kein Orgasmus, basta. Entspanne dich und wir hören den beiden bei ihrem Spaß zu.«

»Menno.«

»Klappe.«

Mein Versuch, ihm beizubringen, im Bett das Kommando zu übernehmen, ist bisher nicht von Erfolg gekrönt gewesen. Er bittet um Ferkeleien und ich gebe regelmäßig nach. Diesmal habe ich eine Ausrede, um nicht einzuknicken, Jonas findet die nächste Zeit haufenweise Vorwände. Ich hoffe, mein Sexmonster ist in ein paar Tagen weichgekocht und es fällt ihm ein, wie er den richtigen Ton im Bett anschlägt.

Produktionsbesprechung

»Weckt jemand die Turteltauben? Keine Ahnung, wann die eingeschlafen sind, ich war um eins auf Klo, da haben die immer noch gekichert.« Flo sieht müde aus oder ist das der Gesichtsausdruck, wenn er unbefriedigt ist?

»Genießen wir die Ruhe eine Weile. Gibt mir jemand eine Stulle? Mir knurrt der Magen.«

»Frühstück kommt, Miri«, ruft Laura aus der Küche, »dazu eine Latte?«

»Heiß, mit extra Sahne.«

»Schön wäre es«, grummelt Flo.

»Fängst du schon wieder an? Das haben wir besprochen.«

»Pah, du hast angeordnet. Warte, Moment, das ist es, du Früchtchen.«

»Wie redest du mit deiner schwangeren Frau?« Ich markiere die Entrüstete.

»Wie sie sich das wünscht. Miri, wir beide, heute Abend und keine Ausflüchte.«

Er hat aufgepasst, hoffentlich hält dieser Kommandoton bis heute Nacht.

»Hier, ein wachmachender Morgendrink mit Marmeladenklappbrötchen«, Laura reicht Frühstück mit verschmitztem Blick.

»Ich gehe, die Mietzen aus den Federn holen. Wir haben Arbeit, der nächste Akademiefilm produziert sich nicht selbst.« Laura verschwindet mit Kaffee und Hörnchen.

Jonas Blick ist unbezahlbar. Ob er ahnt, was ich vorhabe? »Ihr habt einen Einfall, um den Lehrplan zu erweitern?«

»Wir ergänzen die Eierreihe um die neusten wissenschaftlichen Erkenntnisse. Flo und ich haben experimentiert und Entdeckungen gemacht. Warte, bis wir komplett sind.«

»Maria ist dabei?«, fragt Jonas ungläubig.

»Klar, ich hoffe, sie schließt sich uns an. Heute ist ihr Schnuppertag, wir zeigen ihr, wie die Vorbesprechung, der Aufbau und zum Schluss die Umsetzung ist. Bei Nora lernt sie, Filme zu schneiden.«

»Noras Art, Filme zu Sichten hast du uns vorgeführt.«

»Ich sagte, es ist nichts passiert. Wie oft soll ich mich wiederholen?«

»Durch das wiederholte Dementi wird es nicht glaubwürdiger.«

»Nicht frech werden, sonst bereut es dein Sack.«

»Geile Sache, ich provoziere dich weiter, damit er keine Luftnummer erlebt.«

»Der Jieper dir wehzutun ist wach und wartet. Du läufst morgen breitbeinig durch die Bude.«

Flo reagiert erleichtert, »da bin ich froh, heute Kameramann zu sein.«

»Freu dich nicht zu früh, du bist das nächste Opfer. Wir Mädels grübeln noch, wie du für uns leiden wirst.«

Maria unterbricht. »Guten Morgen, ich freue mich, euch zu sehen.«

»Moin, ihr Sexmonster. Du bist ausgeschlafen? Hat dir Nora gebeichtet, dass ihr Bett in Hörweite steht? Flo und ich haben euch genossen. Willkommen zu unserem Produktionsfrühstück, Maria.«

Sie reagiert nicht wie erwartet, sondern mit Kichern und legt ihren Kopf auf Noras Schoß. »Hat sie, ich hoffe, die Vorstellung hat euch gefallen. Danke für die Einladung, Miri. Die letzten Monate waren leer wie ein Vakuum und ich wusste nicht, wie echtes Leben ist. Ihr habt mich aufgenommen, ohne Vorurteile, mich die sein lassen, die ich bin. Das Beste, deine Schwester gebe ich nicht wieder her.«

»Ich erkenne da ein Schema.«

»Ich auch, Laura. Siehst du das gleiche Bild wie ich? Wie Maria hatte ich mich an nur einem Abend in Nora verliebt. Einen Unterschied gibt es, eure Liebe hält, eine dritte Schwester wäre unwahrscheinlich.«

»Hey, verkuppelst du mich mit Maria?«

»Zu spät, ist passiert. Sie hat recht, ich bin verliebt.«

»Ich auch. Küsschen?«

»Küsschen!«

»Und es geht los. Ich war froh, als bei Miri und Flo Normalität eingekehrte, nun sind die nächsten Frischverliebten im Haus. Richtet euch auf häufiges Küssen und Fummeln ein.«

»Jonas, du bist kein Romantiker«, kontert Laura. »Die beiden genießen ihre Zeit. Warten wir ab, wie es sich entwickelt.«

»Fünf Minuten Knutschpause und dann an die Arbeit.«

Beim Züngeln mit Flo schweift mein Blick herum, so stelle ich mir einen Swingerclub vor. Paare, die sich ohne Scheu aneinander erfreuen. Die Couch ist leider zu weitläufig, um Laura oder Nora zu ertasten.

»Die nächste Stunde reduziert bitte Ablenkungen und konzentriert euch. Das gilt besonders für frisch Verliebte.«

»Sie meint uns«, strahle ich Flo an.

»Fast. Der nächste Film ist ein Zweiteiler, Theorie und Praxis. Miri doziert am Anfang, welche Schlaginstrumente auf Jonas Glocken zum Einsatz kommen. Übernimmst du, BFF?«

»Zunächst zeige ich das bekannte Holzpaddel, ein paar harmlose Schläge. Ich erkläre die Wirkung, habe aber keine Peilung, wie wir das trocken und theoretisch rüberbringen.«

»Möchtet ihr einen Vorschlag von mir hören?«, fragt Maria schüchtern.

»Das ist Sinn der Vorbesprechung, jeder trägt seine individuellen Ideen und Bedenken hervor.«

»Ist mir unangenehm, ich habe das auf einer SM-Convention gesehen.«

»Sowas gibt es? Zur Nächsten fahren wir und holen uns Inspiration bis in die Haarspitzen. Maria, du hältst uns auf dem Laufenden. Was hast du da gesehen?«

»Ein Brett mit Lochklappe. Der Mann liegt auf dem Rücken und das Teil steht wie ein flacher Tisch über ihm. Klappe auf, die Juwelen oder das komplette Gehänge durchgeschoben, zumachen, arretieren und das Zielgebiet ist wehrlos. Die hatten eine ähnliche Konstruktion mit anderen Öffnungen für Brüste. Ab einer gewissen Körbchengröße ist der Busen fixiert und griffbereit.«

»Geiler Vorschlag. Der alte Tisch, der auf seine Entsorgung wartet, ist ideal und das Andreaskreuz höhenverstellbar. Kombiniert haben wir den Schreibtisch der Dozentin. Mit meiner geschickten Kameraführung sind am Anfang die Eier nicht zu sehen.«

»Immer raus mit Vorschlägen, wenn dir was zum Thema einfällt. Erster Tag und du bereicherst Noras Leben und die Filme.«

»Danke. Wir sehen uns ständig auf Arbeit und ich habe nie den Mut gehabt, mich zu öffnen.«

»Diese Massenverklemmtheit ist das Problem. Warum ist Reden über Lust und Sex ein Tabu? Hast du gewusst, dass der Alte unser erster Stammkunde ist? Ich auch nicht, weil er sich nicht getraut hat, sich zu outen und er es mir bei dem Angebot der Beförderung gebeichtet hat, nur weil er musste. Ich hätte die Ausgaben in den Büchern gefunden.«

»Ist nicht wahr?! Herr Bach hat dich in Aktion gesehen?«

»Hat er, das erste Kitzel-Video von Laura haben wir gedreht, weil er gerne was in der Richtung sehen wollte.«

»Wie viel Alkohol habt ihr im Haus? Das Bild bekomme ich nie wieder aus dem Kopf, es sei denn, ich lösche das Wochenende mit einem Vollsuff.«

»Das klappt nicht, wir haben zwei oder drei Flaschen Asti und einen Obstler, brrr … Den hatte ich für einen Kuchen gekauft und pur ist der ungenießbar«, antwortet Laura.

»Ich sorge später für einen komatösen Orgasmus in dir, dann schläfst du wie ein Baby.«

»Wir weichen ab, es ging um die Behandlung schmerzwilliger Männer.«

»Flo hat recht, wir werden bei den Ablenkungen nie fertig.«

»Ich rekapituliere: Ich gefesselt, die Eier liegen bereit für die Vorlesung, Miri erklärt das Paddel. Weiter?«

»Das verdirbt dir die Überraschung. Ihr habt mich weggeschickt, damit ich unvoreingenommen am Set bin, heute verlässt du die Planungsrunde.«

»Ist nicht vergleichbar, deine Aufgabe war es, zu genießen, ich leide für den Dreh. Wie entscheide ich, ob ich bereit bin?«

»Das hatte sie zu dem Zeitpunkt nicht gewusst. Miri hat mir beschrieben, wie sie vorgehen möchte, das schaffen wir zusammen.«

Laura flüstert ihrem Mann etwas ins Ohr und er reagiert prompt. »Geil, ich jogge ein paar Kilometer, die Weicheirunde, ihr habt eine Stunde. Wehe du flunkerst, Laura, ich nehme dich beim Wort.«

»Ehrenwort.«

»Ihr sprecht in Rätseln.«

»Du wirst verstehen, bin dann weg, bleibt sauber.«

Jonas verschwindet tatsächlich, ich bin gespannt wie ein Flitzebogen, was hat Laura gesagt? Jonas hat beim Flüchten einen neuen Rekord im Hundertmeterlauf aufgestellt.

»Weiter im Thema, ich zeige den Zuschauern einen Kochlöffel, Lederriemen und das gepolsterte Paddel. Jonas setzen wir Kopfhörer mit Musik auf. Er bleibt unwissend und wir genießen jeder Sekunde seiner Reaktionen. Ich versuche, alle Instrumente mit gleicher Härte zu nutzen, wir beobachten sein Zucken.«

»In echt? Das ist keine Show fürs Netz? Lasst ihr mich zusehen? Bitte.« Sie schaut mit einem Bettelblick, den selbst Flo nicht so herzerweichend aufsetzt.

»Livepublikum, gefällt mir. Dir ist bewusst, in dem Film vor der Welt sichtbar und wichtiger, erkennbar zu sein?«

»Ist mir klar. Wenn nicht jetzt, wann dann? Nora und ich verbringen ab sofort jede freie Minute miteinander und ich möchte mehr als ein geduldeter Gast sein. Euren lockeren Umgang mit Sex, SM und dem Internet werde ich lernen, der Film ist meine Äquatortaufe.«

»Nenn es besser dein Bad im Haifischbecken. Wir haben über zweitausend zahlende Kunden, die Teaser sind für jeden aufzurufen. Herr Bach ist da dein kleinstes Problem, er schafft es, meine Auftritte vom beruflichen Engagement zu trennen, da reagiert er bei dir nicht anders.«

»Zieh das heiße Teil von heute Nacht an, um das Universum in Verlegenheit zu bringen«, geiert Nora.

»Das muss ich vorher reinigen und trocknen, wenn du mir hilfst, schaffen wir das pünktlich zum Drehbeginn. Ich präsentiere mich der Welt, sie dreht sich anschließend einen Tick schneller.«

»Los. Ihr bewältigt den Rest allein?« Nora will aufstehen.

»Langsam, die zehn Minuten schafft ihr, ohne euch an die Wäsche zu gehen.«

»Nicht trödeln, Zeit ist Lust.«

»Wenn Jonas die ersten Proben genossen hat, führe ich der Welt vor, ihn hautschonend zu quälen. Heute demonstriere ich ein Küchenhandtuch und einen Waschlappen.«

»Eine dritte Alternative gewünscht?«

»Rück raus, Maria.«

»Aus eigener Erfahrung, Latex dämpft Hiebe auf die Haut effektiv. In der Szene spielen wir manchmal *übers Knie legen*, ist der Po in Latex, sind Stockhiebe ein sanftes Streicheln. Ich habe ein paar Stückchen in Reserve dabei, falls ein Riss in einem Kostüm zu flicken ist. Er genießt das Gefühl von Latex am Beutel, die Haut bleibt rosa und die Hoden sind die Leidtragenden.«

»Das qualvolle Dreierlei, ich werde hibbelig, höre Jonas in meinen Gedanken um Gnade betteln.«

»Vergiss nicht die erste Lektion, die du in dem Dungeon von mir erhalten hast. Du hast die Kontrolle über das Spiel, die Verantwortung für dein Opfer, pass auf, beides nicht für einen kurzen Lustgewinn zu verlieren.«

»Danke, dass du mich erinnerst. Ich achte auf meine Gefühle und die Gesundheit deines Mannes. Das letzte Wort überlasse ich dir, bin ich in Fahrt und verpasse die richtige Ausfahrt, sorgst du für eine Reifenpanne.«

»Wie immer, wir helfen uns gegenseitig. Spiele ihn nicht kaputt, es reicht, wenn du ihn brichst. Ich habe ihm versprochen, du lehrst ihm das Gefühl, am Ende genug zu haben. Ist die Theoriestunde vorbei und die Experimentalvorlesung beginnt, nehmen wir ihm die Kopfhörer ab. Er brüllt sich heiser und du genießt es. Dosiere die Schmerzen in Wellen, in den Erholungsphasen versuche ich dich zu überreden ihn zu erlösen, du schmetterst meine Bitten mit der Begründung ab, es reiche dir nicht. Unter uns, du wirst Jonas die Erfahrung liefern, zu der ich mich nicht bisher nicht überwunden habe.«

»Toller Plan, seine Angst verstärkt die Qualen. Wie fangen wir ihn wieder auf?«

»Das ist der Haken an der Geschichte, er gibt sich für mich auf, ich habe ihm das Gleiche versprochen. Du wirst das Geheimnis der Kammer kennenlernen.«

»Wirklich? Du meinst, er hat dafür im Anschluss die Kraft? Was, zum Katzenschwanz, ist da drin?«

»Sage ich nicht, das ist Teil des Versprechens.«

Ich wende mich zu unseren Turteltäubchen, um mich von der mysteriösen Kammer abzulenken. »Einen Hinweis für dich, Maria. Du wirst nachher in der Zwickmühle stecken, dem Geschehen seinen Lauf zu lassen oder einzugreifen. Bleib sitzen, für Neulinge ist es schwierig, dem Opfer nicht zu helfen. Ich habe das Gefühl, Nora wird es dir bestätigen. Behalte im Hinterkopf, dass alles freiwillig geschieht und keine bleibenden Schäden hinterlässt.«

»Das schaffe ich, den Frischlingsstatus habe ich mit dem Anschauen der Videos verloren.«

»Das ist nicht vergleichbar, es ist Live eine Nummer schärfer und härter, glaube mir. Wir haben unserer Rollen verteilt, Miri doziert und bricht Jonas, Flo filmt, Laura überwacht, Maria staunt Bauklötzchen und ich begraffle dich«, erklärt Nora.

»Ab mit euch, euer heimliches Fummeln ist nicht zu übersehen, in zwei Stunden in voller Montur wieder hier.«

Wie Teenager kichern, flüstern und knutschen sie und lassen uns allein.

»Wo ist der besagte Tisch? Ich werde ihn mir ansehen«, fragt Flo beim Aufstehen.

»In der Garage, hinter dem Campingzeugs, das Staub ansetzt.«

»Aye, mal sehen ob ich ihn finde.«

Laura und ich bleiben zurück.

»Wie früher, wir beide auf der Couch. Kuscheln?«

»Kuscheln! Hier hast du mir Flos Antworten auf die versaute Nachricht vorgelesen.«

»Ich war in Sekunden verliebt und du hast mich aufgefangen.« Diese verflixten Zwiebelsteine am Kamin, ich weine auf Lauras Schulter.

»Umarme mich, Kleines. Übernimmt dich die Erinnerung an die Zeit vor Flo?«

»Das sind Glückstränen. Ohne deinen Einsatz, Jonas' besondere Fantasie, dem Dreier und die Nachhilfe zu Weihnachten hätte ich nie meinen Traummann erobert. Das kann ich dir nie genug danken.«

»Kein Dank nötig, Mausi, dafür ist eine BFF da. Stell den Wasserfall ab, hab Spaß an Jonas und heute Nacht knutschst du Florian, bis er platt ist.«

»Ich fange sofort mit Küssen an. Der Erste ist für dich.«

Mein letzter Kuss mit einer Frau ist eine Ewigkeit her, ihre Lippen sind weicher, die Zunge ist sanfter und Busen auf Busen ist kribbelnder als Flos Flachland. Müsste ich mich festlegen, fiele meine Wahl auf meinen Mann, verliebter Lippenkontakt ist schöner.

»Heiß!«

»Hey, wie lange peilst du? Ein Gentleman hätte sich geräuspert, wenn er bemerkt, dass Ladys sich unterhalten.« Ich schaue ihn entgeistert an, wie lange liege ich an Laura?

»In einer Stunde folterst du meine Juwelen, betrachte es als Henkersmahlzeit. Macht weiter, ich bin duschen und checke den Haarschnitt am Gehänge.«

»Blank bitte, mit dem männlich dufteten Duschgel waschen, wenn du zum Start ein Willkommenskuss haben willst.«

»Acht. Einer auf jedes Ei, vier Damen, macht acht.«

»Du meinst, Maria und Nora machen mit?«

»Ich hoffe, sonst füllt ihr die fehlenden Küsse auf.«

»Mach dich frisch. Laura und ich greifen Flo unter die Arme.«

Der Tisch steht bereit, Flo daneben mit runtergelassener Hose und Lineal am Schritt.

»Nicht schon wieder, du brauchst nicht messen, Schatz. Das haben wir x-mal durchgekaut, Jonas ist länger, du bist dicker. Beides hat seine Vorzüge.«

»Bla, bla, bla. Ich versuche, das Lochmaß zu ermitteln, die Jungs flutschen mir ständig aus der Hand, so wird das nichts.«

»Das ist überflüssig, seine Kleinen sind doppelt dick, wenn ich fertig bin.«

»Ich habe die Kranzbohrer gefunden, der größte hat viereinhalb Zentimeter Durchmesser.«

»Bohre es eine Stufe enger, es reicht, sie nacheinander durchzudrücken. Wegziehen verhindert ein Seil, das die Murmeln locker zusammenhält. Die Durchblutung bleibt erhalten, die glitschigen Drüsen hauen nicht ab.«

»Werde ich, zur Sicherheit«, er reicht mir den Zollstock.

»Was sonst? Laura, halte ihn im Griff, ich messe.«

Er bockt, er hoffte auf erotisches Fingern, stattdessen er mit der Hose an den Knöcheln unter Lauras beherztem Druck.

»Stillhalten, so werde ich nie fertig. Laura, ändere den Griff, ein Ei reicht zum Messen.«

»Übt an Jonas, ich schaffe das ohne Hilfe.«

Sie lässt ihn los, Flo fasst sich in den Schritt.

»Weichei, mein Mann zuckt bei dem seichten Anfassen nicht mal.«

»Menno, ich war unvorbereitet.«

»Bohre das Loch und wuchte das Teil rüber.« Mit einem High Five, das Zeichen unserer Frauenpower, verlassen wir ihn.

»Ich ziehe mich für ein paar Minuten zurück, überdenke meine Worte, überprüfe das Equipment und suche einen Knebel aus.«

»Passt, ich kontrolliere Jonas' Haarfreiheit. Wie besprochen, um vier ist Drehstart.« Laura verschwindet im Spa.

Ich bin nervös, keine Ahnung, warum. Ich teile aus, habe Spaß und genieße Macht über einen Mann. Ich bin gebrieft, wie wir Jonas ohne Schaden Angst einjagen, zur Not bremst Laura meinen Eifer. Der Reihe nach, zunächst wähle ich den Knebel für den ersten Teil. Die Trense fällt aus, die ist für Flo und mich und das Opfer ist zu laut. Einen der Penisknebel? Nö, die sitzen tief, der mit Loch ginge. Mir scheint der Aufblasbare mit dem Plastikrohr in der Mitte für das Vorhaben passend. Bei verstopfter Nase ist er weiter in der Lage zu atmen. Die Schlaginstrumente sind klar, ich nutze die, die ich auf Flo in Aktion hatte. Der Stoff liegt griffbereit, fehlt Marias Reparaturlatex. Die Maske ist bereit, die kennt er, zum Schluss ein Meterseil der weichen Sorte.

»Hilfst du mir?« Flo öffnet die Tür. Wir tragen das Marterbrett herein und positionieren es über dem Kreuz.

»Lege dich probeweise hin, noch haben wir Zeit, die Öffnung zu vergrößern.«

Er grinst, zieht die Hose aus und rutscht zwischen Platte und Kreuz. Das Loch ist zu weit oben, ich spüre seinen Bauchnabel.

»Liegenbleiben, ich verrücke den Tisch selbst.« Fünf Minuten Feintuning später habe ich die perfekte Position gefunden, Flos Hodensack durch die Öffnung gezogen und mit dem Seil angebunden.

»Ich fessle dir Arme und Beine, die Generalprobe soll realistisch ablaufen.« Er nickt und hilft bereitwillig mit. »Zähne zusammenbeißen, ich spiele an den Zwillingen, zum Test, ob sie bleiben, wo sie sind.«

»Bin bereit.«

»Hätte ich eine Checkliste, könnte ich professionell vorgehen.«

»Bringst du dich in Stimmung?« Laura steht in der Tür und staunt.

»Flo hat gebastelt und wir probieren, ob die Öffnung passt.«

»Was meinst du mit der Checkliste?«

»Mit der hake ich ab, was ich kontrolliert habe und bin am Ende sicher, damit uns bei Jonas Behandlung nichts unterbricht.«

»Wieso nicht? Wir schreiben einen SM-Ratgeber mit Bauanleitungen, im Dungeon haben Jonas und ich die Hälfte selber gebaut, Sicherheitshinweisen, die Leser sollen Spaß haben, nicht in der Notaufnahme landen, deine Checklisten und Praxistipps.«

»Ein Heftchen, dreißig bis vierzig Seiten, A5 und bebildert. Eine Handreichung für ambitionierte Laien.«

»Hebt euch das für später auf, es wartet ein Mann auf Begutachtung.« Flo ruft uns in die Realität zurück.

»Laura, was sagt du zu dem Aufbau?«

»Das Schmerzzentrum liegt bereit, ohne, dass der Mann die Aussicht verdirbt. Wie war es, als du ihn geschlagen hast? Mich störte es, nur eine Hand frei zu haben, da die Linke den Sack in Position hielt.«

»Ist mir nie aufgefallen, stimmt leider. Was ist, wenn wir das Seil straff ziehen? So?« Laura zieht beherzt das Seil am Tisch entlang und Flo stößt einen herzhaften Schrei aus.

»Sieht scharf aus, ist was für den Augenblick, jedoch zu riskant, es könnte die Blutversorgung unterbinden.«

Jonas schaut zur Tür herein. »Das lösen wir im Handumdrehen.«

»Hast du eine Idee?

»Ja, ich bin sofort zurück.«

»Glattrasiert sehen Männer schärfer aus. Oder Miri?«

Jonas läuft sonst nur getrimmt im Schritt durch die Gegend.

»Finde ich auch. Filmen wir Flo, wie er ein Brazilian Waxing erträgt, wer schön sein will, muss leiden.«

»Hey, fragt mich jemand?«

»Nö. Ich frage meine Kosmetikerin, ob sie mitmacht.«

»Du hast es gehört, Flo. In nächster Zeit da unten nicht enthaaren.«

Jonas kehrt zurück, mit dem Akkubohrer und einer Raffelkiste mit Schrauben in der Hand.

»Zwei Schrauben und der Sack liegt bereit, ohne Chance abzuhauen.«

»Vergiss es, Jonas, da wird nichts geschraubt«, schimpft Flo.

»Hör auf zu zappeln, sonst geht ein Loch daneben.«

»Miri, tu was, er soll den Akkubohrer weglegen.«

Wir stehen in Flos Blickfeld, er spürt, wie sein Hoden bereitgelegt wird.

»Hier und hier«, Jonas pikst mit dem Bleistift leicht auf jedes Ei. Mit der anderen Hand wühlt er lautstark in der Schraubenkiste. Er hat einen Zettel mitgebracht, auf dem steht:

Mitspielen, Ladys, das ist ein Streich.
Wir erwecken den Eindruck, dass wir seine Eier
festschrauben.

Mein armer Mann meckert wie ein Rohrspatz und bettelt, »ihr hört sofort auf, das ist nicht lustig. Miri, bitte…«

»Pssst, Schatz, du hast gehört, nicht bewegen, es ist gleich vorbei.«

Jonas lässt den Akkubohrer anlaufen, Flo versucht sich in Panik zu befreien, erfolglos.

»Erlösen wir ihn, zeigt ihm den Zettel«, beendet Laura unser diabolisches Treiben.

»Das zahle ich euch heim, das war mehr als ein Streich.« Er legt den Kopf auf die Seite und schmollt.

»Jetzt ernsthaft, zwei Löcher in das Holz bohren, der Sack in einen Metallbügel, mit Muttern unter der Platte fixiert, bleibt locker in Position.« Jonas übernimmt das Kommando.

Flo schmollt, spielt den Beleidigten. Wir heben den Tisch von Flo ab, Jonas setzt die Bohrungen, probiert verschiedene Muttern aus und verkündet: »Der Tisch ist bereit. Holt Nora und Maria, der Angsthase hat eine Entschuldigung verdient.«

»Ich gehe«, antwortet Laura, »ihr bereitet die Szene vor.«

»Was meinst du mit entschuldigen?«

»Warte, bis wir vollzählig sind. Küss ihn, ich glaube, er ist echt sauer. Ich würde mir nach dem Streich die Hammelbeine langziehen.«

Außer einem ›pffft‹ zeigt Flo keine Reaktion. Ich versuche es mit sanftem Knabbern an seinem Ohrläppchen, mehr als mit einer Gänsehaut und einem erneuten ›pffft‹ reagiert Flo nicht.

»Ach, Bärchi, du weißt, dass ich nie zulassen würde, dass dir das zustößt, was du nicht wünschst.«

»Pffft, mache dich auf gnadenlose vierundzwanzig Striemen gefasst, dafür bezahlst du.«

»Ich verdiene sechsunddreißig, Meister, nach der Geburt bin ich für Dich da.« Da ist er wieder, der Schalter an meiner Seele. Ein Satz von Flo und ich wandle mich in sein devotes, masochistisches und höriges Häschen.

»Sie sind gleich unten, Maria wirft sich in Schale. Nicht trödeln, ich habe ihnen eine besondere Show versprochen.«

»Geduld, Laura. Suche dir ein Platz mit Aussicht und staune.«

»Der Plan sah Florian als Kameramann vor, nicht als Opfer. Habe ich was falsch verstanden? Ich setze mich zu Laura und genieße die Show«, staunt Maria beim Reinkommen.

»Hast du nicht, Maria, wir waren bei der Anprobe des Arbeitsbereiches«, erkläre ich ihr.

»Es ist eng auf dem Thron, der ist für drei zu schmal.«

»Später, verteilt euch um Flo, ich löse mein Versprechen ein.«

28.11.2021

Hallo Filo,

er hat sich überwunden, echt. Jonas hat Flo einen geblasen und es war nur das Zweitbeste des Nachmittags. Ich drücke mir die Daumen, dass die Herren nicht auf den Trichter kommen, in Zukunft auf die Künste ihrer Frauen zu verzichten, du kennst meinen Spleen, ich sauge gern.

Nora schneidet den neusten Lehrfilm zurecht, hat sie gesagt. Da Maria ihr ›helfen‹ will, ist mit dem Ergebnis erst in einigen Tagen zu rechnen. Wir haben ein frisch verliebtes Pärchen im Haus. Höre ich am Horizont Hochzeitsglocken? Apropos Glocken, traust du dich, den Inhalt des Filmes zu hören, Filo? Ja? Du hast es buchstabendick hinter den Seiten. Zum Auftakt habe ich die verschiedenen Techniken erklärt, welche einen Mann überreden, die Frau in den höchsten Tönen zu loben. Mit ›loben‹ meine ich ›schimpfen‹ und ›höchste Töne‹ sind eine Umschreibung für ›Schmerzensschreie‹, kannst du dir denken, oder? Jonas war, seinen Reaktionen nach, überrascht, er hatte bisher nur das Holzpaddel lieben gelernt.

Im zweiten Teil sind die Hilfsmittel zur Schonung der Haut zum Einsatz gekommen. Um ihm nicht einen Vorgeschmack auf das Finale zu vermitteln, habe ich sanfte Klapse ausgeteilt. Ihm war die Angst, die in ihm aufkeimte, anzusehen, diese Art der Schmerzbereitung war ihm unbekannt.

Wie vereinbart, erzählte der Proband am Ende der Theoriestunde seine Eindrücke. Ich habe vor der Tür gewartet, es war Flos Einfall, damit ich beim Finale unbeeinflusst bin. Ich bin gespannt, den Teil im Film zusehen. Schauen wir uns den gemeinsam an, Filo? Du bist bestimmt ähnlich neugierig wie ich.

Den Praxisteil der Ausbildung zeigen wir mit der Triggerwarnung: *Nur für echte Kerle.* Laura hat es gesagt, ich habe Jonas' Grenzen gefunden. Seiner Körpersprache nach hat er auf seiner inneren Wiese in der Sonne gesessen. Soweit es die Fesselung zugelassen hat, zuckte zwar sein Körper, er aber blieb stumm, mit einem Lächeln. In diesen Auszeiten habe ich ihm geholfen und bin gleichmäßig, mit reduziertem Krafteinsatz, geblieben. Ich denke, erfolgreich, Kleinjonas ist aufgestanden. Die übrige Zeit habe ich für meinen Spaß genutzt, du hast keine Ahnung, welche Flüche Jonas kennt und wie hoch er es vermag zu schreien. Laura hat ihn in den derberen Minuten geknuddelt und zugesprochen. Zum Finale habe ich ihm fünf brutale Minuten serviert und Laura hat es zugelassen.

Die beiden haben mich nach dem Dreh gebeten, ihnen später in den Spa zu folgen. Wartet eine Standpauke, weil ich es übertrieben habe? Kostet mich der kurze Wimpernschlag der Lust meine BFF? Du sagt es Filo, ich schaffe nicht, das ewige Grübeln abzulegen.

Von einer Nebenhandlung habe ich dir noch zu erzählen: Maria. Sie war von dem Theorieteil begeistert, in Jonas' Höllenstunde hat sie sich mehrmals hinter Nora verkrochen. Zuvor hat sie Jonas' Wunsch erfüllt und mitgemacht, jede Frau küsste seine Eier. Ich rede mit ihr, wenn Nora sie nicht aufgefangen hat. Es war für sie ein Sprung in tiefes Wasser, wir haben sie nicht ausreichend vorbereitet.

Erhole dich, Filo. Ich schreibe dir, was mich im Spa erwartet hat. Wenn Flo dich in die Hand nimmt, sei nicht schüchtern, erzähle ihm, was er wissen will.

Bussi, Miri.

Flo ist im Bett und grübelt. »Ich gehe runter, mir anhören, was die beiden sagen wollen. Überlege dir, wo wir nachher Essen bestellen. Wir haben ewig nicht mehr im Bett gegessen.«

»Pizza?«

»Entscheide du. Ich habe Filo liegen lassen, schnapp sie dir und lies. Wenn du durch bist, vertraust du ihr bitte ein paar Zeilen an?«

»Echt?«

»Ja, teile mit ihr die Gedanken, die dir durch den Kopf schwirren. Du weißt, Filo petzt nicht, Filo verurteilt nicht.«

»Du wirst sie lesen.«

»Es ist leichter, aufzuschreiben als auszusprechen, vertraue mir. Bis später.«

Ich befördere Filo vom Tagebuch zu unserer Gedankenübermittlerin. Flo ist auf dem Weg der Offenheit erst auf halber Strecke, ich glaube, Filo hilft ihm, wie sie seit zwei Jahrzehnten mir.

Das Monster hinter der Tür

»Darf ich reinkommen?«, bitte ich um Einlass. Laura lehnt an Jonas, es sieht kuschlig aus.

»Klar, das Wasser ist warm und blubberig«, lädt Jonas mich ein.

»Ein Abstecher unter die Dusche und ich bin bei euch.«

»Gründlich waschen, du siehst scharf aus, wenn du dich einseifst.«

Filo hatte recht, ich werde mir das Grübelgetriebe ausbauen lassen, eine Standpauke fängt anders an.

»Schäum dich ein, du geiles Luder, zeig mir, wie du dich anfasst.« Jonas geiert und Laura nickt zustimmend.

Bin gespannt, was sie aushecken, genieße das heiße Wasser. Freitag schnappe ich mir Flo und wir verbringen einen Tag in der Wohnung, ich wusste, es zahlt sich aus, dass ich beim Bau die Monsterwanne bestellte. Er, ich und ein Berg duftenden Schaumes, langsamer Kuschelsex und ein Serienmarathon mit Weintrauben, Vanillesoße und Erdbeeren im Bett.

»Ich befürchtete, ich bekomme Ärger, weil ich zu brutal geworden bin, stattdessen …«

»Steig zu uns, wir haben nichts zu meckern, im Gegenteil. Erklärst du ihr das, Jonas?«

Jonas sitzt zwischen mir und Laura, wie bei meinem Initiationsabend Mitte 2019.

»Kommt dir bekannt vor, oder? Fass mir an den Sack und taste ihn ab, aber sachte.«

»Habe ich was kaputtgespielt?«

»Nein, alles in Form. Wie fühlt es sich an?«

»Er ist dicker geworden. Ich erinnere mich nicht mehr, wie er war, als Laura dran gearbeitet hatte.«

»Du hast den Dreh raus, die Haut ist nicht blau, die Eier haben es durchlitten und sind dicker als nach Lauras Einsätzen.«

»Rede nicht um den heißen Brei, Jonas, und Miri, sei sanft zu den geschundenen Zwillingen.«

»Hehe, bin liebevoll.«

»Laura hat mir berichtet, welchen Spaß es dir bereitet hat, ich werfe einen Blick auf deinen Einsatz, wenn Nora mit dem Schneiden fertig ist.«

»Schauen wir zusammen, ich freue mich, die Kommentare von dir nach dem Vortrag hören.«

»Du hast es mit Enthusiasmus erreicht, ich konnte zum Ende

nicht mehr und musste dich ohne Chance auf Erlösung ertragen. Ich wollte, dass es aufhört, ich habe nur noch Schmerzen gespürt. Mit Laura hatte ich vorher vereinbart, dass sie dich nicht bremst, solange meine Eier nicht gefährdet sind, sie sollte keine Rücksicht auf meinen seelischen Zustand nehmen. Ihr seid ein geiles Team beim Männerquälen.«

»Danke, Jonas. Ich hatte vor der Tür beschlossen, die Vorgehensweise zu ändern. Ich hatte im Hinterkopf, dich mehrmals kurz und extrem zu schlagen, bei dem Vorspiel fiel mir auf, es gefällt mir mehr, dein Schmerzlevel hoch, aber erträglich zu halten, dafür Ausdauer an den Tag zu legen. Du hast es diese Phasen genossen, in der Stunde hattest du mehrfach Erektionen.«

»Echt?«

»Ja, Schatz. Mir ist das nie gelungen, deinen Freund so oft zum Mitspielen zu wecken.«

»Wann wird das Video fertig? Das glaube ich erst, wenn ich es sehe. Das passt zu der Wahrnehmung, ich habe ganz entspannt den Schmerz genossen.«

»Das war meine Absicht. Ich wollte, dass du mehr als ein Opfer bist, sondern, wie ich, dich gerne dran erinnerst. Zu meiner Unterhaltung habe die Genussphasen mehrmals hart beendet, fluchen hast du voll drauf.«

»Hohe Töne genauso, mich wundert, dass du nicht heiser bist«, schließt sich Laura den Ausführungen an.

»Wechseln wir zum wirklichen Grund für die Einladung in den Pool.« Er schaut verlegen drein.

»Verstehe, ich soll es sagen, war ja klar, Feigling. Ich versprach ihm, dir die geheimnisvolle Neuerung vorzuführen.«

»Es wird spannend, gehen wir?«

»Langsam, Miri. Hast Du verstanden, Jonas und ich führen dir das Geheimnis vor?«

»Faszinierend – wann?«

»Ich kann«, antwortet Jonas, »wenn du bereit bist, Laura.«

»Bin ich nicht, leider ist versprochen, versprochen. Im Gegensatz zu deinem Einsatz habe ich es nach fünf Minuten hinter mir. Ich gehe mit Miri vor, lass ihr Zeit zum Staunen.«

Laura hat beim Abbrausen getrödelt, was ist deren mysteriöses Geheimnis? Auf der Treppe schiebe ich sie an. »Das ist keine Rolltreppe, Bewegung. Ich platze vor Neugier.«

Sie haben eine Tür neben dem Schrank, die ich bei allen Aufenthalten nie wahrgenommen hatte.

»Wir sind da, öffne die Tür«, fordert mich Laura, mit hörbaren Kloß im Hals, auf.

Das ist das letzte Geheimnis? Bin ich bereit? Die Tür knarrt, war zu erwarten. In Gruselfilmen ist dahinter ein Tor zur Unterwelt. Werfen sie mich dem Hausmonster zum Fraß vor? Wie im Kühlschrank, das Licht geht von selbst an, mir klappt der Unterkiefer runter. Der Gedanke an ein Monster war richtig.

»Das sieht aus wie eine …«

»Richtig! So peinlich, wie dir das zu zeigen, war mir bisher nichts im Leben.«

»Das ist eine …«

»Sag es nicht.«

»Das führt ihr mir vor? Wer von euch ist oben?«

»Ich«, antwortet Jonas von der Tür aus.

»Unter normalen Umständen würde ich antworten: ›macht das unter euch aus‹, und gehen. Jonas hat sich für mich geopfert, du dich jetzt für ihn, wer bin ich, das zu verurteilen. Jonas, mach die Tür zu und häng den Bademantel an die Klinke, durch das Schlüsselloch ist alles zu überblicken, habe ich gehört. Ich schaue, für euch, dem Schauspiel zu.«

Die nächste Generation

12.04.2058

Hallo Filo,

Demenz ist ein Dämon, der sich nicht negieren lässt. Er hat mich erfasst. Unmerklich langsam ohne Mitleid frisst er sich in mich hinein. Hat das Universum schlechte Laune, besucht es mich. Es hat mir nach zwanzig Jahren Glück den Mann genommen und hat mir zum Ausgleich eine weiche Birne geschenkt. Von den kleinen Rückschlägen im Leben fange ich gar nicht erst an. An die Meisten erinnere ich mich nicht mehr und um sie in dir nachzulesen, fehlen mir Wille und Kraft. Heute ist ein guter Tag, weiß ich, warum ich aufgestanden bin und kann dir schreiben. Das einzig verbliebene Gute in meinem Leben, Phoebe, besucht mich. Ich glaube, sie schaut nach mir, wann immer sie Zeit hat, sicher bin ich mir nicht.

Der Moment unser beider Erinnerungen frei zuzulassen, ist gekommen, Filo. Das Tageshoch gibt mir die Entscheidungskraft, mein Leben, reduziert auf ein paar Kilogramm säuberlich gestapeltes Papier, freizugeben. Fünfzig Jahre erlebte Freude, Leid, Schmerz, Liebe und Gedanken warten auf Neuentdeckung.

Filo, ich schließe dich und hoffe, Phoebe schenkt dir ein neues Leben, mein Leben.

Abschiedsbussi, Miri.

Miriam schließt feierlich das letzte Tagebuch ihres Lebens und legt es zu den anderen ins Regal der verblassenden Erinnerungen. Stumm steht sie vor den Dingen, die eine Bedeutung in ihrem Leben hatten. Die meisten Menschen auf den Fotos erkennt sie nicht mehr und will sich trotzdem nicht von den Bildern trennen. Sie vermutet eine Bedeutung, ohne sich zu erinnern. Der Schnappschuss von ihr und Laura in einer Bar stand immer in der Mitte. An Laura erinnert sich Miriam und an die unzähligen ausgelassenen Stunden mit ihr. Wer hat dieses Foto geschossen und warum? Sie setzt sich auf den Balkon, wie jeden Tag, und wartet. Worauf hat sie vergessen, ihrem Gefühl nach ist es heute wichtig.

»Hallo, Mom, wie geht es dir?«

Miri fällt es wieder ein, als Phoebe zu ihr auf den Balkon tritt. Sie wartet auf ihre Tochter.

»Schlendern wir durch den Garten, Mama?«

»Die Sonne lädt uns ein. Mir blitzt ein Gedanke auf, ein Spaziergang bei Sonnenschein war der Anfang einer glücklicheren Zeit, einzig die Zusammenhänge verschwinden in den Schatten der Erinnerungslücken.«

»Setzen wir uns an den Brunnen?«

»Bekomme ich dänisches Softeis und trage meine Kette?«

»Die hast du angelegt, ich kenne dich nicht ohne.«

»Weißt du, wie ich zu ihr gekommen bin? Ich frage mich das jeden Tag ergebnislos und schaffe nicht, sie abzulegen.«

»Leider nicht, du hast es nie erzählt.«

»Finde es für mich heraus. Was unternehmen wir?«

»Am Brunnen sonnen und dem Wasser lauschen.«

»Bist du sicher? Scheint die Sonne? Ich habe für dich geschrieben. Ich schenke dir meine Tagebücher.«

»Wirklich, Mama? Bisher hast du sie immer versteckt.«

»Ja. Bevor ich hergezogen bin, hatte ich sie verwahrt und bin mir nicht sicher, wie lange ich wissen werde wo. Die letzten drei Jahre habe ich hier, für den Rest gebe ich dir diesen Schlüssel.«

»Was machst du ohne den Schatz deiner Erinnerungen?«

»Ich habe keine Kraft, sie zu lesen, lass mich in der Sonne sitzen. Du bewahrst und belebst mein Leben.«

»Darf ich dir Teile vorlesen? Ein paar Erinnerungen auffrischen?«

»Nein, mit mir in der Sonne sitzen. Die Wärme macht mich melancholisch und glücklich.«

»Ich bleibe neben dir, Mom.«

»Warum sitzen wir hier? Habe ich meine Kette?«

Daheim

Mit einem Gefühl der Ohnmacht und Traurigkeit kommt Phoebe am Abend heim. Sie hat sich auf der Heimfahrt durchgerungen, einen Blick auf die letzten Einträge zu werfen. Seit dem Frühjahr hat ihre Mutter wenig geschrieben und das ist schwer zu entziffern.

»Wie war Oma heute drauf?«

»Sie hatte einen guten Tag, mich erkannt und geschrieben, ich glaube, dass sie mit sich und der Welt abgeschlossen hat. Sie hat mir ihre Tagebücher geschenkt.«

»Oldschool. Ich bin überrascht, Oma hat ihr Leben aufgeschrieben? Wie viel Speicher ist es denn? Darf ich mir die Erlebnisse anhören?«

»Nicht online, die alte Schule, mit Papier und Stift. In ihrem letzten Eintrag spricht sie von einem halben Jahrhundert. Morgen gehe ich zu dem Lager, um sie zu holen.«

»Das ist unfair, die geben hunderte Milliarden aus, damit Menschen auf dem Mars rumstapfen und bekommen es nicht auf die Reihe Medikamente gegen Alzheimer zu finden, weil angeblich zu wenig Geld verfügbar ist.«

»Ich weiß, mein Schatz, wir werden uns damit abfinden müssen, hilflos zuzusehen.

Wie war heute deine Matheprüfung?«, versucht Phoebe eine Ablenkung.

»Easy, die wollten einen kurzen Abriss über die Riemannsche Vermutung und warum sie falsch ist, Paradoxien des Unendlichen sind faszinierend. Wir haben uns gesorgt, dass ich an Mathe scheitere und nicht zum Medizinstudium zugelassen werde.«

»Das freut mich. Du wirst unser erstes Familienmitglied mit Doktortitel. Ich kontakte Laura und berichte ihr von Miriam. Schade dass die beiden nach Vaters Tod ausgewandert sind, Mutter täte Aufheiterung gut.«

»Mach das, ich werde eine Stunde AR chillen. Rede zuerst mit Nora, sie ist regelmäßiger Gast bei Oma. Ich wundere mich immer über die Vertrautheit der beiden. Sie ergänzen sich perfekt.«

»Wenn ich mich überwinde, die Tagebücher zu lesen, entdecke ich vielleicht das unsichtbare Band.«

»Erforschen wir ihr Leben gemeinsam und unterstützen uns. In den Texten schlummern Omas Gefühle und ihr Leben wartet auf Erneuerung.«

»Ich überlege es mir und frage die beiden, was sie von unserer Idee halten.«

Phoebe schaut minutenlang auf ihr ComPad und sucht die Kraft, den ersten Anruf zu tätigen.

»Hi, Phoebe, freut mich, dich zu sehen, was macht die Kunst?«

»Moin, Nora, bei Judy und mir läuft es. Sie hat die Zwischenprüfung Mathe bestanden und bei mir entwickelt sich ein Flirt. Nur Mutter macht mir Kummer.«

»Was ist denn los mit ihr? Ich war die letzte Woche nicht bei ihr.«

»Gestern hat sie mir ihr Tagebuch geschenkt, damit ich es neu belebe. Ich befürchte, sie gibt ihren Kampf auf.«

»Aweia, morgen habe ich frei, fahre zu ihr und schaue nach dem Rechten. Sie hat ihre Erzählungen wie einen Schatz gehütet. Erinnerst du dich, wie sie ins betreute Wohnen gezogen ist und nichts mitnahm – nur die Tagebücher, die wollte sie sicher verwahrt wissen.«

»Stimmt, wo du es sagst, so habe ich es nie empfunden. Sie hat dir damals das halbe Herz geschenkt, das zentral im Wohnzimmer stand. Sie war und ist sich bewusst, was mit ihr passiert, hat damals das erste und gestern, fürchte ich, das letzte Mal losgelassen.«

»Versprichst du mir, unvoreingenommen und nachsichtig die Lektüre zu starten? Du wirst Neues erfahren, Erkenntnisse, die merkwürdig für dich klingen werden. Miri ist die beste Mutter, die du hättest haben können, sondern auch ein … Na ja, du wirst es erleben.«

»Ich darf sie lesen? Ich bitte um deine Erlaubnis, ich fühle, dass ihr euch näher steht als Schwestern.«

»Uns verbindet Besonderes. Du brauchst meine Einwilligung nicht. Hat Schwesterchen nichts dagegen, habe ich genauso keine Einwände.«

»Judy hat gefragt, ob sie mich dabei unterstützen darf. Meinst du, sie versteht den Inhalt?«

»Ohne Zweifel, sie ist ein selbstbewusstes Mädel. Frag sie, ob sie eine neue unbekannte Seite ihrer Oma erforschen will, es steht Persönliches drin.«

»Danke für die Vorwarnung. Was meinst du, starte ich von den Anfängen oder rückwärts?«

»Chronologisch wirst du die Entwicklung deiner Mutter verstehen. Sie war ein Mauerblümchen und hat in einem knappen Dreivierteljahr deinen Vater erobert und ihre persönliche Rolle gefunden. Sie hat mir ab und zu aus der Schulzeit vorgelesen und ich habe abwechselnd Tränen gelacht und geweint. Ich glaube oder befürchte, sie hat über sich und mich geschrieben.«

»Was Schlimmes?«

»Nö, nicht moralkonform, keine Angst, nichts Illegales.«

»Klingt spannend. Ich frage nachher Laura, ob sie Einwände hat.«

»Ich vermute, sie hat keine. Die beiden sind die besten Freundinnen, die ich je getroffen habe. Bevor Laura weggezogen ist, hat sie Miri um Zustimmung gebeten und wäre nicht gefahren, wenn es sie nicht zugestimmt hätte. Miriam hat gefühlt, dass sie in Zukunft eine Belastung ist und Laura ziehen lassen. Ihr eigenes Glück war ihr nie so wichtig, wie das ihrer Familie und Freunde.«

»Stimmt Laura zu, werde ich es lesen und ihr Leben nachleben, Zeile um Zeile, Buch um Buch. Du hast Neugierde in mir geweckt, meine Mutter besser zu verstehen. Ich freue mich, dich gesehen zu haben.«

Der zweite Call fällt Phoebe schwerer als das Gespräch mit Nora. Was ist, wenn Laura, die perfekte Ergänzung ihrer Mutter, Bedenken hat.

»Hi, Laura, hast du Zeit für einen Plausch mit deiner Patentochter?«

»Hallo, Mausi, reichen ein paar Minuten?«

»Ich fasse mich kurz. Mom hat mir ihre Tagebücher überlassen, mit dem Wunsch, ihre Erinnerungen zu bewahren.«

»In echt? Was ist passiert?«

»Ihr Alzheimer schreitet voran. Ich glaube, sie erkennt es und bereitet sich auf ihr Ende vor. Die lichten Momente werden seltener. Hast du eine Ahnung, wie sie an ihre Kette gekommen ist? Sie hat mich gefragt.«

»Weißt du was, ich eise mich los und komme morgen zu dir. Darf ich? Wir besuchen sie zu zweit. Sie hat die Kette seit dem ersten Date mit deinem Vater und, glaube ich, nie abgelegt.«

»Romantisch. Deshalb kenne ich sie nicht oben ohne. Moms BFF ist mir jederzeit willkommen. Wir besuchen sie gemeinsam mit Nora und bringen Mom auf bessere Gedanken. Geht es bei dir, hast du Zeit?«

»Keine Frage, die Zeit nehme ich mir. Was wirst du mit Miris Schatz anfangen?«

»Deswegen rufe ich an. Ich bitte dich um Zustimmung, hineinzuschauen.«

»Quark. Es ist deine Pflicht, du wirst sehen, äh, lesen, warum. Reden wir morgen, ich schau, ob ich einen Platz im Expresstube finde und bin vormittags bei dir. Zum Wochenende ist der Tube oft ausgebucht.«

»Ich lade Nora zu Samstag ein und wir fahren zu Mom. Vorher frage ich im Heim nach, ob unser Dreigestirn nicht zu viel für einen Besuch ist.«

»Zur Not versuchen wir es nacheinander. Ich freue mich auf euch beide.«

»Ich lasse dir den Vortritt, ich fahre oft vorbei, bin vier bis fünf Mal die Woche bei ihr.«

»Danke, Mausi. Du hast ein großes Herz, genau wie deine Mutter.«

»Ach was, du machst mich verlegen.«

»Immer ruhig, war nicht meine Absicht. Ich muss los, ich halte dich über meine Ankunft auf dem Laufenden. Hast du beim Einzug in Miris Dachgeschoss das Schloss gewechselt? Ich habe noch die Schlüssel, die mir Miri anvertraut hat.«

»Der passt, schnei rein, wann immer du willst, du weißt, ich mag den elektrischen Kram nicht.«

»Dann bis morgen.«

Herantasten

»Mädels, brechen wir auf? Wir sind am frühen Nachmittag bei Mom und die Sonne strahlt mit uns um die Wette. Sie wirkte in den letzten Tagen gelassen und fröhlich. Ich hoffe, wir erwischen einen guten Tag. Wenn nicht, lasst es euch nicht anmerken, ja?«

Die drei Frauen treffen zwei Stunden später im Pflegeheim ein und Miriam sitzt, wie oft in diesem Sommer, am Brunnen und genießt die Sonne.

»Sie sieht zufrieden und glücklich aus, wer zuerst? Ich glaube, wir schicken dich vor, Laura. Ihr habt euch ewig nicht mehr gesehen und du munterst sie bestimmt auf.«

Laura nickt stumm. Sie fühlt sich hilflos. Damals haben sie sich umarmt und geknuddelt, wenn sie sich getroffen haben. Ist Miriam in der Lage zu erkennen, wer sie in den Arm nimmt?

»Hallo, liebste Freundin!«

Miriam reagiert nicht, schaut nach einigen Augenblicken, wer ihre Ruhe stört.

»Laura? Du?«

»Komm und lass dich drücken.«

Miriam fällt in die Arme ihrer Freundin und ein Bach aus Tränen, wie ein Déjà-vu, ergießt sich über Lauras Schulter.

»Ich habe nicht geglaubt, dich je wiederzusehen.«

»Nicht weinen, Herzblatt, ich bin da und bleibe bei dir, so lange du möchtest.«

»Das war die richtige Idee, lassen wir die beiden allein. Ich habe gehofft, dass Mom sie wiedererkennt.«

»Fragen wir die Pflegeleitung, wie es um sie steht?«

»Geh du, Phoebe, du hast die Vollmachten. Klär mich später auf. Ich behalte die beiden im Auge.«

»Check, bis gleich.«

Phoebe hat die letzten Tage verstreichen lassen, um Kraft zu tanken, die Kiste mit dem Leben ihrer Mutter zu öffnen. Laura versucht es mit zureden, Judy kämpft mit ihrer Neugier, Nora ist die Vernünftige und schirmt Phoebe ab.

»Taste dich an den Schatz heran. Riskiere einen Blick und atme den Duft ihrer Vergangenheit.«

»Bist du sicher, Nora? Ich kann das alles nicht. Es fühlt sich an, als gebe ich sie auf.«

»Ich verstehe dich, meine Kleine. Niemand unterstellt dir, dass du deine Mutter aufgibst.«

Phoebe und Judy haben es letztendlich geschafft, den perfekten Moment gefunden, den ersten Eintrag zu lesen.

3. Juni 2003

Hallo Unbekannte,

die erste Zeile ist die schwerste. Deine leere Seite und ich starren uns an. Der Blinzelwettbewerb steht unentschieden. Schnell übernehme ich die Oberhand und der Stift fliegt von selbst über dich. Pffft ... haste davon. Wie nenne ich dich? Irgendwelche Vorschläge? Nichts, stumm wie ein Fisch? Erst das starke Blatt markieren und dann kein Wort rausbekommen, dir werde ich helfen. Ich nenne dich Filomena, kurz Filo.

Wir raufen uns zusammen, weil ich dir mein Leben anvertrauen werde. Nur heute nicht, es ist nichts passiert. Ein normaler Tag, dass es nichts zu schreiben gibt. Alles wie immer, wie geplant und keine Ausnahmen von der Regelmäßigkeit.

Gestern, hätte ich dich da gekannt, da gab es was zu berichten, Filo, dir wären die Buchstaben aus dem Zellstoff gefallen, heute ist Sense.

Du wirst alles mit mir erleben und das Beste, du behältst es für dich.

Bussi, Miri.

»Menno, Oma, du hast Aufregendes erlebt und du verschweigst es deiner Filo?«

Phoebe und Judy sitzen auf der Couch und schmökern mit einem Tee gemeinsam im ersten Schulhefttagebuch von Miriam.

»Ob Oma bei dem Eintrag Gedanken daran hatte, wann und wie der letzte geschrieben wird? Ich glaube, ich hätte gegrübelt. Ist dir klar, dass, wenn wir in dem Tempo weitermachen, im Ruhestand sind, bis wir durch sind.«

»Lesen wir uns die Einträge vor, dann geht es zügiger voran. Trotzdem überspringen wir keinen Teil, in jedem Satz, jeder Seite, jedem Wort steckt ein unentdecktes Puzzleteil aus dem Leben von Mom.«

»Diese Worte könnte in den letzten zwanzig Jahren niemand mehr gelesen haben. Ich bin so hibbelig. Was meinst du, was hat Oma gestern Tolles erlebt?«

»Eine Jugendliebe wird es nicht gewesen sein, sie hat nie eine erwähnt.«

»Ihre erste sechs in der Schule? Wehe, sie erzählt Filo nichts davon.«

6. Juni 2003

Hi Filo,

hast du mich vermisst? Ich dich schon! Legen wir los: Florian hat den Vogel abgeschossen. Kommt er ums Eck, er habe vergessen, dass am Mittwoch seine Geschichtsarbeit abzugeben ist. War klar, ich soll es richten und habe keine Ahnung von dem Thema. Die kleine Miri wird sich ins Zeug legen, wenn er wegen Geschichte sitzen bleibt, hätte ich ihn ja die ganze Zeit in meiner Stufe, nicht auszudenken. Der Schlingel hatte drei Wochen Zeit. Mal sehen, was die Schulbücherei zur Gründung der Weimarer Republik bereithält. Abschreiben wird nicht klappen, das merkt die Mumie sofort, so doof ist seine Lehrerin nicht.

Wenn ich durch bin mit dem Thema, bringe ich dich auf den neusten Stand.

Bussi, Miri.

»Papa ist ein richtiger Schlingel, wälzt seine Arbeit auf seine Zukünftige ab. Ich war nie in einer Bücherei, sowas gibt es nur in Museen. Heutzutage ist es besser, das gesammelte Wissen der Menschheit steht frei zum Nachlesen online. Eine Cousine mit Köpfchen ist praktisch, um seinen Abschluss zu schaffen. Warum habe ich keinen Backup-Partner in der Schule? Alles selbst lernen ist anstrengend.«

»Weil das besser für dich ist. Du bist ein heller Kopf und schaffst es, anders als deine Großeltern oder Mutter.«

»Sieh an, du hast geschummelt?«

»Nicht direkt. Ich habe mit einem Freund ein paar Informationsaustauschmethoden entwickelt, wie wir uns gegenseitig in Klausuren unterstützen.«

»Lass hören.«

»Nö, lerne selbst. Du siehst ja, wo es hinführt, ich bin nicht reich oder berühmt und ärgere mich mit einer frechen Tochter rum.«

»Ich habe eine Schwester, von der ich nichts weiß? Mit mir hast du nie Ärger, ich bin artig.«

»Ja klar, nimm einen Schluck Tee und lies uns den nächsten Eintrag vor.«

8. Juni 2003

Hallo Filo,

ich werde Geschichtsprofessorin, der Aufsatz schreibt sich von allein, Florian wird sich freuen, ich treffe ihn nachher. Ich denke, es ist besser, ihm den Text zu diktieren, damit er seine eigenen Rechtschreibfehler einbaut, die Alte hat uns auf dem Kieker, die ahnt, dass da was im Busch ist.

In einem Monat beginnen die Sommerferien. Mama hat ein Haus an der Nordsee gemietet, irgendein öder Fjörd, wo die ganze Familie abwechselnd Urlaub macht. Flo und ich sind die ganzen sechs Wochen da und ich habe keine Ahnung, wie ich die Zeit überstehe, nur Wasser und Sand. Ich mag faulenzen nicht, aber im Urlaub ist besonders schlimm, da liegst du nur lethargisch in der Landschaft. Ich habe mir einen Wälzer ausgeliehen, den ich erst nach den Ferien zurückzugeben brauche, und ein angeblich unendliches Buch wartet auf mich. Zur Abwechslung habe ich dich dabei, du wirst mir Gesellschaft leisten.

Bussi Miri.

Judy schlägt das Heft erstaunt zu. »Die Arme, sie muss in den Urlaub fahren, ich spüre, wie sie leiden wird. Was ist damals passiert, dass sie sich Opa nicht am Strand geangelt hat? Den halben Sommer eng an eng – und nichts? Miri als Bücherwurm mit Scheuklappen und Florian den lieben langen Tag am Sandburg bauen? Wann ist sie von ihrem Traumjob Professorin zur Chefbuchhalterin abgebogen.«

»Sie wird uns beides erzählen, hoffe ich.«

»Geben wir ihr Werk zum Digitalisieren? Ich habe recherchiert, gerechnet und schätze, dass sie etwa vierhundertfünfzig Hefte geschrieben hat. Ich habe genug Kredits gespart, lass es mich dir schenken.«

»Du legst jeden Kredit zurück, seit du beschlossen hast, zu studieren, jetzt gibst du sie aus?«

»Es ist für Oma und dich. Schau dir die Hefte an, sie sind in einem schlechten Zustand. Wir erhalten ihr Gedächtnis für die Ewigkeit. Wir bekommen einen Scan aller Seiten, eine Transliteration und als Bonus eine Vertonung.«

»Du hast dir echt Mühe gegeben. Ich bin einverstanden, wenn wir hinterher nicht getrennt Miris Leben erforschen.«

»Klar, Mama, du gibst das Tempo vor. Digitaler Text ist praktischer, zum Anlagen von Ergänzungen und Verweisen.«

»Hat deine Oma dich verändert? Du willst Ärztin und nicht Bibliothekarin werden.«

»Stimmt, Oma hat genauso einen anderen Beruf erlernt. Sie ist von Geschichte abgekommen und ich halte mir gleichfalls alle Optionen offen.«

»Du meinst hoffentlich die Beruflichen?«

»Bist du verklemmt? Ich bin offen für alles, was sich ergeben wird.«

»Sagte ich doch, ich ärger mich mit einer frechen Tochter herum.«

»Nicht ablenken, lesen wir weiter?«

»Einen weiteren Tag schaffen wir, zuvor die Stimmbänder mit einem Schluck Fencheltee ölen und los geht's.«

18. Juni 2003
  Hallo Filo,
mein Plan hat funktioniert, Flo hat Geschi bestanden. Jetzt laufen die in der Schule aufgeregt rum und organisieren die Sommerferienparty. Jeder findet einen Tanzpartner, nur ich bin für Klassenkameraden scheinbar unsichtbar, keiner fragt mich. Wenn ich mich trauen würde, meinen heimlichen Schwarm zu fragen, alles wäre perfekt. Er wird mich nicht wahrnehmen, wie ich tagtäglich an ihm vorbeirenne.

  Habe ich dir erzählt, dass ich im nächsten Schuljahr ein Praktikum absolviere? Das gestaltet sich schwierig, wenn ich den Sommer nicht suchen kann, der Urlaub ist hinderlich. Ein paar Firmen habe ich angeschrieben und bisher keine Antwort bekommen. Morgen nach der Schule gehe ich todesmutig in ein Unternehmen und kämpfe mich durch.

Wenn du Fragen hast, du weißt, wo du mich findest,

Bussi, Miri.

»Sieh an, Oma beantwortet unsere Fragen.«

»Was meinst du?«

»Sie hatte Probleme, Jungs anzusprechen, vielleicht ist ihr heimlicher Crush Florian und der Berufswunschwechsel deutet sich an. Sie landet in bei einem Steuerberater und der ist angetan von ihren Fähigkeiten. Lieber einen Beruf mit Zukunft, als ein Studium, bei du nach dem Master kellnerst.«

»Meinst du? Klingt logisch. Sie geht solo zum Schulfest und findet im nächsten Schuljahr ihren ersten Arbeitgeber. Sie hat erzählt, dass sie Laura in der Ausbildung kennengelernt hat. Das klingt alles plausibel.«

Erkenntnis

Phoebe und Judy schauen sich an und schmunzeln. Es hat sich gelohnt, das Tagebuch in eine Audio-Edition umzuwandeln. Seit einigen Wochen erkunden sie Miriams Vergangenheit und sind bei den Erlebnissen des entscheidenden Jahres im Leben ihrer Oma und Mutter angelangt.

»Das ist ja ein Ding. Oma hat Opa erst den Arsch versohlt und ihm beim Sex einen Heiratsantrag gemacht, innerhalb von vierundzwanzig Stunden, ungewöhnlich.«

»Komm, das ist die logische Konsequenz ihrer Entwicklung. Was ist für dich gewöhnlich? Was weißt du, was beim Sex alles passiert.«

»Ein heißes halbes Jahr hat sie da erlebt und detailliert beschrieben, ich bin siebzehn und habe rumgeknutscht.«

»Und warum bin ich nicht informiert? Wer war der Glückliche?«

»Mama ...«

»Schon gut, ich vertrau dir, dass du keinen Unsinn fabrizierst.«

»Wehe, du fängst wieder mit einem peinlichen Aufklärungsgespräch an, so wie damals.«

»Nur, wenn du nicht ehrlich zu mir bist oder mich zur Oma machst. Ich bin zu jung dafür.«

»Schwanger? Bin ich verrückt? Es waren Küsse, nicht mehr. Oma war da ein deutlich schlimmerer Finger. Ihre Entdeckung der Universalfernbedienung des Mannes wird mich im Traum verfolgen.«

»Nur da? Da bin ich ja froh. Du hast wie live das Sexleben deiner Oma erlebt. Ein paarmal war ich kurz davor abzuschalten.«

»Ich fasse zusammen: Sie hat ihren Vibrator liebevoll Leon genannt und erfahren, was ihre Freundin und ihr Mann hinter verschlossenen Türen treiben. Sie entdeckt, dass ihr Blasen gefällt, sie devot und Sexspielzeug ist, hatte, ohne es zu wissen, Sex mit ihrer Schwester und mein Opa war ihr Cousin. Was vergessen? Ich finde das alles nicht schlimm.«

»Nicht schlimm? Ich bin entsetzt. Für siebzehn bist du ein richtiges Früchtchen. Du hast aufgezählt, was du die nächsten Jahre nicht erleben wirst, erst die Ausbildung, dann das Vergnügen.«

»Zu spät. Die Kitzel-Episode habe ich erlebt und verstehe Laura.«

»Judy! Erst lernen, dann das Vergnügen.«

»Ja, Mama, ich werde Klosterschwester, lerne jeden Tag und Entspannung streiche ich aus dem Leben.«

»Deine Erholung besteht aus Eis essen und lesen.«

»Schenk mir lieber Leon zum Geburtstag.«

»Notiert, wenn du alle Geschenke während deiner Party auspackst.«

»Damit ruinierst du meinen Ruf in der Schule.«

»Entweder oder. Wenn du deinen eigenen Freudenspender wünscht, stehe zu dem Wunsch.«

»Das ist fies, ich frage Laura, die erscheint mir nicht so verklemmt wie du.«

»Ich lach mich weg. Schauen wir uns die Tage im Internet um, wenn du dich traust, mit deiner Mutter Sextoys zu shoppen. Pause, hast du beiläufig angedeutet, du bist gekitzelt worden? Ist Kitzeln eine Metapher?«

»Kitzeln heißt kitzeln, nicht rummachen. Ich bin Jungfrau und habe vor, es zu bleiben.«

»Ich bin erleichtert und wenn du Jungs triffst, bleiben die angezogen, basta.«

»Mama …« Judy lässt genervt ihre Mutter sitzen, verschwindet türknallend in ihrem Zimmer. Wütend fällt sie auf ihr Bett und boxt ihr Kopfkissen. »Was denkt Mama, was ich den ganzen Tag treibe? Wenn sie mir nicht vertraut, kann sie mich mal.« Schnaufend kuschelt sie sich in ihre Decke und versucht, sich mit den Gedanken an das erlebte Hörspiel ihrer Oma zu beruhigen. Miriam hat sich aus der eigenen Isolation mit hilfreichen Schubsen befreit, dann ist es ein Leichtes, ihren Zwist zu lösen. Der Vergleich ist nicht fair, sie ist nicht schüchtern, nur im Streit mit ihrer Mutter.

Mit einem leisen »wenn die wüsste«, greift Judy unter ihr Kissen zu ihrem ComPad, um ihre Freundin Anika zu kontakten.

»Hi Ani, Sweetheart, meine Mutter nervt wieder. Lust zum Quatschen?«

»Immer, weißt du doch. Darf ich rüberkommen?«

»Klar, düse los. Es ist an der Zeit, der Nervensäge die Wahrheit zu sagen.«

»Du hast Mut, meine Eltern würden mich für immer wegschließen.«

»Quatsch, warum? Die verklemmten Jahrzehnte lagen lange vor unserer Geburt. Schwing dich rüber zum Outing. Zieh was Unschuldiges an.«

»Aye, Schatz. Bis in dreißig Minuten.«

Judy nutzt die Chance der Stunde und setzt sich wieder zu ihrer Mutter.

»Sorry, Mom, bin zurück.«

»Ausgeschmollt? Ich sorge mich. Du bist mein Schatz, mein Ein und Alles.«

»Warte ab, ich habe Ani eingeladen. Wo waren wir stehen geblieben?«

»Bei dem Thema deiner nicht eintretenden Schwangerschaft. Nein, Scherz beiseite. Magst du mit deiner Mutter Sextoys shoppen?«

»Für einen eigenen Leon? Gerne, verschieben wir das besser auf morgen, Anika schaut vorbei. Hören wir bis dahin weitere Tage aus Omas Leben?«

»Du willst ja nur noch mehr verdorben werden, gelle?«

»Mehr geht ja nicht mehr. So wie Oma alles ausgebreitet hat.«

»Dann los, mal sehen, was weiter passiert.«

26. Dezember 2019

Hi Filo,

ich bin für den Rest des Lebens glücklich, in echt und nicht im Traum. Flo liegt in Bett und erholt sich. Das waren anstrengende achtundvierzig Stunden, nicht nur für ihn. Habe ich dir gesagt, wie glücklich ich bin? Megadoppeltdolle.

Laura hat erneut nachgeholfen, damit dieses Weihnachten ein Happy End bekommt.

Ich fasse mich kurz, wenn er wach wird, erfülle ich ihm seinen Wunsch zum Wachwerden, ich entwickele mich zu seinem Flittchen.

Wir haben versprochen, uns gegenseitig die Bettgeheimnisse zu entlocken. Gestern hat geil angefangen, geht es so weiter, kommen wir bis Neujahr nicht aus den Federn. Hoffentlich werde ich seine Liebesdienerin.

Ich halte dich auf dem Laufenden, ich will zu ihm, nebenan ist was zu hören. Sein Morningwood wartet auf das Interview.

Bussi, Miri.

Betretenes Schweigen zwischen Mutter und Tochter. Verlierer ist, wer zuerst das Schweigen bricht.

Judy ergreift nach einigen Minuten das Wort. »Klingt wie der Eintrag vom 25.12. Sie ist glücklich, verlobt und lebt von Luft und Liebe. Nebenbei, was ist ein Morningwood? Ein kurzer Eintrag und ich bin baff. Oma ordnet sich ihrem Zukünftigen beim Sex unter, ich hielt das für einen Spleen. Ich kenne sie als selbstbewusste Frau, die sich durchsetzt.«

»Manchmal spielt das wahre Leben im Verborgenen. Freut mich, dass du nicht weißt, was eine Morgenlatte ist.«

»Ah so … verstehe … fängst du wieder mit dem Thema an? Wart's ab, wenn Ani gleich da ist.«

»Was ist dann? Hören wir bis dahin den nächsten Eintrag?« Wortlos drückt Judy auf Play.

26. Dezember 2019, Nachtrag

Hallo Filo,

gute Nachrichten, liebe Papierfreundin. Flo hat sich überzeugen lassen, im Frühjahr herzuziehen, meine Wohnung ist größer. Ich hatte die besseren Argumente, er hat mich an die Universalfernbedienung gelassen. Ihm gefällt es, wenn ich ihn im Griff habe.

Er sitzt drüben und liest Stellenanzeigen, das wird ein Selbstläufer, nur bei uns in der Firma suchen sie zwei Controller, das schafft er locker. Ich wusste bis eben nicht mal, was er für einen Beruf hat. Fängt er bei uns an, wird er mein Chef, wie in einem Groschenroman oder in meinem ewigen Traum: Geschäftsmann trifft auf Singlelady und sie werden ein Paar.

Läuft, sage ich dir, treue Begleiterin. Pssst, nicht weitersagen.

Bussi, Miri.

Outing

»Das Bild verfolgt mich in den nächsten Träumen.«

»Was meinst du, Schatz?«

»Die Fernbedienung ist schmerzhaft, oder?«

»Aus dem Grund macht sie es. Sie hat beschrieben, wie Jonas versucht hat, sich herauszuwinden. Wehe, du probierst das in nächster Zeit aus.«

»Mama!«, erwidert Judy entrüstet zu ihrer Mutter. Das Anschauduell beendet der Türgong unentschieden.

»Das ist Ani, ich lasse sie rein.«

Phoebe schaut mit offenem Mund schmunzelnd hinter ihrer Tochter her. Viel hat sie bei Judys Erziehung nicht falsch gemacht, sie ist zielstrebig und selbstbewusst.

»Hallo, Anika, schön dich zu sehen. Du bist jederzeit willkommen, obwohl es heute für einen Besuch recht spät ist. Einen Tee? Wir haben frisch aufgebrühten Fenchel.«

»Und wie.« Ani setzt sich in die Ecke der Couch, als verstecke sie sich, Judy stumm daneben.

»Was ist los? Sonst seid ihr nicht zu bremsen und hier sehe ich zwei Trauerweiden.«

»Ich habe keine Ahnung, wie wir es dir sagen.« Sie stupst Ani an. »Hast du einen Anfang?«

Ani wird rot und starrt bedröppelt den Boden an.

»Budder bei die Fische, was ist los? Was habt ihr ausgefressen?«

»Nichts. Alles in Ordnung, ich glaube, wir ziehen uns lieber in mein Zimmer zurück.«

Phoebe hält beide auf, sie sitzt vor ihnen auf dem Couchtisch. »Stopp, meine Damen, ihr bleibt, bis ihr mit der Sprache rausrückt, was los ist.«

Judy schaut auf den Boden und flüstert: »Ani ist der Grund, warum du keine Angst haben musst, Oma zu werden.«

»Ihr«, Phoebe zeigt mit einer Fingergeste auf beide, »ein Paar?« Sie schaut die Teenager an, sie starren, wie zwei beim Mausen erwischte Katzen, stumm auf den Boden.

Ani weint drauflos. »Ich wusste, sie versteht uns nicht.«

»Quatsch, ich verstehe, hätte mir längst was denken können, bin wohl zu naiv für diese Welt. Wie ihr zwei zusammen abhängt, hätte das ein Blinder erkannt. Ich war richtig blind. Lasst euch umarmen.«

»Ich habe es dir versprochen, Mom hat Verständnis, das liegt in unserer Familie, Oma hat auch …«

»Wirst du deine Klappe halten! Bloß weil ich keine Enkel bekomme, heißt es nicht, dass ich dir alles erlaube, mein Früchtchen.«

»Was denn, Mom, erst liegst du mir in den Ohren, dass zu jung bist, um Oma zu werden, jetzt fehlt dir der Enkel.«

»Macht halblang, ich höre euch und will auch nicht schwanger werden«, unterbricht Ani die Diskussion.

»Erst eine Runde Umarmen, dann sehen wir weiter. Wollt ihr was essen?«

»Würde es was ausmachen, wenn wir zusammen meine Eltern anrufen und fragen, ob ich heute hier schlafen darf?«

»Bei mir? Darauf freue ich mich seit einem Jahr. Meinst du, deine Eltern erlauben es uns?«

»Nicht grübeln, ich rufe bei Anis Eltern an. Reich mir das ComPad rüber, Judy.«

»Danke, Mama.«

»Kein Thema, ich fädle das für euch ein. Ihr verschwindet in Judys Zimmer und nicht lauschen.«

Die beiden verschwinden, Phoebe überlegt kurz und startet eine Verbindungsanfrage.

»Hallo, Frau Korn, ein unerwarteter Anruf von Ihnen.« Anis Vater antwortet.

»Stimmt, wir sehen uns sonst nur zum Schulfest.«

»Ist irgendetwas mit Ani?«

»Im Gegenteil. Ani und Phoebe schicken mich vor, Sie zu fragen, ob Ani heute hier schlafen darf.«

In dem Moment kommt Anis Mutter ins Bild. »Hallo, Frau Korn, wie geht es Ihnen? Ich habe mich die letzten Monate gefragt, wann die Mädels sich trauen, etwas zu sagen.«

»Sie wissen, dass die beiden ein Paar sind? Sie haben es mir vor zehn Minuten gebeichtet und haben Angst, sie sind nicht einverstanden.«

»Ist doch offensichtlich. Sie verbringen seit anderthalb Jahren jeden freien Moment miteinander. Hat Phoebe je einen Freund erwähnt oder mitgebracht? Ani nicht. Sie telefonieren vor dem Einschlafen und sie haben Freundschaftsarmbänder.«

»Bin ich eine Rabenmutter, weil ich diese Zeichen übersehen habe?«

»Ach woher. Ihre Tochter ist talentierter, ihre Geheimnisse zu verstecken. Wünschen Sie den beiden eine gute Nacht und alles wird gut.«

»Werde ich, Ani hat mich vorgeschoben, weil sie der Meinung war, sie hätten was dagegen und meckern.«

»Was halten Sie davon, wenn Sie morgen Vormittag zum Brunch kommen? Die beiden haben sturmfrei und wir Zeit zum Kennenlernen, wir sind bald eine Familie.«

»Einverstanden, um zehn?«

»Zehn Uhr, perfekt. Bringen Sie frische Brötchen mit.«

»Und Teilchen, ich liebe Teilchen. Ich danke Ihnen, einen schönen Abend und bis morgen.«

Die beiden winken und die Verbindung trennt sich.

»Mädels, herkommen. Habt ihr gelauscht?«

»Sind auf dem Weg. Wir haben auf dem Bett gesessen und Daumen gedrückt. Darf Ani hier übernachten?«

»Klar, die weltbeste Mom hat das Kind geschaukelt. Quatsch, das lief von selbst. Ani, deine Eltern haben es geahnt und auf dein Outing gewartet. Ab mit euch, ich möchte das junge Glück nicht länger bremsen. Gute Nacht von deinen Eltern, Ani, und von mir viel Spaß. Ihr habt die Wohnung morgen für euch, ich bin von deinen Eltern zum Brunch eingeladen worden. Ich denke, danach führe ich Frank ins Kino aus, rechnet nicht vor Sonntag mit meiner Rückkehr. Keine Party, Mädels!«

»Danke, Mom. Ani war kurz davor, sich in Tränen aufzulösen.«

»Judy, nicht ausplaudern.« Ani wirft ihrer Freundin einen scharfen Blick zu. »Verschwinden wir, zum Reden.«

»Schlaft schön, ich bin morgen ab acht aus dem Haus, ihr macht keinen Unsinn, verstanden?«

»Mama …«

Operation Weihnachtsglück

Miriam ist schüchtern und träumt von der einen Frage, die sie mit »Ja« beantworten wird. Ahnungslos gleitet Miriam in die Spiele ihrer besten Freundin und entdeckt eine Welt des Lustschmerzes. Experimentell findet sie ihre Rolle und nebenbei ihren Traummann.

Vor Wochen war für Miriam kuscheln ausreichend, heute hängt sie hier und fiebert dem Stock entgegen, liefert freiwillig Körper und Seele ihrer Freundin aus.

In Operation Weihnachtsglück begleiten Sie die Verwandlung der verklemmten Pechmarie Miriam, in die glückliche Prinzessin Marlène, die Sie in ihrem WG-Leben begleitet haben.

Hannah-Marlène Korn beschreibt ihr Leben und lässt Miriam in ihre Gefühlswelt eintauchen. Sie schreibt, wie ihr der Schnabel gewachsen ist und verwischt ihre Autobiografie mit ihren Wünschen und purer Fiktion.

Erschienen 2019 bei bod.de
Hannah-Marlène Korn, »Operation Weihnachtsglück«
ISBN 978-3-7534-9567-5